枕草子・源氏物語・日記研究

岩佐美代子セレクション1

笠間書院

岩佐美代子セレクション1『枕草子・源氏物語・日記研究』正誤表

頁	行	誤	正
40	11	という。	という、
54	-5	ある。(2)	注番号トル
〃	-2	けり。(3)	けり。(2)
58	-6	ある(4)ので	ある(3)ので
62	〔注〕	（2）全文	トル
		（3）	（2）とし、書名の下に注（2）全文を入れる。
		（4）	（3）
92	-8	開いても	叩いても
96	-4	端役に	端的に
100	-2	阿闍利	阿闍梨
132	3	おぱつかなくて	おぼつかなくて
141	7	侍めり	侍める
167	下3	意味では	意味での
188	-4	如クニ春ノ夢ノ㆒	如ク㆓春ノ夢ノ㆒
239	6	ゐぎりて	ゐざりて
278	下8	資行二扶ケラレテ	資行ニ（カタカナ）扶ケラレテ
290	-1	元享二年	元亨二年
315	下1	重去ねて	重ねて

笠間書院編集部

はじめに

昭和五十七年(一九八二)、鶴見大学助教授として御採用いただいた時、池田利夫先生から、「あなたを採ったのは学生の指導もだが、研究がしてほしいからだ。論文を書いて下さい」とおっしゃっていただきました。長年、どこの機関にも所属せず、論文の発表場所に苦労していた私は本当に嬉しく、以後平成九年(一九九七)退職まで、「国文鶴見」「鶴見大学紀要」に毎年欠かさず書き続けてまいりました。また年を経るに従って、お求めをいただいたり、自発的に投稿したりして、論文やら雑文・戯文やら、積り積ってかなりの数になりましたので、ここに二冊にまとめました。

京極派が好きで研究ははじめましたものの、『源氏』も好き、『枕』も好き、それに連なる女流日記から、更に漢文日記へと、とにかく考えた事を書くのが楽しく、または機会とテーマを与えられて、思ってもいなかった所から新たな発見をするのが楽しく、女子学習院高等科時代、久松潜一先生に提出した幼い永福門院論以来七十年、悲しい、苦しい場合にも、常に文学とその研究に支えられて生きてまいりました。つく〴〵、ありがたいと思っております。

拾い集めた諸論を見ますと、実に雑然として我ながら呆れるばかりでございますが、その中から『枕』『源氏』及び文学的・記録的諸日記にかかわるものによって、一冊を構成致しました。思えばこれらの作品に魅せられましたその心の根底には、幼女、少女の十数年間、自分のすべてを捧げて、名実ともに昭和の最高貴女、照宮成子内親王に奉仕してまいりました経験がございます。私的な体験を客観的科学的なるべき研究論文中に根拠として言及する事は如何かとも思われますが、近代的自我自尊とは異なる、しかし決して卑屈追従ではない、宮仕え人の無私の真心というものを、現代の科学的研究者の方々にもわかっていただきたく、あえて数回にわたり論拠として示しました事をお許し下さいませ。

寛容に発表を許された諸機構、中にも専門違いとも言える私に、『源氏』関係論の機会をお与え下さいました、「むらさき」の代々編集者、『源氏物語の展望』の編者森一郎・坂本共展氏、『涙の文化学』の編者今関敏子氏、『源氏物語の鑑賞と基礎知識』に石埜敬子氏との対談を企画して下さいました久保木哲夫氏と転載をお許し下さいました石埜氏に、心からの御礼を申上げます。

岩佐美代子セレクション 1

枕草子・源氏物語・日記研究

目次

【源氏物語】

＊　＊　＊

凡例

一、平成十三年から二十六年に至る十四年間に発表した論文中、既刊研究書に未収録のものをもって構成した。
一、執筆期間が長期にわたるため、以後の諸家の研究成果により、また全体的な形態の統一をはかって、若干の改訂を行った。
一、その他、偶ま機会を与えられて書いた、研究にかかわる雑文をも収録した。これらは戯文のようでもあるが、私にとっては正規の研究論文を補完すると共に、文学そのものに対する私の考えを知っていただく意味で、論文と同等の価値を持つものである。気楽なインターバルとして読み捨てつゝ、その中に何等かの示唆を感得していただければ、望外の幸いである。
一、論中、各人物の年齢は考察上重要な因子の一と考えるので、目立つよう算用数字で表示した。
一、引用各論の発表年次は、発表時のイメージが端的に思い浮べられるよう、西暦でなく元号で示した。
一、主要作品の引用底本は次の通りである。その他諸作を含め、表記は読みやすさを宗として私意によった所が多い。
・和歌『新編国歌大観』(昭58～平4、角川書店)
・枕草子　渡辺実校注『枕草子』(「新日本古典文学大系」平4、岩波書店)
・源氏物語　阿部秋生・秋山虔・今井源衛・鈴木日出男校注・訳『源氏物語』(「新編日本古典文学全集」平6～10、小学館)
・たまきはる　三角洋一校注『とはずがたり　たまきはる』(「新日本古典文学大系」平6)
・弁内侍日記　岩佐校注『中世日記紀行集』(「新編日本古典文学全集」平6)
・中務内侍日記　岩佐『校訂 中務内侍日記全注釈』(笠間書院、平18)
・花園天皇宸記『増補史料大成2・3』(臨川書店、昭40)

清少納言から紫式部へ――二一世紀初頭に一一世紀初頭を思う

正月一日よみ侍りける

いかに寝て起くる朝に言ふことぞ昨日をこぞと今日をことしと

小大君

（後拾遺、一）

昔の人はうまいことを言うものだ。昨日を二〇世紀と今日を二一世紀と、一夜寝て起きて、何の変哲もない前後二日にすぎないのに。でもそれは、後になって考えれば、長い歴史の中の一つの節目には違いなかろう。それでは一〇世紀から一一世紀へ、今から一〇〇〇年前の日本の変りめはどんなだったのかしら。

年表を繰ってみて驚いた。イエス様がお生れになって一〇〇〇年目、といったって、当時の日本人誰一人、そんなことは夢にも知らず、区切りの年などという意識はなかったろうし、まったくの偶然にすぎないのだろうけれど、少なくとも日本の宮廷社会、宮廷文学は、ここで明らかな転換期を迎えている。

紀元一〇〇〇年は一条天皇長保二年。左大臣道長は、前年入内させた長女、女御彰子を二月二十五日中宮に冊立、中宮定子を皇后とした。天皇21歳に対し彰子13歳、定子24歳。四年前、兄伊周の失脚により出家しながら、脩子・敦康二皇子の母としてなお天皇の愛を失わなかった定子は、十二月十六日、媄子出産後の経過悪く没した。ここに、故道隆の脅威はまったく消滅し、政界・後宮ともに道長の全面的支配下に入ったのである。

明けて一〇〇一年、長保三年。東三条院四十の賀の準備に春から忙しい中で、四月二十五日、紫式部の夫、山城守藤原宣孝が没する。一女賢子、のちの大弐三位は3歳であった。

世のはかなきことを嘆くころ、陸奥に名ある所々描いたるを見て、塩釜
見し人の煙となりし夕べより名ぞむつましき塩釜の浦
（紫式部集、四八）

そして十月九日、天皇・中宮の行幸啓を土御門殿に仰いで、東三条院四十の賀が華やかに挙行されたのも束の間、閏十二月二十二日、同女院は腫物を患って崩じた。

わずかこれだけの事実を見ても、一〇世紀から一一世紀へ、歴史が一歩、大きく動いたとの感に打たれる。何といってもまだ素朴な、道隆・定子の人間的魅力で宮廷支配の成り立っていた時代から、彰子をも手駒の一つとして、抜群の管理能力で政官界も後宮もがっちりと押えた、道長擅《せん》権の時代へ。清少納言は自由奔放な『枕草子』の筆を置き、紫式部は完璧な仮想世界、『源氏物語』の構想を練りはじめている。さらに言うなら翌長保四年、弾正尹為尊親王が没し、和泉式部の哀切な挽歌から、やがて次なる『和泉式部日記』の幕が上るのだ。

六十年の昔、斎藤勇《たけし》先生の英文学史のお講義を、ワクワクしながらうかがった。中にも一〇六六年のノーマン・コンケストのお話は忘れられない。ノルマンディー公ウィリアムがイングランドに侵入してハロルド王を倒し、子音が多く沈鬱で力強いオールド・イングリッシュに、母音が多く朗らかで軽快なフランス語の影響が加わってミドル・イングリッシュが成立する。剛勇厳粛の「ベイオウルフ」の時代から、瀟洒優遊の「カンタベリー・テイルズ」の時代へ。ことばとは、文学とは、こうしてできるものかと幼い感動に打たれ、一〇六六年は頭に刷りこまれてし

まった。

しかし、それは日本では後冷泉天皇治暦二年、九月九日「禖子内親王庚申歌合」の年。この前後、歌合が盛行し、『堤中納言物語』『更級日記』『成尋阿闍梨母集』と、すでに摂関政治末期の爛熟を示している。その六十年も前に、日本文学は最高の完成の域にまで昇りつめていたのだと思うと、めまいがしそうである。

歴史とは実にうまくできたものである。ユーモアとウィットにあふれた道隆・定子の時代には、明敏闊達な清少納言が活躍し、用意周到で完全主義の道長・彰子の時代には、沈着極まる洞察者、紫式部が静かに大作の筆を進める。もしこれが逆の取合せだったら、どちらもまるでさまになるまい。人は時代を創り、時代は人を創る。その天の配剤の妙を、この一〇〇〇年前の世紀の変りめに、まざまざと見ることができる。

このすばらしい盛時に、生きていたかったとも思う。でもそうしたら、『枕草子』も『源氏物語』もはたして全巻入手できたかどうか。「はしるはしる僅かに見つつ、心も得ず心もとなく思ふ」（更級日記）だけだったかもしれない。まして以後一〇〇〇年の享受史・研究史の恩恵をわが物顔に、あれこれと勝手な想像をめぐらす贅沢は、到底味わえなかったろう。末の世に生れた一得である。

イギリスの教育界で、シェイクスピアを必修課目からはずすとかはずさないとかの論議があるそうだ。シェイクスピアは一六〜一七世紀、日本で言えば文禄・慶長頃の人だ。「ベイオウルフ」や「カンタベリー・テイルズ」に至ってはまず論外であろう。しかし日本では、いくら若者の古典離れが著しいといっても、高校の古典課目からして『枕』『源氏』は定番である（そうして無理に教えるから古文嫌いになるのだという嫌疑もなくはないが）。講座・現代語訳・劇化・コミック等々、『源氏』は相変らず引っぱり凧だし、ハワイ生れのおすもうさんが「春は、曙」と言って、注釈なしに皆が納得するなんて、『枕』もなかなかのものではないか。(注)

やっぱり一〇〇〇年後に生れてよかった。遠い歴史の流れを気ままに上ったり下ったりしながら、この二作をくりかえし読み、常に新しい発見をする楽しみは、何物にもかえ難い。二一世紀から二二世紀に移る時、それでは何が残るのか、という疑問も頭もかすめないではないけれど、それはまあ先の話。清少納言から紫式部へ、『枕草子』から『源氏物語』へ。この絶妙の宮廷文学の転換を、新世紀初頭の新春、心新たに味わえる幸福を、大切にしたいと思う。

【注】

＊当時の横綱、曙の、春場所前の名言。

【枕草子】

女はた、知らず顔にて――枕草子解釈考

一 解釈の現状

十五日、節供まゐりすゑ、かゆの木ひき隠して、家の御達、女房などのうかがふを、(中略)あたらしうかよふ婿の君などの内へまゐるほどをも、心もとなう、所につけてわれはと思ひたる女房の、のぞき、けしきばみ、奥のかたにたたずまふを、前にゐたる人は心得て笑ふを、「あなかま」とまねき制すれども、女はた、知らず顔にて、おほどかにてゐたまへり。「こゝなるもの取りはべらん」など言ひ寄りて、走り打ちて逃ぐれば、ある限り笑ふ。男君も、にくからずうちゑみたるに、ことにおどろかず、顔すこし赤みてゐたるこそをかしけれ。またかたみに打ちて、男をさへぞ打つめる。いかなる心にかあらん、泣き腹立ちつつ、打ちつる人をのろひ、まがまがしく言ふもあるこそをかしけれ。

『枕草子』第二段、或いは第三段とされる、よく知られた正月十五日餅粥の節供の一節である。私がかねがね考えている本段の解釈が、通説と大きく異なる事に迂遠ながら最近気づいたため、僭越ではあるが疑問を提出する。

先ず、問題箇所、「女はた、知らず顔にて……男をさへぞ打つめる」の部分につき、代表的注釈書の現代語訳三例をあげる。

一、池田亀鑑『全講枕草子』（昭38）

当の女君は、一向に見知らぬふうで、おおようにすましておられる。「そこにあるもの、とりましょう」など、いいよって、走りざま、女君の後ろを打って逃げると、そこにいる限りの者がどっと笑う。目の前で新妻の打たれたのを見ていた婿君も、見にくくなく、にっこりと笑っているのだが、女君は別におどろきもせず、ただすこし顔を赤らめている。実に愉快だ。／また女同志、たがいにうちつうたれつして、時によると、男までも打ったりするらしい。

二、萩谷朴『枕草子解環　一』（昭56）

お姫様がまた、知らぬが仏といった表情で、おっとりと座っていらっしゃる。／「そこにある物を持ってまいりましょう」／とか何とか、言いざま近づいて、（お姫様のお尻を）駆け抜けるように打って逃げるものだから、いあわせる者は皆わらう。壻君もまんざらではなく相好を崩しているのに、（お姫様は）大して驚きもせず、ちょっぴり顔を赤らめて座ったまんまときては、結構なものだ。あるいは、女同志打ちあった挙句、男をさえも打つようだ。

三、永井和子『枕草子』（「新編日本古典文学全集」平9）

姫君は気づかない様子で、おっとりとして座っていらっしゃる。「ここにあるものを取りましょう」などと言って近寄って、走って姫君の腰を打って逃げると、そこにいる人々はこぞって笑う。男君もまんざらでなくにこにこしているのに、姫君は特別に驚きもせず顔を少し赤らめて座っているのもおもしろい。また、女房同士お互いに打ち、男性をまで打つようである。

いずれもほとんど差異なく、その他の注釈書も同様である。ただ田中重太郎『枕冊子』(旺文社「全訳古典選集」平6)が女房の言葉を「ここに、なにかついていましてよ。お取りしますわ」としているのが目立つ程度である。現状では、解釈上問題とされる点はないとされているようである。

二 「知らず顔」考

しかしこれらの現代語訳を通じ、全く見やすい誤解釈が不問に付されているのは何故であろうか。それは、「女はた、知らず顔にて」の部分である。

「知らず顔」とは、辞書を引くまでもなく、「知らないふりをすること」「そしらぬ顔」である。当然、知っているからこそ、知らないふりをするのである。用例は多々あるし、それ以外の解はありえない。

便なきことといひつるをも知らず顔に、馬にはひ乗りたる人してうちたたかす。(蜻蛉日記 上)

さるべき受領あらば、知らず顔にてくれてやらむとしつるものを。(落窪物語 一)

左の中将の、いとつれなく知らず顔にて居給へりしを、(枕草子、里にまかでたるに)

御心には知ろしめてや、知らず顔を作らせ給ひけむ。(源氏物語 若菜下)

本段における、「一向に見知らぬふう」「知らぬが仏といった表情」「気づかない様子」といった解釈は、明らかに誤りである。

「はた」も、軽く「また」とするか或いは無視され、その含む意が正しく汲み取られていない。副詞「将《は》た」は上の叙述を受けて、それに反することを言う意。「そうはいうものの」「それでもやはり」である。

これをふまえて本段を解すれば、

尻打ちをたくらむ女房が、奥の方に立って機会をねらっているのを、女君の御前にいる女房は気づいて笑うので、「しっ」と手まねで止める。（明らかに計画は見えすいているのだが）「女はた、知らず顔にて」――女君はそれでもやはり、（婿の君に警告しようともせず）そしらぬ顔でおっとりと構えている。

という情景である。このように読めば、これだけで、打たれる目標は女君ではない、婿の君である、と了解できよう。

当時の婿取婚の形態についてはすでに言うまでもない事かもしれぬが、婿取った以上、その装束一切は妻方の担当であり、妻方からの参内に当っては、婿は妻方の衆人環視の中に立ち、妻方調整の装束を妻方の女房の手によって着付ける。妻は手を下さず、座って見ているだけである。その状況は、『源氏物語』「紅葉賀」の源氏正月参内場面、

つとめて、出でたまふところにさしのぞきたまひて、御装束したまふに（左大臣が）名高き御帯、御手づから持たせ渡りたまひて、御衣の後ひきつくろひなど、御沓を取らぬばかりにしたまふを、

や、「葵」の巻の、源氏院参場面の、病中ではあるが葵上の源氏を見送る態度、

いときよげにうち装束きて出でたまふを、常よりは目とどめて見出だして臥したまへり。

などから想像されよう。

第一、女君は座っているのである。しかも袴・衣・小袿と重ねて、裾を長く引いている。そのお尻を「走り打ちて逃ぐる」事が果して可能であろうか（諸注釈、「後ろ」「腰」とぼかしているが）。立って装束を着けている婿の君であってこそ、この活動的な動作が可能、かつ描写が意味を持つであろう。

三　「男を打つ」事

このような見易い道理を忘れて、諸注釈「女のお尻を打つ」と解しているのは、多産を願う「生木責《なりきぜめ》」の民俗から転じた粥杖打ちの行事が、「粥杖で女性のお尻を打つと、男子がさずかる」とされる点にこだわり、かつは下文に「男をさへぞ打つめる」と特記する事にひかれて、男性なる婿君を打つのでは理屈に合わないと考える故であろう。しかし、すでにこの時代、粥杖打ちは民俗的な原義からは離れ、正月の無礼講の遊びとして、男女の区別なく尻の打ち合いそのものが楽しみとなっていたのではないか。『狭衣物語』巻四では、狭衣大将が女房らに、

「まろを、まづ集りて打て。さらばこそおのれらも子は設けん」

と言い、若宮に尻を打たれて、思う宰相中将の妹君に粥杖を示し、

「これ見給へ。『今まで（子を）え持たず』とて、（父が）嘆い給うて、『まろが腰打て』とて、若宮にとらせ給へりければ、わびしう、痛き目をこそ見つれ」

云々と言っている。女が男の尻を打つことによって、その男の子を設けるとか、男が尻を打たれると、思う女との間に子ができるとかいう所にまで、『狭衣』の時代には粥杖打ちの意味が拡大転化している。さすればその前段階として、『枕草子』の時代にすでに「女ばかりでなく男をも打ってよい日」という所までは、この餅粥の節供の戯れは拡大していたと考えてよかろう。それでこそ、引用を省略した本段の結び、「内わたりなどのやんごとなきも、今日はみな乱れてかしこまりなし」も生きて来るであろう。

婿取時代の新婚の婿君は、妻方の女房らの好奇の眼に取り巻かれる孤立無援の存在である。ただでさえその一挙一動には興味津々。ましてや今日は粥杖打ちの日、待たれるおめでたへの予祝をこめて、そのお尻を打ったらどんな顔をするか。やってみたい所ではないか。女君がその動きを知りつつ「知らず顔」を作っているのは、彼女も内心、事の成行きを期待しているからである。なかなか、隅に置けない。婿君とて当然、およその雰囲気は察知しているものの、人の手助けを借りて身支度の最中、背後の警戒もままならぬ。まんまと打たれ、一同笑い崩れるのも、こうした男珍しさの華やいだ空気の中なればこそ。幼い頃から知りつくしている女君の、しかも座っている腰のあたりをたたいてみたところで、格別の栄えも面白みもないであろう。

次の一節は、諸注釈、「男君もにくからずうちゑみたるに、(女君は) ことにおどろかず顔すこし赤みてゐたるこそをかしけれ」と、中間に主語を補って解しており、ただ永井頭注のみ「ことにおどろかず……」に「主語は女君であろうが敬語がないのは不審。おめでたに関することなのではにかむ。婿の君とも解ける」とする。しかし、打たれたのは婿の君と解すれば、この一節は全部男君を主語とする描写として何の差支えもない。お尻を打たれ、どっと笑われて、てれながら仕方なくにっこりするが、格別うろたえもせず、ただ顔がポッと赤らむ。初心な、しかし品よく鷹揚な取りなしが生き生きと描かれている。前半は男君、後半は女君と分断する必要は更になく、育ちのよい若い婿君の描写として、いかにも的確で鮮やかである。これでこの婿君、妻方女房らの評価上、大いに点をかせいだ事と想像される。

次の段、

かたみに打ちて、男をさへぞ打つめる。

は、諸注釈「男性をまで打つようである」と解し、「さへぞ」の強調に「子を産まぬ男をまで打つ」事への不審を読みとって、続く「いかなる心にかあらむ」を上下に続けるか、下文のみに続けるか、上を承け、下にかかる一筆双叙であるかに論が分かれている。しかし上述のように、当時すでに男性を打つ事を異としないと解すれば、ここでの「男」は「男性一般」ではなく、「愛人・夫」（通い婚の場合、両者の区別は不明確）である。さればこそ「さへぞ」の強調、「める」の推量が利いて、「自分のいい人をまで引っぱたくみたいだ」という、痴話狂いめいたおかしみが、情景として生き生きと立ちあがって来るし、古典女流文学一般における「男」の用法にもかなうものとして妥当と認められよう。

このように読めばまた、「子を産まぬ男をまで打つ」という不審は消えて、「いかなる心にかあらむ」は下文「泣き腹立ちつつ……」以下にのみかかる、とすっきり解釈される。「打ち合いのあげくには愛人まで打つ、そんな程度のたわいないお遊びである」という事を示しておいて、「それなのに、何のつもりか、泣いたり怒ったり、本気に喧嘩をはじめる者もあるのがおかしい」と続く、と理解すればよいと思われる。

四　まとめ

以上をまとめて、現代語訳を示す。

十五日、お節供の餅粥を差上げたのち、粥の木をそっと隠し持って、お尻を打とうと家の老女や女房が人のすきをうかがうのを、（中略）新しく通って来るようになった婿の君などが参内の用意をしている間も待ちかねて、その家では我こそ、と思っている女房が、のぞき、意気込んで、奥の方に立ってねらっているのを、御前にいる人達は気づいて笑うから、「だめ、静かに」と手まねで抑えるが、（本来、男君の味方であるはずの）女君も、やはり知らないふりをして、おっとりと座っておられる。「ちょっと失礼、そこの物を……」とか何とか言って、すっと近寄りざま男君のお尻をたたいて逃げると、居合わせた者皆どっと笑う。男君も、愛らしくてれて笑うが、格別悪びれた様子もなく、ただ顔を少し赤らめている風情がまことにかわいらしい。またこの日には、お互いに打ち合ったあげく、どうかしたはずみには自分のいい人をまで打つみたいだ。どういうつもりなのか、泣くほど腹を立てて、打った人をのろい、縁起の悪い事を言ったりするのがまた、本当に面白い。

通説とかけ離れた訳と思われるかも知れぬが、ポイントは「知らず顔」にある。「知らず顔」が、断じて「見知らぬふう」「知らぬが仏」「気づかない様子」ではない、「知らないふり」である、という見易い道理さえ押えれば、「打たれたのは女君ではなく婿の君である」という解釈におのずから導かれ、それ以外の解釈は不可能なのである。

実はこの部分は、能因本では「君見知らず顔にて」とあり、『春曙抄』では「君」に「聟君のさまなり」、「男君もにくからず」に「むこぎみうたれておだやかなるさま也」、「顔すこし赤みて」に「是も聟君也」と注した上、「内へまゐる……」の頭書にも「聟君の参内せらるゝを、いかでうたむと心もとなく思ふ也」と記している。この「見知らず顔」も当然、「見知っていながら知らぬ顔」であるべきだが、能因本による金子元臣『枕草子解釈』（大10）では「壻君は、一向見も知らぬ風で、大やうに済してお出なさる」、松平静『枕草子詳解』（昭3）では「それほど女房等が喧ぐにも拘らず、君一向大様に平気に落付払ひてある様なり」と、共にやや曖昧な解釈にとどまっている。能因本による松尾聡・永井和子『枕草子』（「小学館日本古典全集」昭49）では「君見知らず顔にて」を「姫君は気づかない様子で」とし、打たれるのも姫君としつつ、「ことにおどろかず……」は婿君の事としている。

長い枕草子解釈史の中で、全く解釈上疑義の起りようのない「知らず顔」「見知らず顔」の誤解釈から、現在の通説の誤りが生じた。その原因は、「妊娠を促す目的の粥杖打ちなら、男性を打つはずがない」という思いこみと、長大な衣裳を付けて座っている女性の尻を「走り打つ」事ができるか、これを一同がはっきり見る事ができるかを具体的に考えてみる想像力の欠如、更に婿入婚における新婚の婿君と妻方の女房らとの生活的・心理的関係への無理解にある事に、深く思いを致し、枕草子中でも格別に生彩ある、この楽しい一段を、正しく読み解いていただきたいと願う次第である。

『枕草子』「……物」章段考察

はじめに

『枕草子』の各章段が、その内容の性格により、類聚章段・日記的章段・随想章段の三種に分類し得る事、又類聚章段は、「山は」（一〇）「すさまじき物」（二二）と冒頭に置いて、各々に該当する事物を列挙して行く二形式に分れる事、更にはこの四種を混合排列した雑纂本と、分類排列した類纂本との二系統が存し、前者を原型とすべく、後者は後の再編とみなされている事は、今更言うまでもない。本論はこの類聚章段の二形式を、仮にそれぞれ「……は」章段、「……物」章段と名づけ、後者についていささか詳しく考察する試みである。専門外の者の試論として、忌憚なき叱正を賜わりたい。

考察の手続として、「字数」「行数」を問題としたので、本論においては本文表記・字数行数計算ともぐ「新日本古典文学大系」に忠実に従った。ルビは適宜取捨した。括弧内に段数を示した。

一　「……物」章段概説

「……物」章段とは、「にくき物」（二五）「心ゆく物」（二八）のように、抽象的、簡明な主題を冒頭に提示し、それに該当する事象を列挙して行く形式の章段である。相似た文学形式としては、『和泉式部集』に、

世間《よのなか》にあらまほしき事
夕ぐれはさながら月になしはててやみてふことのなからましかば　（三三六）

以下、「人にさだめまほしき事」「あやしき事」「くるしげなる事」を経て、

あはれなる事
あはれなることをいふには心にもあらで絶えたる中にぞ有りける　（三五三）

に至る、五項目、一八首があり、当時の女性の日常閑暇の口ずさみが文学作品化した、そのような形の一つと考えられる。

この形式は近世に至り、他章段よりはるかに理解しやすく親しまれて、『犬枕』（慶長初、一六〇〇頃）『尤之双紙』（寛永九、一六三二）の継承作を生み、ついで諸種の遊女評判記等にも受継がれて行った。同類に雑俳の一種笠付（冠付）もあり、更には現代、大学高校での本作講読に併せて、「……物」形式の作文を学生に課した、という話も一度ならず耳にするところである。

このように一般的にたやすくまねられそうに見えながら、文学的達成度、表現効果、という点で、本作のそれは質量ともに、模倣作の及びもつかぬ高さで独り屹立している。随筆として併称される『徒然草』においても、同形式の段は「賤しげなる物」（七二）ただ一箇所、それも、簡素を愛し貪欲を排する隠者的性格の発露としての、啓蒙的一面をも持つ発言であって、長短・雅俗思いのままの行文の中に、宮廷女流に稀な、美醜こもごもの人生の真実を描破する天衣無縫の筆は、まさに清少納言ただ一人の物である。ここに特に取上げて、その性格を分析追求してみたいと考える所以である。

本文二九八段、一本本文二九段、計三二七段のうち、「……物」章段は計七七段、全段数の二割強を占める。うち、「絵にかきおとりするもの」「かきまさりするもの」の並列形（一一二）一段がある。他に、助詞「は」を伴う「かしこき物は、乳母のをとここそあれ」（一八〇）の類五段、「ひく物は、琵琶」（二〇三）の類二段があるが、前者はいずれも長文で性格も随想章段に近く、後者はむしろ「……は」章段に入るべき、格別のウィット・評言を伴わぬ事物列挙と見て除外した。

「……物」章段は概して短章である。その最たるものは、引用底本の用字数にして僅か一行、一四字の中に、

見ならひする物　あくび、ちごども。（二八五）

実に鮮やかに人生の真理を言いあてる。一方、興に乗っては発展して甚だ長文ともなり、最長「すさまじき物」（二二）は五八行、四頁余。体験例二十数件をあげつつ、これにかかわる随想・評論にまで展開する。その奔放さは、単なる「ものはづけ」の領域をはるかに越え、独自の文学世界を創出している。

量的分布の概況は次表の如くである。

複数段に見られる行数	
行数	段数
2行	18段
3	9
1	8
5	7
4	5
6	4
8	4
9	3
10	2
11	2
18	2
計	64段

一段のみに見られる行数
12行
14
17
21
23
26
28
29
31
36
46
50
58
計　13段

総計　77段

二行――三五字から六〇字程度の段が最も多く、次いで三行・一行。計三五段で概当段の半数近く、他は見られる通りである。

対する「……は」章段は、随想章段に移行しやすい傾向がより強くて、確たる認定のやや困難な面もあるが、概算一〇〇段近く、全段の三分の一を占める。量的分布も、「裳は　大海」(一本八)の極短章から、「見物は」(二〇五)の六三行に至る。しかし、その性格上、「……物」章段より羅列的性格が強く、かつ当時の風俗習慣が不明となった故に、「たちは　たまつくり」(一八)「修法は　奈良方。……」(二二二)「大夫は　式部大夫。……」(一六七)など、当代人がそこから直ちに感得しえたであろう興趣が全く不可解となった段も多い。これに比して「……物」章段は、前引「見ならひする物」(二八五)の如く、その鋭いウィットにより、時を超え国境をも越えて現代に生きる力を甚だ多く備えて、他の追随を許さぬ独自の文学世界を構築し得ているのである。

二　内容・性格各論

1　警句の妙

「……物」章段の最大特色は、「見ならひする物」が示す通り、寸言の中に人生の真を喝破する警句の妙にあろう。僅々一六字の、

とをくてちかき物　極楽。舟の道。人の中。（一六〇）

当時の人々には、「従レ是西方過二十万億土一有二世界一、名曰二極楽一、其土有レ仏、号二阿弥陀一」（阿弥陀経）でありながら、「阿弥陀仏、去レ此不レ遠」（観無量寿経）ともされる極楽。平生仏法など考えた事もない現代人でも、繁忙塵労の一日を終えてようやく風呂に浸かる時、「ああ極楽」と思わず口走るのはごく自然な感情であろう。これに配するに、遠路でも直線的に、しかも坐ったままで行ける「舟の道」。加えて昔も今も変わらぬ親疎さまざまの「人の中」。全く性格・分野の異なる三者を取合せて、共通にして動かぬ定義付けをする。「人の中」は能因本等には「男女の中」とあり、後代の諺「遠くて近きは男女の中」を思わせてこの方が原形かとも思われるが、

ありがたきもの　……男、女をばいはじ、女どちも、契ふかくてかたらふ人の、末までなかよき人、かたし。（七二）

を思い合せれば、男女が公に私に、恋愛感情のみならぬ社会交渉を持つ当時の宮廷生活において、「人の中」こそはより妥当な真情表現であったであろう。

二十四字の、

たゞすぎにすぐる物　帆かけたる舟。人のよはひ。春、夏、秋、冬。（二四一）

指摘の適切はもとより、読者の意表に出る排列、表現のスピード感、歯切れのよさ、全く間然する所がない。三〇

字の、

人にあなづらるゝ物　築土のくづれ。あまり心よしと人にしられぬる人。（二四）

三二字の、

たゆまるゝ物　精進の日のおこなひ。とをきいそぎ。寺にひさしくこもりたる。（二三）

も、時代を越えて万人の心理をえぐる、卓抜な観点であろう。
長文の段においても、八行に及ぶ、

ありがたきもの　舅にほめらるゝ婿。又、姑に思はるゝ嫁の君。毛のよくぬくる銀《しろがね》の毛抜。主そしらぬ従者《ずさ》。（七二）

……

誰もがうなづく、有るべくして有り難い人間関係の列挙の中に、さりげなく挟まれた日用小道具の、品質と実用価値との食い違いがほのかなユーモアを漂わせて、あまりにも直截な前後の指摘の厳しさを救っている。

『枕草子』全編、いずれの段を見ても清少納言の「頭のよさ」を示さぬものはないが、その最も端的な表われを、これらユニークな「……物」章段に見得ると言えよう。

2　「ちご」「ちいさき物」への愛

同章段における今一つの特色は、人生に対する清少納言の好尚を、如実に知り得る点にあろう。具体的に、物に即して、好む物、好ましからざる物を率直に列挙して行く中に、おのずから浮び上がる清少納言像は、漢籍の知識を鼻にかけた生意気女というような一般的表面的印象とは全く異なるものである。

ことにも誰の眼にも明らかなのは、子供、それも三つ四つまでの乳幼児への格別な思い入れである。

うつくしき物　瓜にかきたるちごの顔。……二つ三つばかりなるちごの、いそぎてはひくる道に、いとちひさき塵《ちり》のありけるを、目ざとに見つけて、いとをかしげなる指《および》にとらへて、大人ごとにみせたる、いとうつくし。頭は尼そぎなるちごの、目に髪のおほへるを、かきはやらで、うちかたぶきて物など見たるも、うつくし。……をかしげなるちごの、あからさまにいだきて、あそばしうつくしむほどに、かひ《（い）》つきてねたる、いとらうたし。（一四四）

さりげなく描かれたその生態は、誰もが眼にする日常普通のものながら文学表現上他に類例なく、簡潔ながら情景見るが如くで、思わず微笑まされる。

つれ〲なぐさむもの　……三つ四つのちごの、物をかしういふ。……（一三三）

心ときめきする物　……ちごあそばする所のまへわたる。……（二六）

あてなるもの　……いみじううつくしきちごの、いちごなどくひたる。（三九）

とくゆかしき物　……人の子うみたるに、男女、とく聞かまほし。よき人さら也。ゐせ物、下衆のきはだに猶

ゆかし。……　（一五二）

現代医学の出産前性別判定を、作者は何と評するだろうか。

しかし誰も同じ、泣く子には閉口。

覚束なきもの　……物もまだいはぬちごの、そりくつがへり、人にもいだかれずなきたる。（六七）

むねつぶるゝ物　……又ものいはぬちごの、泣き入りて、乳ものまず、乳母のいだくにもやまで、ひさしき。
……　（一四三）

くるしげなる物　夜なきといふわざするちごの乳母。……　（一五〇）

と繰返すのみならず、「……は」章段中の「鳥は」の結びにまで、寝覚に聞く郭公の声を賞したのち、

夜なくもの、なにも〳〵めでたし。ちごどものみぞ、さしもなき。（三八）

と落して、微笑を誘っている。

さかしき物　いまやうの三歳児《とせご》。……　（二四〇）

もまた、古今変らぬ大人の感想であり、さて、これを過ぎてやんちゃ坊主の年頃ともなって来ると、しつけの行き

届かぬ親もろとも、完膚なきまでに批判される。

かたはらいたき物　……にくげなるちごを、おのが心ちのかなしきまゝに、うつくしみかなしがり、……（九二）

人ばへするもの　ことなることなき人の子の、さすがにかなしうしならはしたる。……ものとりちらしそこなうを、引きはられ、制せられて、心のまゝにもえあらぬが、親のきたるにところ得て、「あれみせよ。やゝ、はゝ」などひきゆるがすに、大人どもの物いふとて、ふともきゝいれねば、手づからひきさがし出でて、見さはぐこそ、いとにくけれ。それを、「まな」ともとりかくさで、「さなせそ、そこなふな」などばかり、うち笑みていふこそ、親もにくけれ。……（一四五）

よく〳〵腹に据えかねた口吻である。但し大人社会とかかわらぬ遊びの場での腕白は、楽しげに許容観察されている事、「正月十よ日のほど」（一三七）の嬉戯のさまの生き〳〵とした描写に知られよう。

「ちご」への愛に準じて、「ちいさき物」への愛がある。前掲「うつくしき物」中に、

……雛の調度。蓮の浮葉のいとちいさきを、池よりとりあげたる。葵のいとちいさき。なにも〳〵ちいさき物はみなうつくし。……庭鳥の雛の、……人のしりさきにたちてありくも、をかし。……（一四四）

と記され、また他段においても、同様の愛着が繰返し述べられる。

すぎにしかた恋しき物　……二藍葡萄染などのさいでの、をしへされて草子の中などにありける、見つけたる。

……　（二七）

雛道具や鳥の雛への愛着は、男性にも理解可能であろうが、蓮の葉や葵の小さいのを「かわいい！」と口走り、気に入りであった昔の衣裳の端切れを図らず物の中に見つけてなつかしむのは、古今老若共通の女心。しかもこれをかくも端的に文学として表現しえたのは、清少納言ただ一人であろう。

3　マイナス指向事物・状況の描写

「うつくしき物」「あてなるもの」等、プラス指向事物の列挙は、誰もが思いつき、叙述もたやすかろう。しかしこれに対立する、マイナス指向の事物・状況を、不快感を与えず、ユーモラスに、如実に列挙するという事は、なみなみの才能ではなし得まい。

いみじうきたなき物　なめくぢ。ゐせ板敷の帚《はゝき》の末。殿上の合子《がうし》。　（二四四）

一体誰が、こんな取合せを思いつくだろうか。「殿上の合子」とは、殿上の間常備の蓋つきの食器で、「夕台盤以後、……参宿、御寝之後、……蔵人等付レ寝、殿上人同レ之、献二殿上人一以二合子一為レ枕、故実也」（蓬来抄）と言い、『和名抄』「合子」の項には「五年一換」ともある。いくら故実でも、汁椀のようなものをどうして枕にするのか、さぞ寝心地も悪かろうし、そんな使われ方をしながら新調は五年に一度？　そんな有職の知識はなくとも、こう並べられたらおよそその汚なさは想像されよう。全く種類の違う物体を三つ並べて、表現をためらはれる主題を、わずか二六字でユーモラスに処理している。

もののあはれ知らせがほなる物　はな垂り、まもなふかみつゝ物いふ声。眉ぬく。（八一）

「恋せずは人は心もなからまし物のあはれもこれよりぞ知る」（長秋詠藻　三五二）で、後世に定位されてしまった情趣的「もののあはれ」とはこと変り、文字通りの「あわれっぽさ」を、遠慮もなく見せつけるような日常のしぐさ。露骨な、と眉をひそめる前に、いかにも、と微笑まれる。

むつかしげなる物　縫物の裏。鼠の子の、毛もいまだ生ひぬを、巣の中よりまろばし出でたる。裏まだつけぬ裘《かはぎぬ》の縫目。猫の耳の中。ことにきよげならぬ所のくらき。……（一四八）

何だかもじゃ〳〵して汚ならしい、「わあ、いやだ」と思うものの列挙。「王朝の雅び」ならぬ現実感で、不快な事物そのものを直叙しながら、そこに何ともいえぬ愛嬌があり、「よくまあこんな事を言って……」と思いつつ、全くその通りと共感されよう。

「すさまじき物」さま〴〵の中にも、受領階級出身女性として切実な体験であったに違いない、国司任官運動に失敗した家をめぐる人間模様の種々相もまた、現代の国政選挙落選者とその周辺を彷彿とさせる。特に、

……「殿はなににかならせ給ひたる」など問ふに、いらへには「何の前司にこそは」などぞ、かならずいらふる。……ふるき物どもの、さも行きはなるまじきは、来年の国〴〵、手をおりてうちかぞへなどして、ゆるぎ

ありきたるも、いとおかしうすさまじげなる。……（二二）

の一節など、敗者に寄生する者の心理生態をうがって、鋭さ、他に類を見ない。
しかし次のような章段はどうか。

侘しげに見ゆるもの　六七月の午未の時ばかりに、きたなげなる車にゑせ牛かけて、ゆるがしいく物。雨ふらぬ日、張筵したる車。いと寒きおり、暑き程などに、げす女のなりあしきが、子おひたる。老ひたるかたゐ。……（一一七）

これらは、貧者に対する嘲笑、庶民生活に対する貴族社会寄生者の思い上りとして指弾されるべきであろうか。しかし人間社会に著しい貧富の差のある事は、社会保障の叫ばれる現代でも同じであり、その率直な指摘は、

むかしおぼえて不用なる物　……絵師の目くらき。……色好みの老いくづおれたる。……（一五六）

といった、現実に対する容赦ない眼とあわせて、後年それらが自らの身の上となってもたじろがぬ、「駿馬の骨をば買はずやありし」（古事談二・五五）の気概をも偲ばせ、清少納言の社会観・人生観の独自の強靭さを、明確に示している。

4　不快感情表現

事物ならぬ、感情的に不快な現象を、作者個人のものとして率直に表現しながら、いかにもその通りだと万人に微笑をもって肯定させる書きぶりも、鮮やかなものである。

にくき物　いそぐ事ある折にきて長言《ながごと》するまらうと。あなづりやすき人ならば、後にとてもやりつべけれど、心はづかしき人いとにくゝむつかし。……物羨《うらや》みし、身のうへ歎き、人のうへいひ、露ちりのこともゆかしがりきかまほしうして、いひしらさぬをば怨じそしり、又、わづかに聞きえたる事をば我もとよりしりたることのやうに、こと人にも語りしらぶるも、いとにくし。……ねぶたしと思ひてふしたるに、蚊の細声に侘しげに名告りて、顔の程にとびありく。羽風さへその身の程にあるこそいとにくけれ。……いまいりのさしこへて、物しり顔に、をしへやうなる事いひうしろみたる、いとにくし。……犬のもろ声にながゝくとなきあげたる、まがゝくしくさへにくし。あけていで入る所たてぬ、いとにくし。（二五）

四頁、五〇行にわたり、「心はづかしき人」も「いまいり」も、蚊も犬も容赦なく、不快でありながらどうしようもない苛立たしさを列挙、戸を開けっぱなしして出て行く人で結ぶ。誰でもそう思う、でも何とも解決しえぬ、という不愉快さが、端的な「いとにくし」の繰返しで生きゝと描出されている。

いみじう心づきなきもの　祭、禊など、すべて男の物見るに、只ひとり乗りて見るこそあれ。いかなる心にかあらん。やんごとなからずとも、若きおのこなどの、ゆかしがるをも、ひき乗せよかし。すきかげに只ひとりたゞよひて、心ひとつにまぼりゐたらんよ。いかばかり心せばく、けにくきならん、とぞおぼゆる。……（二一六）

「心づきなき」――感じの悪いものはいくらもあろうに、全八行のうち五行までを使って、非社交的で若い者への思いやりのない中年男への義憤を吐露している所にも、当代社会の交際文化のあり方が知られよう。

最長五八行に及ぶ「すさまじき物」（二二）には、「牛しにたる牛飼。ちごなくなりたる産《うぶ》屋。……博士《はかせ》のうちつゞき女児《ご》むませたる」の直截な指摘とともに、「方違へにいきたるに、あるじせぬ所」「人の国よりおこせたるふみの、物なき」「よろしうよみたると思ふ歌を、人のもとにやりたるに、返しせぬ」等々、いささか手前勝手な本音をもあからさまに述べるし、一〇行の、

見ぐるしきもの　衣のせぬい、かたよせて着たる。又のけ頸したる。例ならぬ人の前に、子おひていできたる物。法師陰陽師の、紙冠して祓したる。……（一〇五）

率直この上ない言い方で、「まあみっともない」と不快感を催させる、しかもそれぞれ性格を異にする姿態三種四態を並べた上で、

色くろうにくげなる女の、鬘したると、鬚がちにかじけやせ〳〵なるおとこ、夏、昼寝したるこそ、いと見ぐるしけれ。……かたみにうち見かはしたらん程の、生けるかひなさや。……（同上）

と続くあたり、差別語と難ずればそれまでの事であるが、これに顰蹙する作者の姿ともども情景現前し、むしろ微笑ましくこそあれ、決して文章の品格を損なっていない。

本作と並び称せられる『徒然草』(1)では、二四三段中「……物」章段は前述一箇所のみ。

賤しげなる物、ゐたるあたりに調度多き。硯に筆の多き。持仏堂に仏の多き。……多《おほく》て賤しからぬは、文車（の文）、塵塚の塵。（七二）

等しく生活の中で不快感を催すものを数えあげながら、前者の感覚的、ユーモラスなると、後者の知性的、教訓的なると、二作品それぞれの性格を実によくあらわしていると言えよう。

5　プラス感情表現

マイナスに対して最も端的なプラスの感情、「うれしき物」もまた、三頁、三一行にわたり、実に率直に、具体的に述べられる。

うれしき物、まだ見ぬ物語の一をみて、いみじうゆかしとのみおもふが、のこり見出でたる。さて、心おとりするやうもありかし。人の破《や》りすてたる文をつぎて見るに、おなじ続きをあまたくだり見続けたる。……（二五七）

古今変らぬ、小説好き、またいささか憚られる覗き心理の無邪気な告白。

……よき人の御前に、人〴〵あまたさぶらふおり、昔ありける事にもあれ、今きこしめし世にいひけることにもあれ、語らせ給を、我に御覧じあはせての給はせたる、いとうれし。……いたううちとけぬ人のいひたる古きことの、しらぬを聞きいでたるもうれし。のちに物の中などにて見いでたるは、たゞおかしう、これにこそありけれ、とかのいひたりし人ぞおかしき。……物合、なにくれと、いどむことに勝ちたる、いかでかはうれしからざらん。又、我はなど思《おもひ》てしたり顔なる人、謀りえたる。女どちよりも、おとこは勝りてうれし。これが答《たう》はかならずせん、と思らむと、つねに心づかひせらるゝもおかしきに、いとつれなく、なにとも思ひたらぬさまにて、たゆめすぐすもまたおかし。……御前に人〳〵所もなくゐたるに、いまのぼりたるは、すこしとをき柱もとなどにゐたるを、とく御覧じつけて、「こち」と仰せらるれば、道あけて、いと近うめしいれられたるこそうれしけれ。（同上）

定子後宮の、主従男女、和合団欒の楽しさ、文学性に富む機知的会話、定子の情愛が、日記的章段の各話のまとめのような形で手際よく語られており、ことにも「したり顔なる人、謀りえたる。……おとこは勝りてうれし」の痛快な宣言は、一五四段「故殿の御服のころ」における、朗詠の詩句をめぐっての斉信・宣方との舌戦の楽しさを彷彿とさせる。

但し、このような人生に対するプラス分野の表現は、枕草子全般に見られるものなので、マイナス分野のそれのように、「……物」章段中なればこそ開陳できる、という意味での特色は、この形ゆえに格別に顕著、といえる程ではない。この点についてはなお後述する。

6 「裁縫」表現

逆に、「……物」章段中なればこそ、おそらくは作者も格別に意図、企画したともなくて、生き〳〵と書き残されたものに、女性生活に欠かせぬ「裁縫」の実際的表現がある。

嘗て、女流日記における服飾表現を通観した時、(2)『枕草子』は視野に入れなかったが、本作にも当然、積善寺供養の段（二五九）をはじめとして、豊富、華麗な服飾表現が多数存在する。「……物」章段においても、

あてなるもの　うす色にしらかさねの汗衫《かざみ》。……　（三九）

うつくしき物　いみじうしろく肥《（え）》へたるちごの、二つばかりなるが、二藍のうすものなど、衣《きぬ》ながにて、襷《たすき》ゆひたるが、はひ出でたるも……　（一四四）

等、さすが、印象的な描写例はあるが、より多く見られるのは、衣裳の製作実技にかかわる寸言である。それも『蜻蛉日記』のような、多妻間の力関係にまつわる感情を暗に示す性格とは異なり、些末な実技そのものについての発言である事が注意される。

はるかなるもの　半臂《はんぴ》の緒ひねる。みちの国へいく人、逢坂こゆるほど。生れたるちごの、おとなになるほど。　（一〇三）

「半臂の緒」は長さ一丈二尺（約四米）。往復八米を、裁目がほつれぬよう、糊をつけて延々とひねり止めて行く作業。ただこれだけの短章の中で、以下の旅程・人生行路の長さを押えてこれを冒頭に据えたところに、現実生活者の実感、裁縫体験者たる女性読者達の共感の程がうかがえる。

とくゆかしき物　巻染、むら濃、くゝり物など染めたる。……　（一五二）

これは現代女性でも文句なく同感であろう。

みじかくてありぬべき物　とみの物ぬふ糸。……（二一七）

心もとなき物　人のもとにとみの物ぬいにやりて、待つほど。……とみの物ぬふに、なまくらうて、針にいとすぐる。されどそれはさる物にて、ありぬべき所をとらへて、人にすげさするに、それもいそげばにやあらん、とみにもさし入れぬを、「いで、たゞ、なすげそ」といふを、さすがに、などてかとおもひ顔に、えさらぬ、にくささへそひたり。……（一五三）

ねたき物　……とみの物縫ふに、かしこう縫いつと思ふに、針をひきぬきつれば、はやくしりをむすばざりけり。又かへさまに縫いたるもねたし。……（九一）

当段には、このあと、定子から命ぜられた「とみの御物」を、女房達が片身づつ競って縫う有様、表裏取り違えを指摘されて口惜しまぎれの論争が、生き〳〵と描かれている。『源氏物語』にも「野分」の巻等に若干の裁縫関係記事はあるものの、このような実技とそれに伴う心理描写は用例なく、手ばしこく、器用でありながらいささかそそっかしい、という。作者を含めた現実の女房像は、和歌や物語・日記類からはほとんど想像できないところであろう。清少納言自身にしても、このような「ものはづけ」形式なればこそ、思わずも筆が及んだ分野と言うべく、あらかじめ企図、構想して書くような題材とは思われない。「……物」章段形式の持つ、一つの面白さである。

裁縫に縁遠くなった今日の女性にはどうか知らないが、私の若い頃には、「みじかくてありぬべき物」は「下手の長糸」という諺として活きていた。人の手を借りて針に糸を通すじれったさ。糸尻に玉を作るのを忘れて、せっかく縫ったのに引き抜いた悔しさ。また裏返しに縫った失敗。千年変らぬ「裁縫」表現を通じて、几帳のかげに桧扇をかざし、公達と歌を詠みかわす風雅のみが女房の役割でない実態を、短文の中にかくも活写した作品は、日本古典文学中おそらくこれ一つであろう。

いみじくも描写している。

三　「……物」章段成立考

「……は」章段も含めて、このようなユニークな類聚章段がこの時代、この後宮にのみ成立した基盤を、作者自ら

「などて官《つかさ》えはじめたる六位の笏に、職の御曹司の辰巳のすみの、築土《ついひぢ》の板はせしぞ。……」などいふことをいひいでて、……「衣などに、すゞろなる名どもをつけけん、いとあやし。……」……「指貫はなぞ。足の衣とこそいふべけれ」「もしは、さやうのものをば、袋といへかし」など、よろづのことをいひのゝしるを、「いであなかしがまし。いまはいはじ。寝給ひね」といふ、いらへに、夜居の僧の、「いとわろからむ。夜一夜こそ、なをの給《(ほ)》はめ」と、にくしと思《(おもひ)》たりし声様《こゑさま》にていひたりしこそ、をかしかりしにそへて、おどろかれにしか。（一二七）

はづかしきもの　……夜居の僧はいとはづかしき物なり。若き人のあつまりゐて、人の上をいひ、笑ひそしり、にくみもするを、つくぐ\と聞きあつむる、いとはづかし。「あなうたて、かしがまし」など、おまへちかき人などのけしきばみいふをも聞きいれず、いひく\のはては、皆うちとけてぬるもいとはづかし。……（一一九）

中宮御前近くの夜伽に、若女房達のたわいもないおしゃべり。夜中守護のため詰めている夜居の僧が、念誦も忘れてつい耳をすまし、あまりの傍若無人ぶりに呆れて思わず口を出す。このような、あたり構わずそれからそれへと発展して行く事物品評の面白さこそ、これら類聚章段、わけても「……物」章段の特性である。そしてこのような

和楽は、猿楽言を好む父道隆の血を受け、琵琶の名「無名」を問われて「たゞいとはかなく、名もなし」と答え(八九)、清少納言への愛寵を、「元輔がのちといはるゝ君しもや」(九五)、「思ふべしや、いなや。人第一ならずはいかに」(九七)と満座の中で公表して憚らず、ユーモラスな後宮融和を巧みに演出する定子の許でこそ醸成されるものであろう。

「……物」章段に掲げられた事物個々の指摘は、必ずしもすべて清少納言の独創とは限るまい。夜居の僧を呆れさせたような、同僚女房達との無邪気な遠慮のないおしゃべりの中に、そのソースは多々含まれていたはずであり、これらを巧みに取捨按排して一つのユニークな文学の形とした所に、作者の独創の功があったと考えられる。そしてまた、こうした形で彼女らの無責任なおしゃべりが作品化され、清少納言の著作として流通するであろう事を、彼女らは少しも不満とせず、かえってこれを応援していたであろう様相は、隆家が献上した扇の骨のいみじさを自慢して「更にまだ見ぬ骨のさまなり」云々と「言たかく」言ったのに対し、「さては扇のにはあらで、海月《くらげ》のななり」と秀句でひやかした話の結びに、自慢話めく事を遠慮しつつ、

かやうの事こそは、かたはらいたき事のうちにいれつべけれど、「ひとつなおとしそ」といへばいかゞはせん。(九八)

と付け加えている事によって知られよう。

こうした井戸端会議めいた場では、美談よりも罪のない悪口の方が、話に花が咲く。これが、前述した、プラスよりもマイナスの事物・感情表現の方が変化に富み、量的にも優位にある所以であろう。これあるが故に、定子後宮のめでたさをたたえる日記的章段が拵えものにならず、両々相俟って生き〳〵とした生活の息吹きを伝えるので

ある。

但し、人生最大のマイナス、「人の死」については、「すさまじき物」（二二）中の「ちごなくなりたる産屋《うぶ》」以外、全く触れられる所がない。このあたりが、『徒然草』の「飛鳥河の淵瀬」（二五）から「人のなき跡ばかり」（三〇）に至る叙述などに比して浅薄と見られるかも知れないが、右のような発想の場とあり方、また次節に述べる成立の動機と意義を考えるならば、これは全く当然の事で、批判の対象とするには足りない。

後年、これをまねて成立した『犬枕』の由来については、早く野間光辰(3)が、近衛信尹の、

> 陽明御所側近の衆または出入の衆「これかれ」が集って、主公を中心とする御伽の席上、めいめいに物は尽しの課題に打興じて出来たものであろう。

と論じている。『枕草子』の場合にはより自然発生的な形でそのような場があり、これを清少納言が巧みに活用し、同僚も応援した、という事であろう。

四　成立の意義と文学的成果

『蜻蛉日記』以来、女流日記文学は、「ものの要にもあら」ぬ人生ながら、「世におほかるそらごと」ならぬ、「人にもあらぬ身の上」の真実を書き残しておきたい、という押え難い願望を基礎に成立している。しかし『枕草子』はこれと異なり、中宮から賜わった「つきせずおほかる紙を書きつくさんと」して、「たゞ心ひとつに、をのづから思ふ事を、たはぶれに書きつけ」たのだという（跋）。紙下賜の因となった「枕にこそは侍らめ」の発言の意味には諸説あって明らかでないが、管見の限り、その解に『源氏物語』「桐壺」における帝の更衣追懐、「ただその筋をぞ枕言にせさせ給ふ」を引いたものがないように思うがこれを導入しては如何であろうか。「枕言」すなわち「話題のきっかけ」「話の種」であり、その意は遠く現代まで、落語の「枕」として生きている。跋文における中宮と作者の

会話は、

「これに何を書こうかしら」

「いろ〳〵お楽しみになれるような、面白いお話の種（枕言）を書きつけておきましたらいかが」

「それじゃ、（その筆者に最適任な）お前にあげよう」

という事ではなかったか。

天皇・中宮それぞれに内大臣伊周が献上した紙、それを賜わったとなれば、「心ひとつに」云々は謙辞に過ぎず、執筆途中にも中宮から「何を書いたか、見たい」とお求めがあったり、同僚女房から、「いつかのあれ、書いた？あら、書かなきゃだめよ（ひとつなおとしそ）」「私のしゃべったあれ、書いといてね」といった注文があったり、という形で、いわば定子後宮の融和喜戯の実況記録として成長して行ったのではなかろうか。それはまた反面、当然部外秘であるはずで、それが遇ま外部に「ありきそめ」てしまったために、ことさら個人的随想に過ぎないと装った「跋」が書かれたのではないか。

本作は文学のジャンル分けの必要上、「随筆」とされているが、当ジャンルの中でも他に類例のない特異な形式を持つ、定子後宮独自の生活文化・女房感覚の具体的記録であり、そこに生きる女性達すべての支持後援のもとに成った、全く独特の性格の文学作品である。成立母胎は一千年前の宮廷という、現代からはあらゆる面で遥かに異なった社会でありながら、しかも時代を超えて人間生活の真理をうがち、遠く未来までも微笑をもって享受され得るであろう、希有の魅力を持っている。その最も顕著な特性は、他の女房日記はじめ各時代の散文作品に全く見られない雑纂形式の中での類聚章段、殊にもウィットとユーモアに満ちた、長短自在の「……物」章段の存在に負う所が大きい。

そのウィットとユーモアのありようの独自さを具体的に理解すべく、さきに長文引用した「にくき物」と同主題の、近世二作品の叙述を引く。

○憎き物　一　物の本喰う鼠、同紙魚《しみ》　一　余り好色の人　一　物見の先に笠著《き》て立《たつ》人　一　忍ぶ夜の犬の声　一　情《じやう》の強《こは》き職人　一　後妻《うわなり》　一　船頭・馬追（犬枕）[4]

○憎き物のしなじな　後妻。ま〻子。盗人。……主の前を通《とをる》に腰をかゞめぬ慮外者。口答《くちごたへ》する家人《けにん》。……野間の内海《うつみ》の長田《をさだ》。讒者《ざんしや》の梶原。……名人顔して物を知らざる人。蠅《はい》。（尤之双紙）[5]

それぞれ、桃山盛時・江戸初期の世態人情・風俗教養の程を示して面白いが、『枕草子』同様段の持つ、生き〱とした具体性、語る中で次々と同性格の事物を思い起し、自在に発展して行く活気などには及ばざること遠い。

本作が、窮極的には長保二年(一〇〇〇)十二月定子崩後に成立したであろう事は、「関白殿、黒戸より」(一二三)の段の末尾、清涼殿からの退出に当り、すでに隠然たる対抗者とも目される道長をすら蹲踞させた道隆の威勢をたたえた作者に、その道長びいきを「例の思ひ人」と笑った、故定子を思い、「まいて、この後《のち》の御ありさまを見たてまつらせ給はましかば、ことはりとおぼしめされなまし」と、さりげない一言でしみ〲と追懐している所に知られる。その故主への万感の思いをこめて、その経営した、生き〱とした知的光彩に満ちた後宮の和楽、そこに活躍した女性達の、知性と情感を、生活の細部にわたって千年後の読者の前に繰り広げ、なお未来に向って永遠の生命を保つであろう文学として、『枕草子』を、わけてもその「……物」章段を考察した。枕草子研究には甚だ疎く、一愛読者にすぎぬ身であるが、忌憚なき批判・示教を賜われば幸いである。

【注】

（1）久保田淳校注『徒然草』（「新日本古典文学大系」平元）

（2）「女流日記の服飾表現」（『日記文学研究第二集』新典社、平9、『宮廷女流文学読解考 総論中古編』笠間書院、平11所収）

（3）「假名草子の作者に関する一考察」（『国語と国文学』昭31・8）

（4）前田金五郎校注『仮名草子集』（「日本古典文学大系」昭40）

（5）渡辺守邦校注『仮名草子集』（「新日本古典文学大系」平3）

汗の香すこしかゝへたる

七月ばかりに、風いたう吹きて、雨などさわがしき日、大方いと涼しければ扇もうち忘れたるに、汗の香《か》すこしかゝへたる綿衣《わたぎぬ》のうすきを、いとよくひき着て昼寝したるこそ、をかしけれ。

（枕草子、四一段）

残暑から爽涼へ、前線の通過を契機とする、季節と生活の鮮かな転換である。日本人である限り、読みなれぬ古文でこそあれ、一読、ニヤリと共感の笑みをもらさずにはいられまい。僅々百字にも満たぬ短章の中に、千年の歳月をも、自然換気から人工空調への環境変化をも超えて、日常家居の欲得なしの快さが伝わって来る。清少納言の感性と筆力に、つくづく脱帽する一段である。

その、核となる表現が、「汗の香すこしかゝへたる綿衣のうすき」である。夏中は見るのも暑苦しく、押しこんでおいた薄綿の衣をひっぱり出して引っかぶると、ふっとほのかな汗の香。それさえ夏の形見となつかしい。こんなもの、又掛けて寝るようになるなんて、思いもしなかったのに……。清潔好きなお若い方々、眉をしかめて下さいますな。その汗臭さこそ活きた人間生活の味わいです。

宮廷女流文学には当然期待される、芳香への優雅な関心。『枕草子』にも、薫り・匂いにかかわる語例が二二例あり、うち、色彩表現六例を除いて、一六例の嗅覚対象物が示されている。当然予想される薫物《たきもの》の香は七例。植物も七例だが、定番の梅や橘は姿を見せず、菊・菖蒲・蓬のほか、樒《しきみ》・松明《たいまつ》の煙・柴の煙が珍しい。そして更に珍しい異物の香として、この汗の香、そして牛の鞦《しりがい》の香が登場する。清少納言の嗅感覚は一風変っていて、実に正直で面白い。

匂って来る状態を表現するにも、「薫り合ひ」「匂はし」各一例、「しめ・しみ」計四例等を押えて、「かゝへたる」五例がトップである。この語は『蜻蛉日記』

下巻天延二年（九七四）、

昨日の雲かへす風うち吹きたれば、菖蒲の香、はやうかゝえて、いとをかし。

とあるのが現在所見ほとんど唯一の先行例であり、後れて『今昔物語集』に若干例を見る程度で、『枕草子』にのみ突出して多い。「自然に香が匂って来る」意と解釈されるが、「香《か》かへ」か「聞《か》がえ」か、或いは香が滞留する意を含む「抱へ」か——と、語源的にも文法上にもはっきりしない所が多い語である。「かゝへ」の他の四例を並べてみよう。

（車の中から道端の子供など見つつ）又さて行くに、薫《たき》物の香、いみじうかゝへたるこそ、いとをかしけれ。（五六段）

五月ばかりなどに山里にありく、いとをかし。……蓬の、車に押しひしがれたりけるが、輪のまはりたるに、近うちかゝへたるもをかし。（二〇六段）

いと暗う闇なるに、さきにともしたる松《まつ》明の煙の香の、車のうちにかゝへたるもをかし。（二〇七段）

五月の菖蒲《さうぶ》の、秋冬過ぐるまであるが、いみじう白み枯れてあやしきを、ひきをりあけたるに、その折の香の残りてかゝへたる、いみじうをかし。（二一三段）

『蜻蛉日記』の一例をも含め、全例いずれも、滞留していて気づかなかった香が、ふとした空気の動きに乗って思いがけず匂い立った趣で、言い合せたように「をかし」と表現するあたり、その意外性に興ずる筆者の心のはずみが生き生きと伝わって来る。ゆるゆるとまわる牛車の車輪に、踏みつぶされた蓬の葉がくっついたまま、眼近にまで上って来て、ぷんと草の香の漂う描写（二〇六段）は、中にも秀逸である。

続く二〇七段の前引部分を末尾に持つ、章段主要部がまた傑作である。

いみじう暑きころ、夕涼みなどいふほど、物のさまなどもおぼめかしきに、男車の、前駆《さき》おふはいふべきにもあらず、たゞの人のも後《しり》の簾あげて、二人も一人も乗りて、走らせゆくこそ涼しげなれ。まして琵琶かい調べ、笛の音など聞えたるは、過ぎて去《い》ぬるも口惜し。さやうなるに、牛の鞦《しりがい》の香の、なほあやしうかぎしらぬものなれど、をかしきこそ物ぐるほしけれ。

こんな牛臭い変な匂いが、時と場合によっては面白いなんて、よくまあ平気で言えたものだ。しかし涼風吹き通うたそがれ時、管絃のほのかな余韻を残して軽々と走り去る小車を想像すれば、誰しも微笑とともにうなずく事ができよう。

　市中は物のにほひや夏の月　　凡兆
　あつし〳〵と門〳〵の声　　芭蕉

近世庶民の夕涼みのさんざめきさえ、重なって聞えて来そうではないか。

　王朝の薫りといえば、いかにも高雅で床しい。しかし宮廷女房ら自身、そうそう明暮れ几帳のかげに薫物をくゆらして、はべったりすべったりばかりしていたわけではない。のんびりした家居、心晴れる山里歩き。そんな私的な日常を、清少納言は心から愛し、定子皇后への献身や廷臣らとの機知問答と少しの差別もしない。その快適な感触は、さりげない短章の中にくっきりと躍動する。

　『枕草子』がなかったら、我々はそのかみの平安京の生活を、物語に見る優婉典雅、説話類に見る怪奇猥雑、その両極でしか知る事ができなかったろう。その中間にある一般的な中の上の市民生活の片鱗を、清少納言はその匂いとともに活写し、現代にも通ずる平常家居の安らぎを、実に巧みに語ってくれている。

【源氏物語】

最高のNo.II　頭中将

一　若き日の二人

『源氏物語』の主人公、光源氏が、たとえようもなくすぐれた男性であるのは当然であるが、ただむやみに賞めたたえるだけでは現実性がない。そこに、これに拮抗するライバルを設定し、互いに競いながらしかもどうしても及ばない、という形をとる事で、はじめて源氏の優秀さが真実性を持って迫って来るであろう。そういう、四十年にもわたる宿命のライバルとして、紫式部は頭中将という人物を実に念入りに描いている。

彼は藤原氏の一の人、左大臣の長男、母は桐壺帝の姉妹に当る皇女である。(1) 人臣としては最高の生れで、皇子であっても外戚の支援なく臣籍降下した源氏とは、身分差といってもほとんど紙一重。しかも源氏の正室葵上とは同腹、源氏の5〜6歳上の義兄である。皇子ゆえに官途も高位から出発する源氏に対し、身分は下だが年齢は上、入れ合せてちょうど友人として釣合いがとれ、年長ゆえに限度を弁えながら親友、悪友としてふるまえるだけの分別も備え、当時としてごく自然に親交を結べる関係が冒頭から用意されている。

英才頭中将を、左大臣家と政治的に対立する右大臣家でも見逃すわけには行かない。他家に婿取られて強力な政治連合を作られるよりは、自家に取込んで懐柔してしまおうと、娘、四の君に婿取る。頭中将もその思わくは承知の上で結婚するが、やはりそれだけで落着くはずはなく、葵上を敬遠する源氏と意気投合して遊び歩く。このあたり、まことに人情の自然をうがっているが、同時にこの結婚が、のちのち消滅する敵役、右大臣家の役割を、又違った形で頭中将に受継がせるつなぎ目ともなっている。特に面白いのは、右大臣家の代表弘徽殿大后の源氏に対する敵意が、母桐壺更衣への嫉妬から出た一方的なもので、源氏自身の性格とはさしてかかわりを持たぬのに対し、頭中将は性格的に源氏とは対照的で、親友であり理解者でありながら同時に敵対者でもある、という関係をきわめて自然に持ち続けている、その結果、他の人物では引出せない源氏の性格のかくれた部分をあぶり出して見せるという役割を、終始鮮やかに果しおおせ、そこにまた自己の性格をも如実に描き出している、という点である。

先ず雨夜の品定において、源氏はすでに藤壺への愛に思い悩み、葵上との疎隔の原因も基本的にはそこにあるのだが、それとは知らぬ頭中将は、自分同様大家の婿君という束縛を嫌っての単なる浮気と考え、それなら自分の方が数等経験豊富とばかり、得意になって女性論もすれば、一方それを棚に上げて自分の妹の「のどやかに見しのぶ」貞淑ぶりをも宣伝して、源氏の反応をうかがう。源氏は、工合の悪い所は狸寝入りでやり過し、さまざまの女性月旦に、「これは、足らず、またさし過ぎたることなくものし給ひけるかな」と、心中藤壺への思いを新たにする。調子に乗った頭中将は、夕顔の一件にまで口をすべらすが、ここで彼が思わず本音を出した述懐、「今やう〳〵忘れゆくきはに、かれはた、えしも思ひ離れず、をり〳〵人やりならぬ胸こがるゝ夕もあらむと覚え侍り」は、いかにも青年らしく純情であると同時に、虫がよく身勝手でもある彼の性格をよく表わしている。

次の「末摘花」で、共に内裏を出ながら源氏の忍び姿に、「我も行く方あれど」それは放りぱなしにしてあとをつけるなど、ほんの一言ながら、頭中将の物好きさ、すっぽかされた「行く方」の女のつまらなさが言外に生き生きと表現され、一方源氏もさして気はなかったのに、彼に見変えられてはしゃくだ、とばかりつい深入りするあたり、実に面白い。末摘花も源典侍も、頭中将はその時限りだが、源氏は息長くつきあって行く。頭中将の対抗意識、自己中心的・世俗的性格を対置する事によって、源氏の複雑繊細な性情、そこから生れる数々の社会的・心情的葛藤が、物語とは思われぬ現実性をもって立ち現われて来るのである。

葵上が八月中旬頃に没し、中陰明けも間近な十月始め、

時雨うちしてものあはれなる暮つ方、中将の君、鈍色の直衣指貫、うすらかに更衣して、いとをゝしうあざやかに心恥づかしきさまして参りたまへり。（中略）これは、いますこし濃やかなる夏の御直衣に、紅の艶やかなるひきかさねてやつれたまへるしも、見ても飽かぬ心地ぞする。（葵）

男性的な頭中将と女性的な源氏と、それぞれの個性が美しく描かれているが、ここで頭中将は更衣しているのに、源氏はまだ夏の直衣である。これについては古注に、「更衣は重服の人も両説あり、いはんや軽服は更衣勿論也。しかれども志によりて更衣せぬも人の所為たるべし」（花鳥余情）等と説かれているが、現代の研究者はその真意を理解しかねてか、この部分にあまり注意を払っていないようである。[2] ところが『古事談』巻二―一七に知足院忠実の言として、

御堂の不例に御坐《おはしまし》ける十月一日、宇治殿は夏直衣《なほし》のなえたるにて参らしめ給ひけり。二条殿は冬直衣にて参入せしめ給ひたりければ、「不例の人の傍《かたはら》に、かくてみゆる白物《しれもの》やある」と仰せられけり。[3]

とある。すなわち、親の危篤などという時は更衣などに気を配っている余裕はない、取るものも取りあえず飛んで

来た、という誠意を周囲に表明する意味で、あえて更衣などせずに見舞うべきだ、というのである。私の娘時代には、嫁入衣裳の中でも喪服にだけは婚家先の紋をつけず、実家の紋にしておけ、万一結婚後間もなく先方に不幸があった時、先方の紋をつけて行くと、待っていたようだと嫌がられる、とされた。服装は周囲への無言のメッセージである。源氏のこの場面も、頭中将は習慣通りきっちりと更衣をし、源氏は悲しみに沈むあまり季節も弁えず夏姿のまま、という形で、両者の故人に対する立場・心情の違いを、周囲に、また読者に示し、かつは物事をはっきり割切ってしまう頭中将と、情に篤く複雑な心情を持つ源氏との性格の差を、言わずして描き出している場面として理解すべきであろう。

二　政治的関係推移

「須磨」までは白楽天と元稹を思わせるような友情で結ばれて来た二人も、源氏帰京以後は次第に政治的対立、感情的葛藤を来たし、その仲は疎隔して来る。その直接最大の原因は、冷泉帝をめぐる後宮の争いにあった。冷泉帝は11歳で即位。時に源氏の娘はようやく明石で生れたばかり。頭中将が、帝より1歳年長の娘を現権中納言である自分の子としてではなく、源氏のかつての後見者なる父左大臣（現摂政太政大臣）養女として入内させれば、よもや源氏も妨害はしまい、中宮冊立も時間の問題、と考えたのは無理もない。ところが意外にも、帝より9歳も年長の前斎宮が、内大臣源氏の養女として、藤壺女院のお声がかりで入内するという。これはどう考えても自分に対する政治的挑戦。昔からの親友と思い、自分から裏切った事など一度もないのに、何というやり方だ、と「かたがたに安からず」思ったのは当然である。

一方源氏にして見れば、人こそ知らね、冷泉帝は我が子。しかし表面的には異腹の兄弟というだけで、それ以上特別に冷泉帝に肩入れする理由はない。外戚となれば当然後援はできるが、適当な娘がもしあったとしても、実は帝の姉妹だから入内させるわけには行かない。そこにたまたま、母六条御息所からくれぐれも後見を頼まれた前斎宮がある。結局、朱雀院の執心も、頭中将の不快も承知の上で、年齢差も押し切り、母御息所の遺言を盾に、養女として入内させ、更に中宮に冊立して、冷泉帝後援者の立場を確保したのである。源氏にすれば万已むを得ぬ処置で、これぱかりは頭中将との友情にも換えられない。源氏以上に冷泉帝の御代安泰を念ずる藤壺も、全面的にこれを支持する。頭中将は親友に煮え湯を飲まされた思い、源氏は事情を説明、釈明するわけに行かない。双方、全く無理のない事情のもとに、友情が冷却して行くのである。

争いは両女御の感情とは関係なく、優雅な「絵合」によって行われる。物語はこれ以後「藤裏葉」の和解に至るまで、頭中将と源氏との性格批判を互いの口を通して言わせ、これによって二人の対立と相互理解を鮮やかに描き出している。はじめは弘徽殿女御に親しかった帝が、絵を媒介に斎宮女御に心を傾けがちになると、頭中将は「我人に劣らじと」絵師に新たに描かせ、帝を我が方に引きつけようとする。源氏は「昔から改まり難い心ばえの若々しさだ」と笑いながら批判する。やがて帝の御前で絵合が計画されると、源氏は「今改め描かむことは本意なき事なり。ただありけむ限りをこそ」と、競争心を抑えるような穏和な発言をするが、頭中将は耳をかさず、「人にも見せで、わりなき窓をあけて」新たに描かせる。一見、頭中将はルール違犯、横紙破りとも見えるが、これは源氏の方がはるかに狡猾で、最後の切札に須磨明石の絵日記を初めから用意している。これは確かに「改め描」いたものでこそないが、内容的に、出席者の感銘を呼ぶ事、作り物語の比でない。まして源氏の直筆とあれば、これを負けにする事は到底できない、と計算の上での提言なのだから、全く源氏は人が悪い。乗せられて、躍起になって対抗する頭中将は、単純で自己中心的で、源氏に笑われても仕方がないが、それだけ同情できる世間的な人間である。

斎宮女御は中宮になるが皇子はなく、弘徽殿女御の所生も女宮で、皇位争いの葛藤には至らず、源氏はやがて内大臣となった頭中将に政務を譲り、対立は自然に解消する。実務家としての頭中将は、「人柄いとすくよかにきらくしくて、心用ゐなどもかしこくものし給ふ。学問をたてて給ひければ、……公事にかしこくなむ」と、たしかに源氏よりまさっているから、この落着は双方ともに満足であろう。

三　子らをめぐる葛藤

源氏と葵上の一粒種、夕霧は、頭中将にとっても同腹の妹の遺児、かつは祖父左大臣家で養育され、父親よりも身近に成長を見守って来た、心寄せ深い甥である。故にその六位からの官途出発を「あまり引違へたる御事」と非難し、また寮試の予行の優秀な成果に「故大臣おはせましかば」と源氏より先に泣くほど、親身の愛情を持っている。しかし、我が胤というだけで大した期待も持たず母大宮に託した雲居雁が、意外に美しく成長したのを見、春宮元服の添臥しにも、と思い立ちながら、それも又明石姫君の登場によっておびやかされる、という状況の中、思いもよらぬ老女房達の陰口で、夕霧との幼い恋の事実を知る。理性では、悪い事でもないとは思うものの、感情的には、幼馴染のいとこ同士では社会的に華々しい縁組とは言えない、その上意図的ではなくとも、又しても入内計画を源氏に邪魔された、と思わずにはいられない。ましてや自分の夢にも知らぬ所で事が進み、「かしこがり給へど、人の親よ。……子を知るはといふは、そらごとなめり」と老女房らに憫笑されては、不愉快この上もない。「少し男々しうあざやぎたる御心には、しづめがた」く、大宮に当りちらし、乳母どもをさいなみ、雲居雁を自分の邸に引きとってしまう。内心、できてしまった事は仕方がない、もう少し夕霧が昇進し、源氏の懇望でもあれば、それに負けたという形で許すのだが……と考えてもいるのに、夕霧は「六位宿世」の嘲笑を今に見返してやろう、求婚はその後に、と思い、源氏も「世の聞き耳軽しと思はれば、知らず顔にてここにまかせ給へらむに、後めたくはありなましや」とつぶやきつつ、あえて口入れはしない。

源氏が玉鬘を発見したのを見て、頭中将は負けじと近江君を探し出すが、これが周知の通り大変困った代物なので、噂を聞きつけた源氏は、「らうがはしくとかく紛れ給ふめりし程に、底清く澄まぬ水に宿る月は、曇りなきやうのいかでかあらむ。……朝臣や、さやうの落葉をだに拾へ」と、頭中将の息子達と夕霧を前に、あてつけらしくからかう。その報告を受けた頭中将も負けずに、「そこにこそは、年頃音にも聞えぬ山がつの子迎へ取りて物めかし立つれ。をさ〳〵人の上もどき給はぬ大臣の、このわたりの事は耳とゞめてぞおとしめ給ふや。これぞ覚えある心地しける。……その今姫君は、ようせずは実の御子にもあらじかし。さすがにいと気色ある所つき給へる人にて、もてない給ふならむ」とやり返す。玉鬘が、実は夕顔に生ませた我が子であるとは夢にも知らず、いまいましさ半分での放言が実は真実をついているという、面白い設定である。一方源氏は、頭中将が近江君をいっそ公然と笑いものにする事で辛うじて体面を保っているのを、「いと際々しうものし給ふあまりに、深き心をも尋ねずもて出でて、心にもかなはねばかくはしたなきなるべし。万の事、もてなしがらにこそなだらかなるものなめれ」と批判する。どちらも、互いに昔から知りつくしていればこその評言である。

このののち、久々の対面に玉鬘の事を頭中将に打明ける場面は、源氏のしたたかさ、頭中将の外見に似ぬ好人物性が十分に表現され、実に面白い場面であるが、すでに多くの論があり、私もかつて述べた事があるので省略する。(4)ただ、いよいよ玉鬘の尚侍就任決定の時、「やむごとなきこれかれ、年頃を経てものし給へば、え、その筋の人数にはものし給はで、捨てがてらにかく譲りつけ、おほぞうの宮仕の筋に、領ぜんと思しおきつる、いと賢くかどある事なり」と陰口をきき、図星をさされた源氏が「いとまが〳〵しき筋にも思ひ寄り給ひけるかな。いたり深き御心習ひならむかし。今おのづから、いづ方につけても露はなる事ありなむ。思ひ隈なしや」と笑ってごまかす場面、ここは何としても源氏たじたじで、万年№.IIの頭中将のために、いささか快哉を叫びたくなる所である。

四　柏木事件

この後、心も折れた頭中将は夕霧と雲居雁の結婚を許し、源氏は准太上天皇に、頭中将は太政大臣にとそれぞれ極位に達して、物語は次の舞台に移る。

女三宮降嫁に当り、頭中将は子息柏木の室にと朧月夜を通じて懇望するが、源氏は朱雀院が「夕霧が独身のうちに申込めばよかった」と言うのに対し、「あれは姫宮の結婚相手としては無理でしょう、及ばずながら私が後見しましょう」と、勿論藤壺の姪ゆえの下心もあって、自ら結婚を承諾する。世間普通の親である頭中将と、子をよく知る親であるが同時に旧《ふ》りがたい「男」である源氏との違いである。頭中将はなお柏木のために「居立ちねむごろに」所望して落葉宮との結婚を実現、その主催の朱雀院五十賀をも、「居立ちていかめしく細かに、物の清ら、儀式をつくして」行う。いずれも「居立ち」――じっとしていられず、やきもきして世話をやく所に、頭中将の自己中心的ではあるが単純善良な性格がよくあらわれている。

父の心づくしにもかかわらず、柏木は女三宮と密通を犯し、源氏のそれとない厳しい叱責を受けて病床に臥す。「おとなび給へれど、なほ華やぎたる所つきて物笑ひし給ふ」頭中将が、平生なら目もくれないような加持の聖・修験者と膝つき合せて懸命に頼みこんでいる哀れさが、前々からの性格描写を生かして巧みに表現される。臨終に当っては「我こそ先立ため」と嘆き、忌日毎の供養準備も「我にな聞かせそ」と耳をふさぎ、夕霧の弔問を受けては、「旧り難う清げなる御かたちいとやせ衰へて、御髭などもとりつくろひ給はねばしげりて、親の孝よりもけにやつれ給へり」と、愚かな老父にかえってしまう。一方源氏は、生れた薫の柏木によく似た面ざしに、「親たちの、子だにあれかしと泣い給ふらんにもえ見せず……」と、憎しみも薄れて、一周忌には黄金百両を供え、何も知らぬ頭中将を驚き喜ばせる。

夕霧はねんごろに頭中将をも落葉宮をも訪い、「いとかくは思ひ聞えざりき」と頭中将を感動させるが、やがて落葉宮に執心して、母御息所の没後、宮を一条宮に連れ帰り、雲居雁は父の邸に戻ってしまう。源氏も心を痛めるが何とも口の入れようがない。頭中将は息子の蔵人少将を使に、落葉宮と歌を交わす。

契りあれや君を心にとゞめおきてあはれと思ふうらめしと聞く　（頭中将）

何ゆゑか世に数ならぬ身一つをうしとも思ひ悲しとも聞く　（落葉宮）

自分に何の責任もなく、運命の廻り合せで互いに恨み恨まれる仲になってしまった、それぞれ身分こそ高けれごく普通の常識人二人の、実に率直な心の表現の唱和である。かくも筋立の端々にまで気を配って、適切な美しい歌を詠ませる、登場人物一人々々への作者の愛情を、しみじみと感じさせる所である。

五　葛藤の終焉

翌年、源氏51歳、頭中将56〜57歳。紫上が没し、頭中将は昔葵上の亡くなったのもこの頃、と思い起こして「あはれをも折過ぐし給はぬ御心にて」歌を贈る。

いにしへの秋さへ今の心地してぬれにし袖に露ぞ置きそふ

対する源氏は、

露けさは昔今とも思ほえず大方秋のよこそつらけれ

「物のみ悲しき御心のまゝならば、待ちとり給ひては、心弱くもと目とゞめ給ひつべき大臣の御心ざまなれば、めやすき程にと」さりげない一般的哀愁の形で返歌する。さまざまの葛藤を越えて遠い青春の親交にもどりながら、雀百まで踊り忘れず、頭中将は自己を中心に他をおしはかり、源氏は本心を露呈せずさりげなく応ずるという、各自の基本性格をきっちりとふまえた上での贈答である。頭中将はこれを最後に物語面から姿を消し、「匂宮」巻に「故致仕の大殿」の記述があるので、源氏と相前後して没したと推測される。

二人の親交と離反を表面的に見て、「頭中将の性格が便宜的に変って来ている」と見る向もあるかもしれない。しかし彼の性格は、始めから終りまで少しも変っていない。勿論社会的には立派な人だが、割合単純で、自己中心的、世俗常識的。本来善良だけれどちょっと威張りたがる。一方源氏は、全く世間知らずおかいこぐるみの皇子様と見えながら、母の愛情に満たされず、父に溺愛されても結局臣籍降下という心の屈折をかかえ、人知れぬ苦労をしただけ、弱い者への思いやりもあるが、一方政治面でも、女性に対する欲求面でも、はるかに複雑でしたたかなアプローチのできる人間。こういう二人が、親友として、またライバルとして、公私にわたる四十年の交渉の中で、互いにその性格の長短種々の面を出しながら、時に裏切られ、時に理解しあい、絵空事でない、血の通った人間として、相対し、相競うのである。

源氏を誰よりもよく識っているつもりの頭中将が絶対に知りえない秘事として、冷泉帝出生の秘密と、柏木の死の原因がある。冷泉帝擁護のためには、源氏は多年の友誼など構っていられなかった。それによって生じた大きな溝は、雲居雁・夕霧・玉鬘・女三宮・柏木・落葉宮が織りなすさまざまの事件で、深まり、また修復され、最後に紫上の死が葵上の死を想起させる事によって、読者をホッと安心させるような形で終っている。

内外の文学を通じ、かくも息長く、波瀾に富みつつ矛盾を来たさず、人間的に自然で美しい形で完結に至ったライバル物語が他にあろうか。これが私の、さまざまの文学作品の中でも最高のNo.IIとして、頭中将を評価し、その描写の妙に深い賞賛を捧げる所以である。

【注】

（1）以下の一節は次章に詳説した。

（2）「岩波新古典文学大系」脚注にこの叱責の意を、「危篤の人に、時の移りを思わせない意か」と解釈するのは誤りで、病人本人ではなく、以下に述べる如く、周囲へのデモンストレーションである。

（3）川端善明・荒木浩校注『古事談　続古事談』（「新日本古典文学大系」平17）

（4）後掲「対談　物語読解の楽しみ」本書P.177〜P.179参照。

頭中将と光源氏

はじめに

平成十八年度紫式部学会講演会において、頭中将をテーマに講演を行った。その内容は前章に詳しいが、その時、私としては全く何の気なしに、考察の前提、当然の常識の一往の整理として述べた、頭中将と光源氏との親密さないし対抗心にかかわる、相互の身分感覚への理解のあり方が、現在最先端の源氏研究者の方々にとって非常な驚きであったという事を後に伝聞して、私の方が非常に驚いてしまった。

思えば無理もない。昭和天皇の人間宣言から講演当時まですでに六十年。敗戦後に生まれた研究者はもとより、より高年で現在なお活躍中の方にしても、昭和二十一年(一九四六)まで一千百年続いて来た宮廷・公家社会での身分感覚というものは、ほとんど御承知あるまい。せいぜい類推される所は、徳川幕藩体制安定後の固定した武家的君臣関係——しかも「君君たらずと雖も、臣臣たらざるべからず」「君辱かしめらるれば臣死す」という儒教的道徳に縛られた——の観念であろう。とするならば、別段自慢すべき事でも何でもないけれど、図らずも満4歳の時から、昭和天皇第一皇女照宮成子内親王のお相手・学友として十三年間奉仕し、知らずして平安朝以来の宮廷・公家社会の空気を、当然のものの如く体感して成長して来た私のような者が、論証もさる事ながら実感として得た、当該社会の身分感覚のあり方を語り残しておかなければ、将来ともにこの方面における正当な理解は期し難いと思われる。前章とは離れて単独に、この部分のみの詳論をなす所以である。

専門の研究者を驚かせたという私の発言は、次のようなものであった。

頭中将は、藤原氏の一の人、左大臣の長男で、母は桐壺帝と同腹の后腹の皇女（明示はないが内親王であるはず）、すなわち人臣としては最高の生まれであり、皇子ではあっても更衣腹で母方の有力後援者もなく、父帝の寵愛をもってしても臣籍に降らざるを得なかった光源氏とは、ほとんど紙一重という程の身分差しかない。

私にとって何の疑いもないこの認識が、もしや専門研究者の盲点であったとするならば、そのよって来たるところについて、今少し綿密な考察が必要ではあるまいか。歴史学に疎い身で、甚だ僭越ながら、これまで繙読を重ねて来た日記記録類、および諸文学作品と、現実に体感して来た宮廷内外の空気から帰納して、古代は知らず、平安以降の宮廷・公家社会の身分感覚・階級意識を考えてみたい。

一　天皇——系のみある抽象的存在

全く失礼な忖度であるが、文学研究者においてもごく一般的な宮廷階級制度の図式としては、天皇を頂点としたピラミッド型の如きものが想定されているのではなかろうか。しかし、事実はしかく単純なものではない。現代では「天皇家」などと気軽に言うが、そういうものは古来存在しなかった。史学上に「婚姻史」「招婿婚」という新視覚を導入して劃期的成果をあげた高群逸枝は、次のように論じている。

天皇は系のみがあって、母族から母族へと転移した抽象的存在形態（ヤマト時代の父系母族制を端的に表現した）ではなかったろうか。とすれば天皇には家庭もなく、祭祀所兼役所があるだけで、いわゆるキサキも出勤制による役員の一員だったのではなかろうか。そして天皇のこうしたあり方が、天皇の弱さとともに強さの鍵でもありはしなかったろうか。（中略）わが国の皇后は（中略）皇后としてでなく、侍寝職の女御、女官職の内侍、更衣等として入内し、そのなかから事後的に選ばれて立后するが、立后後も自己氏族から断絶されておらず、氏后として氏祭を司り、氏第を本拠として子生み子育てをなし、（中略）その財産は氏族が相続し、死ねば氏族の墓地に葬られる。

（日本婚姻史　昭38）

『源氏物語』をはじめとする宮廷文学を理解する上で、この論はきわめて重要である。天皇は中国諸皇帝・ヨーロッパ各王家のように、自ら巨大な武力を有し、これをもって他者を征服し、その領地や富を奪い、栄華を誇示したのではない。大和地方を中心に割拠する諸氏族の連合の首長として、それらを束ねるマツリゴト——祭治を司った象徴的存在であり、私的生活を持たぬ「おおやけ」であった。皇位に付属する渡領《わたり》はあるが私的所領はなく、住居たる内裏もまさに、「祭祀所兼役所」であって、諸外国に見る、私的に贅をつくした宮殿ではない。私的権力を持たぬ抽象的存在、象徴なればこそ、その保持する最要の権力、すなわち律令政治の根幹たる官僚の人事権において、公明正大が保障され、なればこそ、利害を異にする諸氏族いずれからも尊重され、支持されるのである。

しかし、なま身の人間としては、こうした「おおやけ」としてのみの生活は耐えがたい所であろう。それゆえに、後代一部の天皇は壮年にして自ら退位し、幼少のわが子春宮を即位せしめて、これを後見する自由な一私人の立場で院政を行い、藤氏ら勢力家と対抗、大荘園を自領として富を積み、離宮を営み、自由に遊楽して私生活の贅を楽しんだ。これらの残存部が、敗戦まで続いた膨大な皇室領であり、決して本来的な天皇の私領ではなかった事、天皇は諸外国王家のような、豪富を誇る土地貴族ではなく、内裏そのものも役所的な規格通りの、むしろ質素なもので、六条院の栄華には遠く及ばなかった事を確認しておきたい。

私的権力を持たぬ天皇は、その無力公正さゆえに諸氏族連合の首長たり得る。高群が「天皇の弱さとともに強さの鍵」と言ったのはここである。その相互関係確認の証として、各氏族は女子を公的役員として奉り、天皇はこれを均等に愛して、出生した多くの皇子の中から、母方氏族の後援の最も期待される者を後継者と定める。かくして、その生母は事後的に皇后に立てられるのである。「天皇は系のみがあって、母族から母族へと転移した」といわれるのはこの意である。

二　藤原北家の権威 ―― 神代の約諾

割拠していた諸氏族の力関係は、時代とともに変化する。最も強大となるのは、言うまでもなく藤原氏である。その祖、天児屋命《コヤネノ》は、天孫降臨の際、天照大神が瓊瓊杵尊に添えて降らしめた五部神《イツトモノヲノ》の筆頭であり、「主《ツカサドル》二神事《ノ》一之《ヲ》宗源《モトナリ》者」として、太玉命とともに天津神籬《ヒモロギ》を持って天孫を奉斎し、「侍《ヒテ》二殿内《ミアラカノニ》一。善為《クセヨ》二防護《ギ》一《ルコトヲ》」と命ぜられた（日本書紀）。太玉命の子孫、忌部はやがて衰え、天児屋命の裔、中臣氏は、鎌足の代に至り大化改新の功により、藤原朝臣の姓《かばね》と、人臣最高の大織冠の冠位を賜わった。男不比等は大宝律令撰修に功あり、また氏寺山階寺を奈良に移して興福寺とした。祖神天児屋命と比売神、ならびに天孫降臨の先鋒として出雲なる大己貴神を説いて国土を譲らしめた武甕槌神・経津主神の四神を祀る氏の社、春日神社の創建も同じ頃かとされる。両者は皇室の東大寺・皇大神宮に対し、人臣の側からする国家鎮護の寺社として繁栄する。更に女、光明子は聖武天皇皇后として人臣皇后の初例を開き、四人の男子はそれぞれ南家・北家・式家・京家の祖となった。

中にも房前にはじまる北家嫡流当主は、氏長者として一門を統率するとともに、「神事を主催し、天皇と同殿にあって善く防護を為せ」との、天照大神と祖神天児屋命の約諾により、最も直接に天皇を補佐し諮問にあずかる立場にあり、その権威はほとんど天皇に雁行せんばかりである。氏神春日の神木が訴訟のため入京すれば、これを憚って藤氏廷臣らは出仕せず、公事闕怠を天皇といえども如何ともし難い、という程のものである。

平安盛時のみならず、以後、時代の様々の激変に耐えて、実に昭和十年代までも、北家嫡流摂関家の伝統と権威は生きていた。昭和十二年（一九三七）から十六年（一九四一）まで、再三出馬をたゆたいつつも、結局断続的に三次にわたり首相として内閣を統率した近衛文麿に、「近衛さんが出れば世の中はよくなるだろう」とはかない期待を寄せた、新聞論調ないし一般国民の空気を、少女であった私はまざまざと記憶している。当時ふしぎでならなかったその期待の根拠は、個人的抱負または欲望のみで動く一般政治家・軍出身者とは異なる、一千年来の伝統と権威への信頼であった事を、今改めて思う。残念ながらその純朴な信頼は裏切られたけれども。

三　平安時代の階級観念

このような性格を持つ藤原氏氏長者にくらべれば、天皇の御子であろうとも、親王の権威は及びもつかない。そもそも天皇は上述のように、各氏族（のちには有力廷臣各家）から奉られた女性を平等に愛して多くの皇子をもうけるが、うち春宮にたつのは最有力の母方に支えられるただ一人である。他は親王宣下を受けても本人の器量と後援者の力関係次第で、品位を得て中務卿・式部卿・兵部卿の名誉職に就く者若干、それも政治的には無力で、活躍の場は文学・音楽等文化的方面にしか残されていない。他は論外で、「無品親王の外戚の寄せなきにて」漂う（桐壺）か、或いは諸王として只人扱いとなる。そうした無力者の子孫、「わかむどほり」ともなれば、徒らに血筋のみ貴く、貧困で中下級の廷臣となってしまう[注]。それよりはむしろ、父天皇の意思をもって源姓を与えて臣籍に降し、本人次第で積極的に政治的才能を発揮できる場を与える方がはるかに有利で、藤氏擅《せん》権に対する歯止めの役をも果し得る。これが、平安朝における親王・皇子の実態であった。明治以後に見られる、皇室強化のために創立された多数「宮家」のあり方とは甚だ異なるのである。

このように見て来れば、冒頭に示した私の発言が、別に驚くべき新見でもない事は明らかであろう。平安朝における階級観念は、今日想像されるような、天皇↓皇族↓一般公家と広がって行く単一のピラミッド型社会ではない。天皇は確かに最高の頂点として存在するけれども、それとは別に北家当主（氏長者）を頂点とする藤原氏の大ピラミッドがそびえ、また賜姓源氏・賜姓平氏・橘氏・菅原氏・高階氏等々の中小ピラミッドが林立し、相寄って天皇を支持するのである。皇位継承も、各氏族の合意（といっても実際には、婚姻を通じて天皇と強い絆を持つ藤原本家の意向が尊重される事勿論であるが）にもとづき決定される。「天皇は糸のみ」「それが天皇の弱さとともに強さの鍵」とする高群説はまことに肯綮に当っており、江戸時代以来の国粋主義者も「万世一糸」「一糸の天子」と称した所以である。

四　頭中将と光源氏

頭中将は、理不尽に我を張り、競争心を起して光源氏に対抗し、叶わぬ抵抗を試みたわけではない。将来の氏長者たるを約束された藤家嫡流、皇女腹の嫡男と、格別の資産も後盾もない故大納言女更衣腹の賜姓源氏とを対置すれば、前者の方がはるかに有力である。そこに、父帝の特別の寵愛と、本人の異常なまでの美質、更に加えて、春宮妃たるべきを引き違えてまでの、左大臣（おそらく氏長者）姫君との結婚およびそれに伴う後援、という特殊条件があってはじめて、光源氏は頭中将に対し、前述「紙一重」ながら超えがたい差をもって優位を保っているのである。

5、6歳年長の義兄でもある頭中将は、雨夜の品定以来、光源氏の親友ないし悪友として、一往の敬意は払いつつも遠慮なく交際し、四十年の交友に様々の屈折・衝突はありながらも、相互にその性格を最もよく理解するよきライバルとして、長い一生を終えている。執筆当時の読者層にとり、その関係はいかにもそうあるべき藤氏と源氏の力関係として読まれたであろう。

私は誰に教えられたわけでもなく、このように思って読解して来た。それが、現在の専門源氏研究者に驚かれるとするならば、そこには何等かの現代的君臣観、身分感覚による誤りがありはしないかと危惧されるので、くどくもあろうが改めて解説を加える次第である。

【注】

＊仏門に入って宗教界に力を持つのも、三条天皇皇子師明親王（寛仁二年〈一〇一八〉於仁和寺出家、法名性信）以降の事であろう。

二人の命婦

一　命婦というもの

宮廷女官の中でも、「命婦」なるものの位置付け、役割は、典侍・内侍等とくらべてわかりにくいのではあるまいか。末摘花の巻で活躍する大輔命婦についての、吉海直人の論の中でも、「命婦という女官のありようはもう少し検討せねばなるまい」と注記されている。(1)

命婦とは「令制で、五位以上の婦人または五位以上の官人の妻の称。前者を内命婦、後者を外《げ》命婦と言う。平安時代には後宮の中﨟女房を言い、夫や父の官名をつけて呼ぶ事が多い」というのがごく一般的な定義であり、かつこれ以上に出ない。より詳しくは、須田春子『平安時代後宮及び女司の研究』(千代田書房、昭57)第二章第四節「命婦宮人」にその沿革が考察されている。すなわち、

1　奈良時代、内裏十二女司に仕官する宮人《くにん》(女官)は五位に達すれば命婦と呼ばれるが、文献に現れる命婦は内侍司・蔵司に所属する者が最も多い。

2　平安時代に入ると、五位を基準に、それ以上を命婦、以下を宮人とするようになる。すなわち女官の汎称で

あった「宮人」が、「命婦」に対し、より下級者の称となる。
3　更に上級女官の官位上昇（尚侍が一位、典侍が三位等）により、五位は取立てて注目すべき身分ではなくなり、「命婦」の名称の権威が沈下した。
4　令制命婦のたてまえによれば、命婦は五位以上の位階を帯する宮人の称で、官職ではない。従って各所属本司の職掌に当るのであって、命婦それ自身に一定の所職はない。

と説き、威儀命婦・博士命婦・蔵人命婦等々の諸例を引きつつ、「以上諸例で注目される点は、命婦は内侍司と極めて緊密に関連することである」とされている。

時代を一足飛びに下って、幕末から昭和期のそれを見よう。あまりに短絡的であるかもしれないが、その間の空白を埋める適切な資料は管見に入らぬし、また幼い昭和初期に第一皇女照宮成子内親王のお相手として満4〜17歳の間、宮中の空気を若干なりとも呼吸していた私の体験からして、数々の変化は経つつも、その時代まで平安以来の内裏の制度風習の残映はほのかにかがよっており、それらとは全く無縁となった現代に、当時の物語に接する読者・研究者には、昭和初期の事例ですら思いもよらぬ参考ともなろうかと考えるので、あえて私事をも交えつつ論を進める。

下橋敬長《ゆきおさ》『幕末の宮廷』（東洋文庫三五三、昭54）は、大正十年（一九二一）、宮内省図書寮に、当時78歳（以下数え年）の下橋を招いて、維新前の宮廷に関する談話を速記したものである。下橋（一八四五〜一九二四、満80歳）は、一条摂政家家臣として、12歳の時同家お側出仕、ついで装束召具方《めしぐかた》、23歳で同家侍《さむらい》となった。明治に入って新政府の開設した公家・社家教育機関「皇学所」、泉涌寺泉陵、滋賀県・大阪府の地方役所等に勤務し、明治四十五年（一九一二）宮内省主殿寮出張所殿部《でんぶ》として、京都御所および離宮の監護にあたった。英照皇太后・明治天皇・昭憲皇太后三度の大葬に供奉し、大正三年（一九一四）70歳で退職した。

同書の内容は当時宮廷生活の巨細にわたり、甚だ興味深いが、命婦に関する叙述から摘記する。(カッコ内注記は省略)。

○命婦は、俗に申す地下の娘でございます。

○命婦に出ますのは、地下でも正三位・従三位・従二位の娘でないと命婦にはなれませぬ。

ここでいう「地下」とは非参議に当ろう。江戸末期の『公卿補任』を見るに、非参議の正二位以下が非常に多く、家格も低くて、単なる位階は名誉職的なものになっている事がわかる。

○命婦は七人でございます。その中に女蔵人一人、御差《おさし》(2)が一人、それを合わせて七人でございます。

これは誤りで、正しくは女蔵人、御差を除いた五名(以内)である旨、解説者羽倉敬尚の注記がある。

○お名前が唯今と違いまして、今は菊の命婦、萩の命婦などと申しますが、その時分は一番頭《かしら》が伊予、二番目が大御乳《オオオチ》、あとはすべて伊賀とか、大和とか、駿河とかいう国名です。

明治になって、従来の縁者官職名を廃して植物名とし、華族出身者は二字名(新樹典侍・呉竹掌侍)、士族出身者は一字名とした。

○命婦は天子が物をおっしゃってもお返辞することはならぬ、皆おっしゃるまで黙って聴いておる、そうして御返答は典侍、内侍を以て申し上げる。

これについては後述する。また同書に附載された「維新前の宮廷生活」(大正十年三田史学会での講話筆記)には、

○典侍・掌侍と命婦との関係はちょうど職事と六位蔵人との関係のようなものです。御上が御食事の場合には命婦は御末から御膳を請け取って御側近くまで運びますが、御陪膳は典侍・掌侍方がなさいます。

と明快に説明されている。(3)

明治四年(一八七一)の「内廷制度改新」から、昭和元年(一九二六)昭和天皇践祚と同時に施行された「皇后宮職女官官制」

「皇太后宮職女官官制」に至る歩みは、高橋紘「昭和天皇の女官改革」（『昭和初期の天皇と宮中　侍従次長河井弥八日記』第二巻解説、岩波書店、平5）に詳しい。明治大正の女官定員は「典侍（一）権典侍（四）掌侍（一）権掌侍（四〜五）命婦（二）権命婦（四〜五）女孺、権女孺（三〇〜三二）雑仕（四）」。大正二年（一九一三）の「宮城女官奉職心得書」には、命婦、権命婦は「典侍以下ノ指揮ヲ受ケ日常御前向キニ関スル一切ノ雑務ヲ掌」るとある。女官は少女時代からの「一生奉公」であった。昭和天皇はこれを改め、皇后宮職女官は女官長、女官、女孺の三ランク、女官六人、女孺七人を定員とし、終生奉公も廃した。しかし旧守を重んずる皇太后（貞明皇后、九条節子《さだ》）はこれを受けつけず、ために皇太后宮職女官は旧制のままとし、昭和二十六年（一九五一）皇太后崩御まで続いた。

その昭和初頭、のちに私の義母となる岡本千代子は、まだ20歳前で皇太后宮職に奉職、最後の命婦の一人となった。松尾月読神社の社司、松室家から出て明治期に「萱命婦」の名で奉仕した大伯母恒子の養女格として、松室姓を名乗り、「萱命婦」の名をいただいたという。仕事はまさに「日常御前向キニ関スル一切ノ雑務」。のちには洋装になったが、当初は宮中装束に馴れさせるためもあってか、お中《ちゅう》（おすべらかし）に袿袴《けいこ》という当時の女官の正装の裾を「おかいどり」（壺折）にして御所内の拭掃除などまでした。御入浴のお世話もすれば、「試餞《おしつけ》」といって御膳のお毒見もした。「これは一番楽でした、ただ食べりゃいいんですから」と言っていた。前述下橋談話と同じく、「大宮様（貞明皇后）の仰せはただ黙って承っていて、お返事は内侍さんを通して申し上げた」という。天皇の人間宣言から五年後までもそのような事が行われていたのかと信じ難く、かつ『源氏物語』を見ればそうした状況は考えられない（靫負命婦は故桐壺更衣邸弔問の状況を帝に直接奏上している）ので、この作法がいつ頃からはじまったものか不明である。このように奉仕しながら、局に帰れば忠実な「家来」（針女《しんめ》・下女《げめ》とも言ったようだが、義母は家来と言った）がいて、何でもすべてしてくれ、その主従関係は退職後も変わらなかった。

貞明皇后崩御後数年して、妻を失った私の舅と結婚、嫁達の中でも宮中生活を知っている私と一番気が合ったが、命婦当時の事は「いい夢を見させていただいたと思って、もう忘れた」と言い、たまたまジャーナリストが取材に訪れても何も語らなかった。私も、自身の体験から宮中の事は何事によらず口外せぬものという習慣がついていたので、何一つ強いては聞かなかった。学問的にはいろいろ聞き取り、記録に残しておくべきだったのであろうが、しかしこのような口の堅さ、誠実な守秘の精神こそが、宮仕え人の義務であると同時に誇りであった事、これを冒す事は私としても忍びがたい事であった事は銘記しておきたい。

『源氏物語』中に登場する「命婦」は九名。うち、主題にからんで働くのは、「桐壺」の巻の靫負命婦、藤壺の側近王命婦、「末摘花」の巻の大輔命婦の三名である。他に、源氏元服に奉仕する上の命婦、絵合の場で討論する梅壺女御方の少将命婦、弘徽殿女御方の中将命婦・兵衛命婦がある。更に話題にだけのぼる者として、「夕顔」の巻で源氏が「少将命婦などにも明かすな」と口止めする惟光の妹と、「末摘花」で赤鼻の引き合いに出される左近命婦があり、前者は「絵合」の少将命婦と同一人かともされるが、そこまでは不明であり、特にその必然性もない。

靫負命婦は桐壺帝親近の侍女であり、かつ表立たずに帝の使者を勤め、直接に報告できる人物という事で、典侍・内侍ほど公的な立場でない「命婦」でなければならぬ所であろう。「語る者」として重要ではあるが、その役割にとどまるのでここでは省き、王命婦・大輔命婦について考察してみたい。

二　王命婦

藤壺と源氏の密事にかかわり隠蔽に苦慮する王命婦は、侍女中でも特に重い役割を担わされた人物であるが、一般的な「中将」「宰相」等ではなく、特に「王命婦」という名が彼女にあたえられた事には、どういう意味があったのであろうか。

「命婦」とは上述の通り五位以上の宮人を称したが、時代の変遷、後宮制度の変貌によってその概念職掌も変化し、物語当時のあり方としては、五位の内裏女官で、公的交渉を主とする内侍の下位にあり、帝・后の日常の着替・食事・入浴等一切の細々とした生活介助に当るのがその任務であった。従って帝・后と最も私的に接近した女房であったと考えられる。一方、「王」とは「わかむどほり」を意味する。すなわち皇族出ながら後援者を持たず、優遇的な賜姓後の扱いもなく、一般廷臣並みに落ちた家の出身者という、不遇な存在を思わせるのである。

これをもってそのイメージを描くとすれば、王命婦は没落王家の一員として、酸いも甘いも噛みわけた苦労人であり、相応の年配の実務家で、出生柄、貴人の境遇・心中をよく理解し、左大臣家等権門にも媚びや気兼ねを持たず、帝・后も一人の人間として、その生理まで直視し得た人物であった。その設定が、この命名一つでよく知られるのである。

彼女の見る藤壺とは、決して現実離れのした超越的貴女ではなく、血と肉を持ち、人間の生理と心理を持った女性であった。如何に桐壺帝の寵が深いとしても、父親のような男性から受動的に授かる愛――それも故人の形代としての愛であり、年長寵人らの視線の中での愛である――のみに生きる日常が、果たして女性として満足し得るものであったか否か。母と慕う少年の一途な愛に、女として心動かされる瞬間がなかったかどうか。本人の自覚にすら必ずしも明らかではなかったかもしれないそのあたりの機微を、外部からそれとなく感知し得た人間がもしあったとすれば、その日常の挙措すべてを知る王命婦が、最もふさわしい人物であったであろう。

「瘧病にわづらひたまひ、人知れぬ物思ひのまぎれも、御心の暇なきやうにて、春夏過ぎぬ」(末摘花)。事の起りは、このあたりにあるらしい。源氏18歳、藤壺23歳。七年前の入内当初から、桐壺帝の「な疎みたまひそ。あやしくよそへきこえつべき心地なんする。なめしと思さで、らうたくしたまへ」との許しのもとに親しんだ、義母子とは言いながらあまりにも若い同士の間柄である。さすがに元服の後は、表向御簾を隔てての対面としても、会見に当っては、侍女の立場では遠慮して距離を置くのは当然の礼儀。そこに衝動的に起った、当事者相互にも意外な、突発的な出来事であったと思われる。

直接にこれを知り、事後処理に当り、かつ秘密を守ったのは王命婦である。藤壺も命婦も、驚き畏れ、かつ悔いつつも、これまでの義母子としての交流を俄かに絶つ事は、むしろ不自然であり、かえって周囲の疑惑を招きかねない。堰を切った源氏の恋情を遮断しつつ、表面従来の親昵を維持して事なく過ごすのが、命婦に与えられた至上の任務となった。

しかし、「琴笛の音に聞こえ通ひ」（以上桐壺）に象徴されるように、早くから源氏と特別の心の通いを覚え、過ちによって女性としての真の喜びを始めて知ったでもあろう藤壺の内心を推知し[4]、一方「暮るれば王命婦を責め歩きたまふ」源氏の懇願を一身に受ける羽目となった命婦としては、その後情に負けてただ一夜たばかった三条宮での逢瀬が運命の懐妊を招こうとは、まことに「のがれがたかりける御宿世」としか言いようのない事であった。この時点で、命婦とともに「御湯殿などにも親しう仕うまつ」る、乳母子の弁も秘密保持に加わる。妊娠時期への疑問は、「御物の怪のまぎれにて、とみに気色なうおはしましける」という事で言い逃れた。もとより完璧に疑問を遮断したとは考えられぬけれども、そこは物語ゆえ都合よく、でもあろうが、このような事は見て見ぬふり、という宮廷社会の仁義が、現実に生きて働いていた時代の物語であった事を思うべきであろう。更に言えば主君たる藤壺の人徳が、密事の噂を抑えこむべく有効に作用していた、とも言えよう。

なお懲りず手引きを求める源氏に、命婦も「いとむくつけうわづらはしさまさりて、さらにたばかるべき方なし。はかなき一行《ひとくだり》の御返りのたまさかなりしも絶えはてにたり」（以上若紫）。辛うじて社交的に許される限度の、「紅葉賀」試楽後の挨拶、「袖うちふりし心知りきや」と、「見たまひ忍ばれずやありけむ、……立ちゐにつけてあはれとは見き、おほかたには」の贈答も、記述はないが当然命婦を介してのものであろう。しかし再び三条宮に退出した藤壺への訪問要請については、「命婦もたばかりきこえむ方なく、宮の御気色も、ありしよりは、いとどうきふしに思しおきて、心とけぬ御気色も、恥づかしういとほしければ、何のしるしもなくて過ぎゆく」。ついに、皇子誕生。その容貌は源氏に「違ふべくもあらず。宮の、御心の鬼にいと苦しく」、命婦も源氏には若宮一見を懇願され、「宮の思ほしたるさま」にも同情苦慮し、「見ても思ふ見ぬはたいかに嘆くらむこや世の人のまどふてふ闇」と嘆ずるほかない。更に彼女にとって辛いことには、藤壺の心情、無理からぬ事ながら、「命婦をも、昔思いたりしやうにも、うちとけ睦びたまはず。人目立つまじう、なだらかにもてなしたまふものから、心づきなしと思す時もあるべきを、いとわびしく思ひの外なる心地すべし」。貴人と貴人の板ばさみになった仕え人の、ひとり噛みしめねばならぬ苦衷を、同じく仕え人なる作者は、見落す事なく的確に描き留めている。しかしその後も命婦は変わることなく両者に誠意を尽くし、源氏はこれに甘えてなお仲介を迫り、心の底では源氏を拒みえぬ藤壺もまた、なでしこの花に託してそれとなく贈答を交わすのである（以上紅葉賀）。以後、葵上死去の弔問、桐壺院中陰明けの別れ、すべて命婦が介在する（葵）。

藤壺が出家を決意するに至る最後の事件は、「いかなるをりにかありけん、あさましうて近づき参りたまへり。心深くたばかりたまひけんことを知る人なかりければ」とあり、命婦もあずかり知らぬ源氏の個人行動である。桐壺院亡きあと、皇子春宮の後楯として、その面でただ一人頼む人の無謀な行動に、現実の胸痛をさえ引きおこす藤壺、あわて惑い、源氏を引き離して塗籠に押入れる命婦・弁。なお夜半、「御帳の内にかかづらひ入りて、御衣の褄をひき鳴らし」恨みかける源氏を、「二人していみじきことどもを聞こえ」、ようやく帰邸させる。ここまで手を焼かせても、その後思い屈して訪れもせぬ源氏を「いとほしがりきこゆ」る命婦は、どこまでも人間的に二人の内心を知る、忠実な侍女である。その献身あってこその秘密保持であるのに、懲りずまに紅葉に「いささかなるもの」を付けてなおも藤壺を悩ませる源氏は、後年、柏木の文書きを「いとかくさやかには書くべしや。……人の用意は難きわざなりけり」（若菜下）と難ずるだけの資格が果たしてあったであろうか。

法華八講の果ての日、藤壺出家。万感を胸に包んでの二人の贈答に、取り次ぐ命婦の心情を、作者は「かたへは御使の心しらひなるべし」とかすめている。同じく仕え人の立場なる作者の、この人物に対するそれとない心やりでもあろうか。そして命婦も御供に出家し、源氏は「それも心深うとぶら」っている（以上賢木）。弁はこれで姿を消すが、命婦はなお藤壺に代って宮中に残り、春宮に近侍する。尼女房が内裏でそのような任務に就き得るか、という疑問は残るが、余人をもってかえ難いところであろう。源氏の須磨退隠を幼い春宮に言い聞かせ、この事件のそもそもの責任を「わが心ひとつにかからむことのやうに」痛感しつつも、「ものはかなの御返り」を補って「咲きてとく散るはうけれどゆく春は花の都を立ちかへりみよ、時しあらば」となお将来への賀詞を忘れない所、老練命婦の真面目《しんめんもく》である（須磨）。

源氏がめでたく返り咲き、冷泉帝即位、藤壺崩御ののちも、命婦は内裏住みを続ける。帝は夜居の僧都の奏上によって出生の秘密を知るが、僧都は秘事漏洩を気づかう帝に対し、「さらに。なにがしと王命婦とより外の人、このことのけしき見たるはべらず」と断言し、命婦もまた、帝の態度から危惧を抱いた源氏の質問に、全く同じ言葉を用いて、「さらに。かけても聞しめさむことをいみじきことに思しめして、かつは、罪得ることにやと、上の御ためをなほ思しめし嘆きたりし」と危惧をはっきり否定した。そしてこの誓言を最後に、王命婦は物語から退場するのである（薄雲）。

「もののまぎれ」は、源氏物語の根本をなす構想である。これを読者に反感を持たせず、源氏・藤壺双方に同情できるよう、周囲の条件を無理なく自然に作者は構築して行った。肝心の最初のあやまちは語ることなく想像にまかせ、当惑しつつも当人達の心情を理解して八方事なきをはかり、ついに秘密を守りおおせた一侍女を的確に描写する事によって、読者もまたその秘密を共有し、当惑し、危惧し、動揺しつつ物語を読み進め、ついに「故院の上も、かく、御心には知ろしめしてや、知らず顔をつくらせたまひけむ」（若菜下）の応報の自覚に納得する。その侍女は、

「わかむどほり」で、中宮の御湯殿にも奉仕する、「王命婦」以外にはありえなかったのである。

三　大輔命婦

藤壺事件とほとんど時を同じくして起る末摘花事件は、写真のネガとポジのように対照的であり、そこに介在する王命婦と大輔命婦の性格行動も、陰陽鮮かに描き分けられている。

王命婦の藤壺中宮付きであるのに対し、大輔命婦は桐壺帝付きである事、帝の言葉を冗談まじりに引いたり、台盤所に祇候していて源氏からの文を言付かったりする事でわかる。「内裏にさぶらふ。……いといたう色好める若人にてありけるを、君も召し使ひなどしたまふ」とあるので、源氏に仕える女房でもあるように読まれ、本論冒頭に引いた吉海論の「命婦」検討の提言もこれにもとづいているのだが、宮廷生活の実態を知れば、この点の疑問は氷解する。

内裏では、各官署それぞれの命令系統による、役職の上下関係はあるものの、各個人は自己の職掌を通じて上御《かみご》一人《いちにん》に仕える独立の人格であり、身分差にかかわらず同僚であって、相互にその役職に敬意を払い、それ相応の礼をもって対するものである。例えば後年の『讃岐典侍日記』では、摂政忠実は作者典侍に向い、全く対等に敬語を用いて語りかけている。また私の経験でも、内親王付きの侍従として首位にあり、のち旧制二高（現東北大）最後の校長、お茶の水女子大最初の学長となられた野口明氏も、天皇最側近の侍従、のち侍従次長、掌典長となられた甘露寺受長《おさなが》伯爵も、高々姫宮の「お相手」にすぎない我々幼女・少女に対し、どこまでも対等の立場をもって礼儀正しく接せられた。

本巻の二人の関係もこれに等しい。大輔命婦は中将源氏に対し、敬語こそ使うものの、遠慮なく色めいた世間話を交わしている。源氏の私邸の女房、中将・中納言などとは、大分異なる対応である。しかし一方、源氏は帝の寵愛する皇子であり、内裏に宿直所を持ち、二条院や左大臣邸より内裏住みを好ましくしている。その限りにおいて、梳櫛《けずりぐし》などの生活上の些事に、公務のひまに「召し使」う事がある。それはいわば大輔命婦の好意的サービスで、彼女は決して源氏に兼参する私的女房ではない。

私的関係もある事はある。すなわち大輔命婦の母は、惟光母大弐乳母の「さしつぎに思いたる」、次位の源氏乳母であった。しかし彼女は惟光のような腹心の最近臣「乳母子」ではない。父母ともに源氏とは無縁となり、自身も内裏勤め。但し母の縁で源氏とは互いに特別の親近感があり、そこに前述の、廷臣同士としての一種の平等感も加わって、惟光のような献身とはまた異なる、面白い人間関係を作り出しているのである。

私生活においては、母は筑前守と再婚して任国に下り、おそらく常陸の親王の縁戚の[5]「わかむどほり」の父兵部大輔は、親王の遺児末摘花の後見とは言いながらあまりそれに熱心ではなく、後妻の家に住みついてしまった形。命婦は継母の家を避けて、末摘花邸の、兵部大輔用とされている一部分を自分の里として、宮中出仕、里に下っては姫君の閑居を慰めもする、という設定である。姫君と立ててはいるが親族関係でもあり、その落魄には父にも一半の責任はあるかもしれぬが、あまりと言えば世間智なく、昔の幻想に凝り固まっている当人とその周辺に、同情といらだちをこもごも覚える。姫君よかれと念ずる気持はうそではないが、その救い難い古さ、愚直さには、呆れ、見下す気持も禁じられない。そういう大輔命婦の心理・行動は、王命婦とは違い、わずか「末摘花」一巻のみの描写でありながら、源氏物語全編中でも、特異な侍女像を印象づける。

末摘花の話題が出たのは、雨夜の品定にも似た内裏宿直の、つれづれの閑談などの場であったろう。ちょっとした話題提供のつもりが、夕顔への思いから意外に乗出して来た源氏。ほのかな琴の声で奥床しくとどめるはずを、物ずきな頭中将の介入で恋文合戦となるが、いずれにも手答えがない。あせった源氏にせつかれて、王命婦とは違い、「いといたう色好める若人」なる大輔命婦のこと、「物越しに聞こえたまはむほど、御心につかずはさてもやみねかし、まさるべきにて、仮にもおはし通はむを咎めたまふべき人なし」と一人合点でひそかに導く。何食わぬ顔をして姫君に琴をすすめ、源氏の訪れに今更驚き顔で、何かと言いつくろいつつ障子を鎖して不安を除き、褥をしつらえ、着替えを手伝う。その中にも源氏の艶姿と姫君の見だてなさを見くらべ、「わが常に責められたてまつる罪避りごとに、心苦しき人の御もの思ひや出で来む」といささか良心の咎めを覚え、しかし源氏が押し入れば知らず顔で自室に消えて「いかならむ」と様子をうかがいつつ、源氏が不興げに早々に帰ると見れば、「知り顔ならじとて、御送りにとも声づくらず」。救いようもなくちぐはぐな逢瀬の描写の中に、手引をしたいささか軽薄で無責任な、善良ではあるが、一方では里人を見下す気持も隠せない宮廷女官の心理行動が、見事に書き込まれている。末摘花に対して不誠実には違いないが、反面、仲介失敗の場合それを目立たせない、粋な対処法でもある。

気乗りせぬまま夕刻になった「後朝の文」への、見るかいもない姫の返書にますます幻滅を覚えつつ、「我はさりとも心長く見はててむ」とは思うものの、再訪をためらう源氏に、命婦は心苦しさを「泣きぬばかり」訴えながら、「若うつくしげ」なその微笑に魅せられて、「わりなの人に恨みられたまふ御齢や、思ひやり少なう、御心のままならむもことわり」と納得する。あだあだしくはあるが、右も左も見える、余裕ある社会人である。

その後、源氏は命婦の介入も要せず、絶え絶え通ううち、雪の朝、かねがね心得ず思っていた姫の容姿、赤鼻を見あらわす。一方命婦は年末、正月衣裳の贈物を託され、ほとほと閉口しながら引き籠めもならず、渋々持参、源氏の反応を胸つぶれてうかがい、赤面する。そして末摘花の「心を尽くして詠み出でたまへらん」古ぼけた贈歌料紙の端に書きけがす源氏の戯歌、「何にこのすゑつむ花を袖にふれけむ、色こき花と見しかども」の手すさびをかいま見、返歌ともなく「紅のひとはな衣薄くともひたすらくたす名をしたてずは、心苦しの世や」と口ずさんで、「よきにはあらねど、かうやうのかいなでにだにあらましかば」と源氏を嘆じさせる。

面目を失い、「いと恥づかしくてやをら」退出した命婦が、翌日台盤所に控えていると、源氏がさしのぞき、「くはや、昨日の返り事」と文を投げ与え、赤鼻を匂わせるつづしり歌を口ずさみつつ通り過ぎる。そのしゃれた取りなしに命婦は独り笑み、「なぞ」と見とがめ、問いただす口さがない同僚を巧みにやりすごす。そして晦日の夜、かの「重りかに古代なる」衣箱に入れた、葡萄染・山吹とりどりの見事な返礼の衣裳を末摘花邸に届ける所で、大輔命婦は役割を終え、物語から退場する。

大輔命婦は、ただ一つの巻にしか登場せぬ端役であるが、その活躍には他の端役よりはるかに目立った個性とユーモアがある。礼は守りつつも源氏の軽い言葉敵《がたき》ともなって楽しませ、まともな仲介ではとても成立しそうもない末摘花との縁を取持ち、批評眼はありながら落魄の貴種に温かい配慮を示す。貴人一辺倒ではなく、独立した自己を持った職業人「命婦」像を示す、興味深いキャラクターである。

【注】

（1）吉海直人『源氏物語の新研究――人物と表現の虚実――』（おうふう、平15）第二章八――四「大輔命婦の活躍」P.46～P.47。

（2）「御差」は貴人の上厠に奉仕する役。

（3）なお、（1）と重なる部分も多いが、高橋博「近世の命婦について」（『日本歴史』平16・9）も参考になる。

（4）以下の藤壺内心のありようについては、坂本曻（共展）『源氏物語構想論』（明治書院、昭56）第二章2「冷泉帝誕生に関る疑惑」・吉海直人前掲書第一章三「藤壺入内をめぐって」に、詳細な考察がある。

（5）坂本共展「源氏と末摘花」（森一郎編『源氏物語作中人物論集』勉誠社、平15）では、作者は兵部大輔を末摘花の叔父（母の兄弟で某親王の男）と想定していたか、とする。

二人の中将の君

はじめに

『源氏物語』の中では、前章で述べた命婦達以外、内裏勤務の公的女房として活躍するのは、主筋に関係ない道化役、源典侍のみである。「女房」とひとしなみに言っても、内裏の公的事務管理を職掌とする典侍・内侍らは、物語の中では働かせにくく、源典侍にしても老年でなお若公達と職場を同じくし、対等に近く交渉できる立場が巧みに活用されたので、話としてはその私的部分が点描されるにすぎない。命婦が活躍するのも、令制上はそれが公的身分をさすのみで職掌が限定されず、天皇・中宮の私的生活を臨期に介助するために描きやすかったものであろう。

これに対し、脇役として存分に活躍し、物語に現実味を与え、各場面を盛上げる役目を果たすのが、主要人物等に仕える私的女房である。作者紫式部自身、中宮彰子の里方、道長家から付けられた私的女房であり、彰子に従って内裏に入る事はあっても、そこでの見聞は中宮周辺のごく限られた部分であるため、公的女房の働きは描きにくくもあったろうし、一方私的女房としての種々の体験は[1]、作中の彼女らの行動・心情描写に、大いに役立ったに違いない。そのようにして描き出された私的女房中でも、特に目に立ち、奇しくも同名を与えられた二人について考えてみたい。

一　中将の君――六条御息所女房

霧のいと深き朝《あした》、いたくそそのかされ給ひて、ねぶたげなる気色にうち嘆きつつ出で給ふを、中将の御許《おもと》、御格子一間《ひとま》上げて、見奉り送り給へとおぼしく、御几帳引きやりたれば、御頭《みぐし》もたげて見出し給へり。前栽《せんざい》の色々乱れたるを、過ぎがてにやすらひ給へるさま、げに類《たぐひ》なし。廊の方《かた》へおはするに、中将の君、御供に参る。紫苑色《しをんいろ》の折に合ひたる、羅《うすもの》の裳あざやかに引き結《ゆ》ひたる腰つき、たをやかになまめきたり。見返り給ひて、隅の間の高欄にしばし引き据ゑ給へり。うちとけたらぬもてなし、髪の下り端《さがりば》、めざましくもと見給ふ。

「咲く花にうつるてふ名はつつめども折らで過ぎうき今朝の朝顔

いかがすべき」とて、手をとらへ給へれば、いと馴れて、とく、

　朝霧の晴れ間も待たぬけしきにて花に心をとめぬとぞ見る

と公事《おほやけごと》にぞ聞こえなす。をかしげなる侍童《さぶらひわらは》の、姿好ましうことさらめきたる、指貫の裾露けげに、花の中にまじりて朝顔折りて参る程など、絵に描かまほしげなり。

最もポピュラーな「夕顔」の巻の、しかも六条御息所初登場の場面。誰の印象にも強く残るであろう、優艶そのものの描写である。

　気の重い恋人に手を焼く貴公子。ぎごちない後朝を何とか取りなそうと、主君にそれとなく見送りをすすめる心利いた女房。思わずこれをとらえてそのしゃれた姿を鑑賞し、色めいた歌を詠みかけるのは、半ば礼儀であり、半ば以上、不満な一夜の代償である。それと知りつつ正面からの返歌ではなく、折からの霧に寄せてさらりと「公事」

に受け流す。「折らで過ぎうき」を片耳に聞いた侍童が、気をきかせたつもりで正直に朝顔を折って来るかわいらしいユーモアを交えて、三角関係とも異なる男女三人の心理ドラマが、五百字にも足りぬ短文の中に、鮮やかに描き出されている。

　この場面に一入光彩をそえるのが、中将の君の衣裳描写である。季節にふさわしく、奥床しい紫苑色の衣に、浮紋鮮やかな羅の裳をきりりと結んだ姿は、一女房のそれではあるが、その主、六条御息所の知性・気品・優美を象徴して余す所がない。一般的には全く気づかれぬ事であろうが、実は物語全体を通じて、六条御息所の衣裳描写はただ一箇所しかない。(2) それも、葵上の出産を聞いて、「平らかにもはた」と心中穏やかならず、ふと気づくと、「御衣《ぞ》などもただ芥子《けし》の香にしみかへりたり」という、おぞましい一条（葵）のみであり、あとは襲ねの色目はおろか、詠歌中に用いられる「袖」「褄」三箇所を除いては、草子地中の「袖ぬらす」といった常套表現すら見当らない。しかし、だからといって、御息所の高雅な容姿を想像できぬ読者はあるまい。言わずして、言った以上の表現効果をかき立てる、紫式部の描写法の秘密として、女房さえこの通り、まして主たる人の美しさは……と読者に思わせる、というような、独自の間接的手法があり、この中将の君の例はその頂点である。

　中将の君は、ここ以外どこにも現われない。しかしその存在は、読者の心にくっきりと焼きつくであろう。あくまでも自分を殺して主を引立てる。容貌、才気、趣味教養、すべてをその為に用い、自らの為にしない、私的女房の典型であり、その故にこそ、彼女はただ一巻の、ただ一箇所にしか登場しないにもかかわらず、忘れがたい印象を読者に与えるのである。そのあり方はまた、彰子の私的女房として仕えた紫式部の、その立場にある限り理想としたあり方でもあろう。勿論彼女にはそれに徹し切れない自負の側面があり、それが『紫式部日記』の、あの複雑な感慨をもたらしているのであるけれども。

二　中将の君――源氏・紫上女房

1

同名であっても、「葵」から「幻」まで三十年にわたって登場、特異な存在感を示すのが、はじめ源氏に仕え、須磨流謫に当って紫上に託された、源氏お手つきの女房、中将の君である。初登場は、葵上の中陰明け、二条院に帰った源氏が、久々に紫上に対面、「いとこよなう」大人びたその姿に満足しつつ、「御方に渡り給ひて、中将の君といふに、御足などまゐりすさびて、大殿籠りぬ」(葵)。精進明け早々、未だ若紫と新枕というには憚られるが、中将を相手とするなら、「御足などまゐりすさ」ぶにとどまらなかった事、自明であろう。

彼女の立場は、当時の読者には説明の必要もない程のものであったろうが、文面の上では須磨出発の際、「さぶらふ人々よりはじめ、万の事、みな西の対に聞こえ渡し給ふ」とあるに続いて、「わが御方の中務、中将などやうの人々、つれなき御もてなしながら、見奉る程こそ慰めつれ、何事につけてかと思へども」とその心情を解説してある。「中務」は本来葵上付きの女房で、頭中将に心かけられながら、源氏のたまさかの情になびいて母大宮の不興を買う女性(末摘花)。葵上没後、源氏方に移ったらしい。その同僚の女房で、「人よりはこよなう忍び思す中納言の君」も、須磨出発時にはまだ左大臣邸にいるが、やがて中務の後を追ったらしく、後年、「幻」の巻で中将ともども、紫上を失った源氏と語り合い、慰めている。

主人のサービス不足をすかさずカバーする、六条御息所の中将の君から更に一歩進んで、何らかの理由でセックスの要求を満たしえない主人に代り、臨期に代役を勤めるこうした女房の生態・心理は、近代的自我の発達した現代の読者達には不可解であるかもしれない。しかし、先ずは作者の語りにそって、中将の君を中心に彼女らのその後を追ってみよう。

2

二条院の姫君は、程経るままに思し慰む折なし。東の対にさぶらひし人々も、皆渡り参りし初めは、などかさしもあらむと思ひしかど、見奉り馴るるままに、なつかしうをかしき御有様、まめやかなる御心ばへも思ひやり深うあはれなれば、まかで散るもなし。なべてならぬ際の人々にはほの見えなどし給ふ。そこらの中にすぐれたる御志もことわりなりと見奉る。（須磨）

紫上、18歳。葵上亡きのちの正室扱いといっても、確たる後見もなく、何程の事もないねんねの姫君、と思いの外の巧みな人あしらい、実意のあるやさしい人柄に傾倒して、移籍した侍女らも源氏方より紫上方の女房として定着してしまう。「ほの見え」などする「なべてならぬ際の人々」とは、当然上記の三人らであろう。

かくて一年半、めでたく帰京した源氏は、各方面への挨拶とともに、「二条院にも待ち聞えつる人を、あはれなるものに思して、年頃の胸あくばかりと思せば、中将、中務やうの人には程々につけつつ情を見え給ふ」（澪標）。金品・地位・名誉等では酬いられぬ、彼女らの誠実への、最高の論功行賞である。これに対しては、紫上は他の女君に対するようなやきもちは一切やかない。彼女らは今は紫上の女房であり、彼女らに分け与えられる愛は、どこまでも紫上の代理者への愛なのである。彼女らもそれをよく心得て、源氏の配慮に感謝こそすれ、これをもって紫上をしのごうなどとは、夢にも考えていない。

3

明石君は女子を出産。やがて上京して大堰に家を構える。源氏は姫君を紫上方に引取るが、淋しく暮らすであろうその人に情愛は一入まさり、「常よりことにうち化粧《けさう》じ給ひて……いとどしく清ら」な姿で訪問しようとする。心

中穏やかならぬ紫上、言いわけがましく源氏の口ずさむ催馬楽「桜人」の章句を即座にとらえて、

舟とむるをちかた人のなくはこそ明日返り来む夫《せな》と待ち見め

と詠ずるが、これを「渡殿の戸口に待ちかけて」源氏に伝えるのは中将の君である。彼女ら、お手つきの女房は、主、紫上と一心同体、明石に傾きかねない源氏を牽制する。この伝言役が、この方面に全く関係のないただの女房であったなら、演出効果は半減しよう。「いたう馴れて聞こゆる」その艶姿に、公私、双方の感情的圧力が表現され、源氏も、

行きてみて明日もさね来《こ》むなかなかにをちかた人は心おくとも

と誓約せざるを得ない。またそのメッセージ力に信頼すればこそ、紫上はこの役割を中将に託するのである。二人は男性を争う敵対関係ではなく、男の身勝手さに対抗する同志的心情をもって結ばれている（薄雲）。

4

やがて、新築六条院の新春。思う事ない紫上の女房達が、くつろいで互いに祝いあっているのをさしのぞいた源氏が、「皆おのおの思ふ事の道々あらんかし。少し聞かせよや、我寿詞《ことぶき》せん」とからかうのに対し、我はと思ひあがれる中将の君ぞ、「かねてぞ見ゆるなどこそ、鏡の影にも語らひ侍りつれ。私の祈りは何ばかり

の事をか」など聞こゆ。　（初音）

中将の君は紫上の側近随一と自ら任じ、一同を代表して、「我が君御夫妻の千歳をこそお祝いしておりました。こうしてお仕えする幸福以上、個人的には何を望みましょうか」と答える。この部分、「新編日本古典文学全集」頭注には、「中将は、主人である源氏の長寿のほかに望みはないと表面には言いながら、裏に源氏がつれないことは分かっていたと、その冷淡さをあてこする」「鏡に映る衰えたわが姿を相手に源氏がつれないのもしかたないと話し合っていた、との意味を含めた」とするが、このような深読みはいかがであろうか。

近代に失われた美徳の一つに、「分を守る」という事がある。「夢を持て」「夢はかならずかなう」などという言辞がもてはやされる現代から見れば退嬰的、卑屈きわまると非難されるであろうが、身分制が確立し、誰もがそれを疑わなかった時代、「分を守る」とは、自らの置かれた立場を自覚し、これを尊重し、その立場において最高最善の人間になろうと自ら努力する事であった。そもそも中将の君は、和泉式部の敦道親王におけるように、はじめに恋愛があり、しかし身分上、対等正規の結婚ができないために、内々の形で男性の邸に迎え入れられる、いわゆる「召人《めしうど》」とは異なる。まず童女として出仕し（幻）、やがて一人前の女房となった頃に、容姿がたまたま独り寝の主君の目にとまったところから、恩恵的に愛情を受ける立場になったのである。しかも彼女の場合、その後紫上方の女房となってその信頼を得、同僚女房らからも代表と認められて、この新年の寿詞を述べているのである。そこに、右頭注に言うようなあてこすりや恨み等の私情の入る余地はない。「かねてぞ見ゆる」の引用からしても、「鏡の影」とは「近江のや鏡の山を立てたればかねてぞ見ゆる君が千歳は」（古今、一〇八六、黒主）に言うところの、鏡に映る主君夫妻のめでたい姿であり、「衰えたわが姿」などではあり得ないのである。あくまでも奉仕者としての分を守った中で、その代表として、時・折節にふさわしく、しかも和やかに全員の志を述べる。そこにこそ彼女の誇りがあり、仮にも源氏との特別な関係を鼻にかけたり、紫上に対抗意識を持ったり、という事は考えられないのである。

5

六条院の栄華にもやがて翳《かげ》がさす。女三宮の降嫁により、源氏が三夜、夜離れなくそちらに通い、紫上は空閨を守りつつ、近侍の女房らと夜更けまで語り合うが、彼女らが内々ながら源氏の不実を非難するのを聞きにくく思って、

「この宮のかく渡り給へるこそめやすけれ。なほ童心の失せぬにやあらむ、我も睦び聞えてあらまほしきを、……いかで心置かれ奉らじとなむ思ふ」

と語るのに対し、

中務、中将の君などやうの人々、目をくはせつゝ、「あまりなる御思ひやりかな」など言ふべし。（若菜上）

前掲「薄雲」の場面を更に増幅した、紫上に寄り添い、そのあまりの自制、謙抑に切歯する、同志的愛情の発露である。

しかし、この段についても、甚だ現代的な新解釈がある。秋山虔「「あまりなる御思ひやりかな」について――文体の問題一つ――」（『武蔵野文学』38、平3）において、右の目くはせ、発言の真意につき、

紫の上に信従する彼女たちが、この主の君の苦境に自分たちも共に立たされて、負けじ心の姿勢を構えようとしているのに、いかにも己れを卑下して先方を立てる紫の上の物言いによって水を差され、そんな弱気であってほしくないとその態度に切歯扼腕する、主人だいじの女房の気持ちなのであろうか。そうでもあろう。しかしそうと断じきることにためらわれるのである。

として、この場面における中務・中将らと紫上と、相互の深層心理の交渉のありようを、

(上略、女房らの側とすれば) 源氏を思慕し、その愛を求める女の心が、それとは位相を異にして紫の上の存在によって著しく抑圧されつづけていたと考えられる。(中略、一方紫上としては) 女三の宮の輿入れを心底から歓迎するかのような文言は、じつはそうした女房たちを意識して、わが誇りにかけて毅然たる姿勢を見せつけようとする自己防衛であるといえよう、「中務、中将の君などやうの人々」によってそうした紫の上の心内は見透かされているであろう。「目をくはせつつ」言う「あまりなる御思ひやりかな」の、その「目」はどういう目であるか、その言辞にこもる意味はどのように詠んだらよいか、読者諸賢に委ねたい。

と、きわめて暗示的な問題提出がなされているのである。

論者自身の見解は明快に示されていないが、この論調から右の主張が、従来説のような主従の分を守ったきれいごとではなく、身分関係など踏み越えた男女関係の心の葛藤に迫る読みをせよ、という点にあろう事は、読み取るに難くない。そしてそれは、きわめて現代的に納得される、深い秀抜な読みである、と評価されるに十分である。

しかしそれゆえにこそ、私はあえて異を称えたい。中務にせよ中将にせよ、源氏に親近して約二十年、紫上に心服して十五年。情愛はありながら身勝手な源氏と、温和貞順と見えつつ内に非常な自尊心と自立性を保つ紫上と、双方の人柄は隅々まで知りつくしている。今さら、「源氏を思慕し、愛を求める」ような甘い考えはなく、紫上の名代として、たまさかに求められれば与える、その役割に自足し、仮にも紫上を凌駕しようとか、その苦境に快哉を叫

ぶとか、そういう形の近代的自己主張は持っていない。主に対して分を守り、自己の分を尽くすに完璧を心がける。これが仕え人の誇りであり、現代平等社会には失われた、身分社会の生活文化である。またその真心に信頼すればこそ、自己に代って憤激してくれる彼女らをねぎらいなだめるように、紫上はおだやかに語るのである。

以上述べたところは理論ではない。今から八十余年前の昭和初頭、幼年期から少女期の十数年を通じ、きわめてすぐれた「女一宮」のお相手、学友として奉仕し、かつ役職・年齢こそ異なれ、同様に近侍された侍従・女官方と日常的に親しんで来た体験からする証言である。時代が変わっても人間の心は同じ、というのも一つの真理ではあるが、一方時代・環境が変われば人間の心も変わること、近々ここ二、三十年の変化を見ても明らかであろう。千年の昔の作品に対し、安易に現代的解釈を持ちこむ事には、研究者としてはくれぐれも慎重でありたい。

成婚三日間、夜離れに乱れる思いゆえか、紫上が源氏の夢に現われ、心騒がせた源氏は早朝に立ち戻るが、格子を開いても中将ら女房達は知らぬ顔、雪の庭で身も冷え切るまで待たせる、あくまで紫上方に立った、勝気でユーモラスな彼女らの姿は、この辛い場面を救って生き生きと頼もしい。

6

それから更に十二年。紫上は没し、思い出の中に一年を過す源氏を最も身近に慰めるのは、これら古馴染みの女房達である。

例の、紛らはしには、御手水召して行ひし給ふ。埋みたる火おこし出でて御火桶まゐらす。中納言の君、中将の君など、御前近くて御物語聞こゆ。……経など読み給へる御声を、……袖のしがらみせきあへぬまであはれに、明け暮れ見奉る人々の心地、尽きせず思ひきこゆ。（幻）

中にもクローズアップされるのはこの人である。

中将の君とてさぶらふは、まだ小さくより見給ひ馴れにしを、いと忍びつつ見給ひ過ぐさずやありけむ、いとかたはらいたき事に思ひて馴れも聞えざりけるを、かく亡せ給ひて後は、その方にはあらず、人よりことにらうたき者に心とどめ思したりしものをと思し出づるにつけて、かの御形見の筋をぞあはれと思したる。心ばせ、容姿《かたち》などもめやすくて、うなゐ松におぼえたるけはひ、ただならましよりはらうらうじと思ほす。

この一文に、中将・源氏・紫上の関係は明白に語りつくされている。どこまでも分を守り、忠実な女房に徹したその人柄は、主君夫妻に十分に評価され、今や紫上の「うなゐ松」として、源氏が最も心おきなく語れる友となったのである。

各女君達をめぐり歩いても癒されぬ源氏の心に、最も寄り添うかに思われるのがこの人である。とは言え、そこには又、仕え人と主君、女と男の心理の微妙な食い違いも表現されている。

中将の君の東面にうたたねしたるを、歩みおはして見給へば、いとささやかにをかしきさまして起き上がりたり。つらつき華やかに、匂ひたる顔もて隠して、少しふくだみたる髪のかかりなど、いとをかしげなり。紅の黄ばみたる気添ひたる袴、萱草《くわんざう》色の単、いと濃き鈍色に黒きなど、うるはしからず重なりて、裳、唐衣も脱ぎすべしたりけるを、とかくひき掛けなどするに、葵を側《かたはら》に置きたりけるを取り給ひて、「いかにとかや、この名こそ忘れにけれ」とのたまへば、

さもこそはよるべの水に水草《みくさ》ゐめ今日のかざしよ名さへ忘るる

と恥らひて聞ゆ。げに、といとほしくて、
大方は思ひすててし世なれども葵はなほやつみをかすべき
など、一人ばかりは思し放たぬ気色なり。

この中将詠も、従来の一般的解釈としては、「よるべの水」に憑《よ》る神を源氏と考え、たとえば、「新編日本古典文学全集」現代語訳では、

いかにも、よるべの水が古くなって水草が生え、神のお憑《よ》りになることもなくなりましたが――久しくこの私をお見限りなのはいたしかたございませんが、ほかでもない今日のかざしの「葵《あふひ》」――「逢う日」の名までお忘れになりますとは。

とし、「顧みてくれぬ源氏をさりげなく恨む女歌の典型」と頭注に指摘している。しかし、上述のように中将その人の境遇心情に即して読み進めるなら、この歌もまた個人的な恨みの歌ではない。彼女にとって、「神」とは紫上であり、なればこそその代役としてたまたま愛を受けた自分を「寄る瓮《べ》の水」にたとえつつ、神に逢うその日の名すら忘れるほど憔悴し切った源氏をいたわり、いとおしんでいるのである。

本当にまあ、神の憑るという瓶《かめ》の水にも水草がはびこるはず。神――紫上がおられてこそ、その影を映すかのように、たまさかのお情けにあずかる私でございました。その方を失われ、私にお心の向かぬのは当然でございます。お力落しのため、「葵」の名をすら忘れたとおっしゃる我が君のお心が、おいとしくてなりません。

これが、心服する主――紫上――の前には自分を無にする事のできる女房の心意気である。しかし、自らが神である源氏には、その真意はわからない。彼はこの詠を通説のごとくに取り、

大方は思ひ捨ててし世なれども葵はなほやつみをかすべき

と詠じて、「一人ばかりは思し放たぬ気色」である。中将はその誤解を黙って受け入れ、かたわら痛く思いつつ、愛撫に答えたであろう。『源氏物語』における贈答歌の呼吸の妙は、周知の事ではあるが、紫式部は大夫監や近江の君のあやしげな歌ばかりでなく、優婉と見せつつ実は誤解、食い違いをさしはさんだ贈答をも、知らず顔で創作し、忍ばせているのではなかろうか。

7

月日はめぐり、八月、一周忌の命日が訪れる。供養に臨み、御手水を参らせる中将の君の扇に書きつけた歌、

君恋ふる涙は際もなきものを今日をば何の果てといふらむ

は、真に誠実な仕え人の絶唱であり、これに書き添えた源氏の、

人恋ふる我が身も末になりゆけど残り多かる涙なりけり

は、どこまでも自分が世界の中心である人間の未練な詠嘆である。ここにも両者の意識の微妙な齟齬が見られる。

歳の暮近く、源氏は明年の出家に備えて身辺を整理し、かの須磨に贈られた紫上の書簡の数々、他の人々のとは取り分けて、特にまとめて結い合わせてあった貴重な形見をも処分する。

疎からぬ人々二三人ばかり、御前にて破《や》らせ給ふ。……さぶらふ人々もまほには引きひろげねど、それとほのぼの見ゆるに、心まどひどもおろかならず。……

かきつめて見るもかひなし藻塩草同じ雲居の煙とをなれ

と書きつけて、みな焼かせ給ひつ。

この「疎からぬ人々二三人」「さぶらふ人々」も、中将・中務・中納言らであろう。紫式部は、端役として点出した人物もほとんどすべて、その場きりに終らせず、何等かの形できちんと辻褄を合わせ、結末をつけている。作家としての愛情あふれる、見事な筆であるが、四十年にわたる「中将」描写は、その一つの典型とも言えよう。

おわりに

ただ一巻、一場面にしか登場しない、六条御息所の女房、中将の君と、「葵」以降の全巻の中で、ささやかながら要所に顔を出し、狂言回しを務める、源氏・紫上の女房、中将の君と。読者の記憶に残るのはどちらかと言えば、それは全くの点景と言ってもよい、前者であろう。そのさわやかな衣裳描写は、簡明であるだけに眼に見るごとく印象深い。対して、後者の「幻」の巻のうたたね姿は、すでにそこまで読み進んだ読者にとってはさほどの感銘もなく見過ごしてしまうかもしれぬが、よく見れば作者はこれにも実に心を配って、丁寧に描いている。この違いは、二人の描写全般に推し及ぼせる違いとも言えよう。端役に美しく、主君の奥床しさを代弁する前者と、反復熟読するにつれてその滋味が心にしみ入る後者と、それぞれに、作者紫式部が創造した、理想の宮仕え人であり、同時に彼女らの臣事する理想の主君の姿をも、鮮やかに描き出している。

『源氏物語』の偉大さは、主人公達の活躍だけでなく、このような細部にも宿る。なればこそ、千年の生命を保ち、今なお追随するもののない輝きを放ち続けるのである。

【注】

（1）坂本共展『源氏物語構成論』（笠間書院、平7）に、作者10歳頃からの、冷泉天皇中宮昌子内親王の三条宮出仕が想定されている。蓋然性ある指摘であろう。私の体験から言っても、宮中における身分観念、言葉遣い、礼儀作法などは、幼少のうちにたたき込まれないと身につかぬものである。「浄土寺の前関白殿は、幼くて、安喜門院のよく教へまゐらせさせ給ひける故に、御詞などのよきぞ」（徒然草一〇七段）はその一証言である。

（2）岩佐『源氏物語六講』（岩波書店、平14）第二講「衣裳の描写」参照。

二人の侍臣・二人の侍女

はじめに

今はあまり聞かれないが、「おみきどっくり」という言葉がある。神前に供える神酒を入れる白い徳利（今日の言葉でいうお銚子）で、どこの家でも常に一対、神棚の左右に上っていたものである。転じて、いつも二人並んで登場する、欠かせない人物、それぞれ個性はありながらも兄たり難く弟たり難く、一対として主人公を引立てる狂言回しの脇役を言う。『源氏物語』を例に取るならば、同じ一対の好対照でも、源氏と頭中将、薫と匂宮は「おみきどっくり」とは言わない。どこまでもこれは、無くてはならぬ中心人物にはなり得ない、神前にさりげなく相対する素焼きの徳利のような、じゃまにならないで自分の仕事をきちんと果たしている二人なのである。

紫式部の脇役活用の巧みさは前二章でも再々述べて来たが、それが「おみきどっくり」の形で生き生きと活躍、見事な成果をあげているのは、男性では正篇の惟光・良清、女性では宇治十帖の右近・侍従であることは、誰の目にも明らかであろう。物語のリアルな展開に欠かせない、この侍臣・侍女二組の「おみきどっくり」を考察してみたい。

一　惟光と良清

1

源氏、お側去らずの近臣と言えば、衆目の見る所、惟光である。登場の巻も「夕顔」「若紫」「紅葉賀」「花宴」「葵」「花散里」「須磨」「明石」「澪標」「蓬生」「松風」「少女」「梅枝」の十三巻にのぼる。これに対し良清登場の巻はその半数にも満たぬ、「若紫」「花宴」「須磨」「明石」「澪標」「少女」の六巻。これでは「おみきどっくり」には程遠いとも言える。しかし、図らず朧月夜と契った源氏がその素姓を思いわずらい、探索のため「思ひいたらぬ隈なき良清・惟光をつけて」その内裏退出の状況をうかがわせる（花宴）所からして、作者にこの両者を並立させる意識があった事は明らかである。

「おみきどっくり」と言っても、人間は左右取替えても誰も気づかず、何の支障もない器物ではない。各自異なった個性を持ち、生活を持ち、思わくを持ちつつ、相伴ってそれぞれの役割を務める所に、その対照の面白さが生まれ、それぞれの活躍も引立つわけで、必ずしも描写回数の平均を要しないし、読者に作為を感じさせない自然の筆致の中に、おのずから「非対称の対称」の妙があらわれる所にこそ、作者の手腕が存すると見られる。紫式部は、惟光は二十三年、良清は十六年、息長く各自の昇進を追い、主君にからむ心理挙動のありようを追いつつ、権門に臣侍し、その引き立てによって官僚としての立身の道を歩む、当時の中流廷臣の生き方を、目に見えるように描き出している。

これは決して、都合のよい「お話」ではない。平安朝と言わず近世までを通じて、公家社会の人間関係は、こういう公私の二重構造で成立っていたのである。それを脳裏に置いて読む時、中流廷臣の女、孝標女が愛読した『源氏物語』が、決して最高貴人へのあこがれだけの物語ではないという、その地に足のついた現実性が納得されるであろう。

2

「夕顔」の巻ただ一巻に、惟光の立場と性格は遺憾なく描きつくされている。

彼は「大弐の乳母」の子、すなわち源氏の乳母子である。作中、一度も乳母子とは明記されていないという指摘があるが（吉海直人「『源氏物語』夕顔巻の物語設定」『国学院雑誌』昭60・9）[注]、当時の読者から見ればその必要もない程、その動きは一身同体、乳母子たるを疑う余地はない。乳母子とはその母なる乳母の地位、年齢の近さ（1歳程度年長の場合もありえよう）、生育の状況、臣事のあり方等によっておのずから生じて来る関係であって、作者は、

大弐の乳母のいたくわづらひて、尼になりにけるとぶらはむとて、五条なる家たづねておはしたり。御車入るべきは門は鎖したりければ、人して惟光めさせて、

と、ただこれだけで、こうした場合、名ざしで呼び出す親密な関係――すなわち乳母子と、読者が理解する事を信じて疑わないから、それと明記しないだけの話である。

大弐の乳母が複数の同役の首座にある事は、その病床に源氏がわざわざ訪れる事と、その丁重な見舞いの言葉に明らかであるが、なお「末摘花」の巻で、大輔命婦の母が「大弐のさしつぎに思いたる」乳母であったと記している事でも、彼女の地位は知られる。おそらく大宰大弐の妻で、経済的にも幼時の源氏を応援する所があったと思われる。惟光以外に阿闍利・三河守の妻・少将命婦の三子があり、惟光は末子か。後段、源氏は夕顔の急死を「少将命婦などにも聞かすな」と言っており、源氏17歳、惟光も同年程度のこの時期、すでに命婦として宮中出仕してい

る彼女は、惟光の妹であるよりは姉であろうと思われる。吉海論では彼女を「むしろ乳母子のようにも思える」ともするが、こうした密事を隠さなければならぬ人物は乳母子とは言えない。

「夕顔」の巻が、ロマンティックな恋愛悲劇であり、超自然的怪異談であるのに、どこかユーモラスな現実感を伴って読めるのは、惟光の活躍によるところである。老病の乳母をいたわりながらその片手に新たな女性体験を開拓しようとする源氏、その命令を「例のうるさき御心」とはしたなめながら、実は抜け目なく「私の懸想もいとよくしおきて」「おのれも隅なきすき心にて」縁結びをたばかりおおせる。やがて八月十五夜、二人を某の院に送りこむと、なまじいの忠勤は恋の邪魔と、粋を通して自分の色事に消え、大事に居合わせぬ羽目になるあたりも、実に人柄が出て面白い。

やがて思いもよらぬ夕顔落命の報に、周章して駆けつけたものの、事の意外さに為すすべなく、「おのれもよよと泣きぬ」。「いづれも若きどち」ながら、大事の主君に傷をつけてはならぬ。必死に方策をめぐらし、ゆかりの山寺を手配、夕顔のなきがらを自ら車に抱き乗せて送り出した上、あとを慕う主を諫めて自分の馬を奉り、自らは徒歩でようやく二条院に帰りつく。源氏は「我かのさま」で寝込むだけだが、惟光は更に山寺に取って返して状況報告。翌日、「せめて今一目」とせがまれて、已むなく最後の対面に導き、帰途、落馬する主を支え、清水の観音を念じてようやく帰邸させるまで、切迫した描写の中にも若者の懸命さがどこか微笑を誘い、悲劇的なストーリーを救っている。

「若紫」の小柴垣も源氏と二人でのぞき、以後の連絡も一手に担当、源氏の気づかなかった尼君の帰京を報告し、やがて二条院への引取りにもただ一人協力する。葵上の没後、内々の新枕の三日夜の餅も、「心とき者にて、ふと思ひ寄」って「何時の間にかし出でけむ、……いとをかしう」調整する「もの馴れのさま」を発揮する（葵）。

その他、「花散里」「蓬生」でも源氏の忍び歩きに同行して女性らとの連絡に当り、「松風」では明石君の大堰の家を前もって検分するなど、「忍ぶる道は、いつとなくいろひ仕うまつる人」（松風）と、我人ともに認める寵臣として位置づけられている。主の好色癖を困ったものだと思いつつも、あくまでも主のため好かれと活躍し、命令の有無にかかわらず先まわりしてでも働き、ついでに自分も楽しむ。源氏にとっても、実にかけがえのない、乳母子の典型である。「若紫」で「大夫」と呼ばれ、この段階で五位である事が示されている。

3

良清は「若紫」から登場。「播磨守の子の、蔵人より今年冠得たる」者として紹介される。乳母子でこそないが、惟光同様受領の子で、従五位である事がこの一文で明らかである。当時18歳の源氏に対し、物に心得たもの言いは、数歳年長の印象を与える。前掲「花宴」の巻で、「思ひいたらぬ限なき良清・惟光」と、惟光の上位に置いている所から見ても家人としての地位はやや上輩かと思われる。更に播磨守の子であるからこそ、病後の源氏を慰める家人らの諸国物語の中で、取りわけて明石の浦の風光を具体的に語り、勢い「かの国の前の守」とその娘に及ぶ段取がごく自然に運ぶのであって、この雑談を何気なく先に出し、おもむろに「かくいふは播磨守……」と本人紹介に至るあたり、作者として心憎い運びである。

但し、「良清」の実名は「この播磨守の子」となかなか結びつかない。「花宴」の巻で初出、「須磨」でも居宅を整備し、源氏の望郷詠に唱和し、源氏の琴・惟光の笛に歌をうたい……と、その名はしばしば出て来るのに、巻の後半に至って、ようやく、

明石の浦は、ただ這ひ渡るほどなれば、良清の朝臣、かの入道のむすめを思ひ出でて文などやりけれど、返り事もせず。

とあるので、ああ、これが「若紫」でおしゃべりをしたあの人だったのか、と納得する、という仕掛けである。現代の我々は注釈書を頼りに読むから、気づかず当然の事として読み過ごしてしまうが、こうした読者自身による発見、驚きの楽しみも、本来は用意されていたのである。

明石の君は紫上と同年もしくは1歳下かと考えられている。とすれば「若紫」当時に、9歳か10歳。良清が目をつけ、また明石入道が厳しく訓育するには幼すぎないか、という疑問もあろう。しかし当時中流以上の公家階級にあっては、女子の目標はよき結婚か宮仕えにあり、そのための教育は遅くも7・8歳からはじまろう。大望を抱く明石入道の言挙げも、一方父に顧みられぬ若紫の幼さを嘆く祖母尼君の懸念も、この年頃にしてすでに当然なのである。まして無責任なうわさ話の程度では、実年齢以上に当人の年頃を期待もしようし、良清を含め求婚の目的は娘自身よりも富裕な入道の財力にあるわけだから、年立の齟齬などを気にする必要はない。

源氏の退隠場所に須磨が選ばれたのは、「近き所々の御庄」の存在、というような地縁によるのであろうが、この地にゆかり深い良清にとっては絶好の働き場所で、惟光以上に活躍する一方、これぞ好機とばかり明石の娘に文を送るが見向きもされない。かえって下心ある入道から対面を要求されるが、おめおめ面目を失いに行く事もあるまいと思って応じないでいるうち、思いもよらぬ大嵐を契機に入道の訪問を受け、明石移住の仲介役となって、結果的に源氏と明石の君の縁結びのお膳立てをしてしまう。本人とすれば不本意この上ないが、太刀打ちできる相手ではなく、指をくわえて泣寝入り。なおここまでの経過の中で、惟光が「民部大輔」、良清が「源少納言」と、各自の出自官名がさりげなく紹介されている。一方惟光の藤原氏なる事は、後年の娘の候名「藤典侍」に示される。

やがて待望の帰京。その喜びの中にも、女との別れに思い乱れる源氏を、従者の中の「心知れる人々」は「あな憎」とつきじろい、「少納言、しるべして聞え出でしはじめの事」——十年前の口軽さまで思い出してささやき合う。良清のいまいましさ、察するに足る。別れの贈答歌に「忍びたまへど、ほろほろと」涙をこぼす源氏を見て見ぬふりで、「おろかならず思すなむめりかしと、憎くぞ思ふ」良清。――よほどお気に入りなんだな、ほんとはおれの女だったのに――。あくまでも主君大事に勤めつつ、その間にちゃっかりと「私の懸想」をも楽しむ乳母子惟光とはまた違った、面白い家人像を描出している。

4

帰京の一年後の秋、源氏は住吉に詣で、たまたまこれも参詣に来た明石の君とすれ違う。良清・惟光も勿論供するが、前者は靫負の佐（衛門佐）になって「おどろおどろしき赤衣姿」をひけらかすのに対し、後者は「神の御徳をあはれにめでたしと思」って、自分から懐旧の歌を源氏に詠みかけ、かつ、明石の君が遠慮して避けた事を知って「身をつくしても逢はむとぞ思ふ」の古歌を口ずさむ源氏に、すかさず「懐に設けたる柄《つか》みじかき筆」を奉って、消息の用に立てる。二人の性格の相違は巧みに書き分けられている（関屋）。

その後も惟光は、「蓬生」「松風」と、女性関係での源氏の懐刀として、相変わらずまめまめしく働くが、二人が再び顔を合わせるのは四年後の「少女」の巻である。すなわち良清は近江守左中弁、惟光は摂津守左京大夫で、共に娘を五節の舞姫として奉るのである。惟光のそれは同じ受領分であるが「殿の舞姫」として太政大臣となった源氏が主唱し、全面的に用意をととのえるという晴れがましい形で、良清との間に差が見られる。終了後、共に内裏勤仕が予定され、「近江のは辛崎の祓、津の守は難波といどみてまかで」るまでは相並んでいるが、これをもって良清は娘ともども姿を消す。

一方惟光の娘は夕霧の目にとまり、文を贈られる。これを知った惟光は「よからぬわざしけり」と腹立つが、贈り主を夕霧と知って「なごりなくうち笑み」、「いかにうつくしき君の御ざれ心なり。……宮仕よりは、奉りてまし……明石の入道の例にやならまし」とほくほくする。しかし、妻はじめ誰にもとりあってもらえず、娘は出仕する。

このあたり、軽くお人よしな惟光の性格がよくあらわれてほほえましい。

惟光はこれで退場するが、六年後の「梅枝」の巻での薫物合に、水辺に埋めてあった源氏秘蔵の薫物を「惟光の宰相の子の兵衛尉掘りて参れり」とあり、最終的に参議にまで至った事が知られる。娘も典侍の栄職につき、やがて夕霧との間に二男三女をあげて、正室雲居雁腹の子らよりも、「かたちをかしう、心ばせかどありて、皆すぐれたりける」（夕霧）とある。末の六の君はのち匂宮の正室ともなる（宿木）。

紫式部は源氏の二人の侍臣にそれぞれの立場・性格を与え、それぞれの資質に応じて適切に働かせ、宮廷での昇進ぶりまでを丁寧に追っている。「おみきどっくり」でありながら各自十分に個性的、それにふさわしい活躍場所が用意され、それぞれに生き生きと働かせながら、最後には乳母子で忠臣たる惟光にぐっと花を持たせて終る。鮮やかとよりほか言いようがない。

二　右近と侍従

1

侍女の「おみきどっくり」と言えば、宇治十帖の浮舟の女房、右近と侍従にとどめをさす。「浮舟」「蜻蛉」の巻におけるこの二人の働きはめざましく、しかも惟光・良清とは違い、相拮抗して主題にからみ、三角関係を盛上げている。

全体的に見れば右近の方が主になって動いているが、登場は侍従が先である。すなわち、「宿木」の巻で中の君から異母妹浮舟の事を聞いた薫は、図らず宇治で初瀬詣帰りの浮舟と行き違い、その車から下りる所を垣間見る。

若き人のある、まづ下りて、簾うちあぐめり。御前のさまよりは、このおもと、馴れてめやすし。

これが侍従とは明示されていないが、「東屋」の巻に入って、中の君の許に身を寄せたものの匂宮に挑まれて三条の隠れ家にひそんだ浮舟を、薫の要請により弁の尼が訪ねる所で、「初瀬の供にありし若人出で来て下ろす」とあり、そこに来訪一泊、翌朝宇治へと志す薫が「人一人や侍るべき」と言うのに応じて、尼が「この君に添ひたる侍従」と共に車の後に乗る、という所で、ようやくその名が特定される。「六条わたりの御忍び歩き」から次第々々に全貌をあらわして行く六条御息所のような巧緻さはないが、手法は同じである。

宇治への車中、薫の容姿を、

若き人はいとほのかに見奉りて、めで聞えて、すずろに恋ひ奉るに、世の中のつつましさもおぼえず。

夢見心地の侍従。対して弁の尼は、

故姫君の御供にこそ、かやうにても見奉りつべかりしか、……と悲しうおぼえて、つつむとすれど打ちひそみつつ泣くを、侍従はいと憎く、物のはじめに、かたちに異にて乗添ひたるをだに思ふに、なぞかくいやめなると、憎くをこにも思ふ。老いたる者はすずろに涙もろにあるものぞと、おろそかにうち思ふなりけり。

以下、「楚王の台の上」の詠吟に至るまで、無知で未熟な若女房の無理からぬ心情が、巧みに描かれている。

2

対する右近は、「浮舟」の巻、匂宮がひそかに宇治に赴き、すき見する所に、「右近と名のりし若き人もあり」とあって、「東屋」の巻で発見した女と薫の隠し女とを同定するきっかけとなっている。「右近」という女房名は、「東屋」では中の君の女房、大輔の娘で、匂宮の所行を中の君に告げる役割となっているので、この命名は作者千慮の一失かとも思われるが、同名の女房は珍しからず、かつ、顔におぼえのある童、ついで名前まで知る女房、と畳みかけて本人確認に至る手順は、合理的であり迫真的である。

更に先立って、匂宮の探索のきっかけをなす、正月の進物に付けた浮舟女房から中の君女房大輔あての文も、右近の筆かと考えられている(岷江入楚)。これが中の君女房の右近でない事は明らかであり、浮舟方の女房の中でも、特に右近とする確証もないが、常陸介の継娘にすぎぬ浮舟に、さほど多くの教養ある侍女の存在は考えにくく、行き届いて丁重な文の書きぶりからしても、前述のような性格の侍従よりは、後段次第に実像を結ぶ、穏健な右近の方が執筆適格者であろう。

右近は浮舟の乳母子である。それと明示はないが、後に浮舟に実姉の三角関係悲話を語る中で「ままも今に恋ひ泣き侍るは……」と言い、また浮舟を水死と見なしての中陰後、乳母と二人なお宇治にこもり、同じ行動を取る「侍従はよそ人」と言っている所で明白である。同年としても姉タイプで、温順な浮舟とも、少女気分の抜けぬ侍従とも異なる思慮深さ、指導力を持つ。しかもそれが、自分のあやまちによる匂宮手引きの責任感から、必死の苦慮のうちに一歩一歩導き出されて来る所に、彼女のけなげさ、聡明さが浮彫りになって来るのである。

薫と思い違えて匂宮を引き入れたのは彼女の過失に違いないが、予想もつかぬ運命のいたずらと言うべく、その後の処理手腕はめざましい。雲の上の貴人、匂宮にも、「御宿世はいと聞えさせ侍らむ方なし。折こそいとわりなく侍れ」と直言しておだやかに退去を求め、従者には「いかでかう心幼うは率て奉り給ひしぞ」と咎め、同僚女房らは「道にていみじき事のありけるなめり」と、おどして寄せ付けず、石山参詣予定の迎えの車は、俄かの物忌みを言い立てて帰してしまう。これにも懲りず再訪、浮舟を連れ出す匂宮には、秘密を打ち明けて侍従を付従わせ、留守を守るのみならず、着換えまで配慮する。
事態は進んで薫の知る所となり、詰問の文が届く。返す言葉もない浮舟はそのまま文を戻すが、取次ぎの右近は中途で開けて見てそれとさとり、姉の例を引いて、情理をつくして諫める。「よからずの右近がさま」ながら、切端つまっての大胆な行動は評価できる。

3

対する侍従は右近より年少であるらしく、浮舟との関係も若干異なり、むしろ友達気分で、自分の感覚でものを言う傾向がある。当初は薫と浮舟のロマンティックな道行きに酔うが、右近の秘密に引入れられて匂宮との逢瀬に供すると、「色めかしき若人の心地に、いとをかし、と思」って、右近に対し、「うち乱れたまへる愛敬よ。まろならば、かばかりの御思ひを見る見る、えかくてあらじ」と放言し、「うしろめたの御心の程や。殿の御有様にまさりたまふ人は誰かあらむ」とたしなめられる。繰返される二人の対話の中で、愛人両者の性格行動が活写され、浮舟の窮地に立つ所以が間接的に明示されるのである。

浮舟を京に迎える準備が二者それぞれに進み、迫り詰められて、「いといみじく泣」くのみの浮舟に、右近は言う。

「かうかかづらひ思ほさで、さるべき様に聞えさせたまひてよ。右近侍らば、おほけなき事もたばかり出だし侍らば、かばかり小さき御身一つは空より率《ゐ》て奉らせたまひなむ」。

侍従に対しては薫を支持する右近ではあるが、要は浮舟のために事なきを願い、その望む方向に身を捨ててもたばかろうと言う。客観的に見れば全く実現性のない大言壮語ではあるが、その誠心、胸を打つものがある。

薫方の厳戒の中、あえて訪れた匂宮に、侍従が対応する。髪を脇から掻い越し、宮の侍者の沓をはき、裾を取ってもらって、ようやく道端に待つ匂宮の許に参上した彼女は、「やがて、さ思し召さむ日を……たばからせたまへ。……身を棄てても思うたまへたばかり侍らむ」と、これまた彼女としての誠心を表明。帰り入って浮舟に「ありつるさま」を語る。浮舟は入水の決意を固め、母への別れの歌を書き記す。うち嘆きつつ程近く侍寝する右近と、「萎えたる衣を顔に押し当てて」臥す浮舟の姿を描いて、「浮舟」の巻は終る。

4

ここまで、右近の苦衷のさまを十分に描きこんでいるからこそ、「蜻蛉」の巻冒頭、浮舟の失踪を知り、おそらくは入水と推して、子供のように足摺をして泣くさまがあわれである。「幼かりし程より、つゆ心置かれ奉ることなく……」と、その乳母子たる事もごく自然にここで説明されている。一方侍従はもとより悲しみは同じながら、まだしも人心地があるか、知らずに訪れた宮の使いに対面、涙の中にも事態をまほならずほのめかし、宮自身来訪の意向を感謝しつつも、「忍びたまひし事なれば、また漏らさせたまはでやませたまはむなん、御志に侍るべき」と丁寧に辞退している。これまでの経過の中で、夢見がちの彼女もそれなりに成長していると言えよう。

二人は相談して、浮舟の母と乳母に真相と入水の推定を語り、周囲の疑問をさまざまに言いこしらえて、葬儀を行ってしまう。その後、侍従は宮の求めに応じて邸に参上して夜一夜語り明かし、右近は思い余って来訪した薫に、ありのままを率直に詳しく語る。宮からはまた四十九日に、「右近がもとに、白銀の壺に黄金入れて」贈られ、右近の志の形につくろって仏前に供える。喪籠の人々も去ったあと、乳母・右近とともになお宇治にあった侍従は、心憂さに耐えられず京のあやしき所に移り、やかて匂宮に出仕をすすめられるが、直接出仕は遠慮し、伝手を求めて明石中宮の下臈として参仕する。そして折にふれ来訪する匂宮と薫とをよそながら見る度ごとに、「もののみあはれ」に感慨に沈むのである。右近のその後は知られないが、「手習」の巻に入って出家し、ようやく半生を顧みる余裕を得た浮舟は、母・乳母とともに、「同じ心なる人もなかりしままに、よろづ隔つることなく語らひ見馴れたる右近なども、をりをりは思ひ出で」ている。

5

右近と侍従。宮の落胤とは言え、たかが常陸介の継娘に仕える、氏素姓も定かならぬ若女房二人ではあるが、コンパクトな宇治十帖の、もう一つコンパクトな浮舟物語に限っては、実になくて叶わぬ「おみきどっくり」として狂言回しをつとめ、下﨟女房ながら薫・匂宮にも情理をつくして対応し、各自の個性を発揮しつつ女主人を補佐して盛立てている。薫と匂宮、二人の美点・魅力は、浮舟の揺れ動く心を代弁して二人によって語られる。

前二章に見て来た二人の命婦・二人の中将の君にくらべ、出自・教養・社会的地位・容姿、すべて比較にならぬ低位にある二人であるが、仕え人としての真心は同等である。都合のよい道具としてではなく、血の通った個性的な人間として彼女らを創造し、これによって浮舟物語を現実的に肉付けし構成した作者の底深い人間洞察のまなざしを、畏敬しつつ味わいたい所である。

おわりに

この二組ほど顕著な一対をなしてはいないが、同様に相似て異なる二人の組み合わせは随所に登場する。空蟬の弟で、少年時代源氏に親近しながら、その失脚の折は世の聞えを憚って、姉の夫伊予介の新任地、常陸へ下ってしまい、いささか心置かれた小君――衛門佐に対する、葵祭行列に源氏の仮の随身を務めるなどの忠勤ぶりから官職を削られても屈せず、須磨に供し、「松風」の巻で靫負の尉従五位となる、伊予介の先妻の子、右近将監。若紫の忠実な乳母、少納言と、夕顔の侍女で、のち玉鬘を発見、乳母代りに後見する右近。夕顔の宿で高声に会話する賤の男と、末摘花の雪の門を明けによろぼい出る翁・女。それぞれにその境遇にあってけなげな、また無理もない言動で、物語を立体化し、現実性を高めている

『源氏物語』は決して、世に稀な美男美女の夢のような宮廷恋愛譚のみではない。これを中心とし、盛り上げるべく、登場する貴賤僧俗、老若男女、皆その場限りのお道具ではなく、各自の個性を持ち、生活を持つ。読者は一過して忘れてしまっても作者は忘れず、遠く離れた巻でふとその昇進を点描したり、主人公に回想させたりしている。これによって読者も巻々の経過を想起し、物語の厚みを感得するのである。

貴女のもてあそびとして求められた物語であったかもしれないが、紫式部はそこに、貴人をバックアップする中下層の人々の生活と思いをもこめて書いた。その際非常に効果的であった「おみきどっくり」の手法のサンプルとして、侍臣・侍女二組の表現のあり方を考察した次第である。

【注】

＊吉海『平安期の乳母達——「源氏物語」への階梯——』（世界思想社、平7）、『源氏物語・乳母子——乳母のいる風景を読む——』（世界思想社、平20）所収。

『源氏物語』の涙 ——表現の種々相

はじめに

『源氏物語』に「泣く」場面、従って「涙」の描写が多いであろう事は、常識的に想像のつく所である。そこで、「涙」にかかわる表現を全編から拾い出してみた。単に「泣く」とのみある場合は、「いといたく泣く」のような状況説明があってもとらず、一方、涙する状況を擬音語・形容・暗示であらわした場合は、「涙」の語がなくとも拾う、という方針で、「新編日本古典文学全集」(小学館)の本文により検索した結果、七三語、四〇八例を得た。認定の基準如何にもよる事ではあるが、ほぼこれにより網羅し得たと考える。作者、紫式部の語彙の豊富さを知る一端ともなろう。次にこれを出現数の多い順に表示し、各語の用いられ方の面から、『源氏物語』の「涙」の表現を考えて行くこととする。なお参考までに、『狭衣物語』の同様検索結果、三六語、一一八例の表をも添える。

作品総量も大きく異なり、この結果をもって両者を比較論評するつもりは全くないが、対比して『源氏物語』における表現の自在さは見てとれるであろう。以下、特色ある表現の幾つかを考察して行く。

郵 便 は が き

料金受取人払郵便

神田局
承認

1330

差出有効期間
平成 28 年 6 月
5 日まで

101-8791

504

東京都千代田区猿楽町 2-2-3

笠間書院 営業部 行

■ 注 文 書 ■

◎お近くに書店がない場合はこのハガキをご利用下さい。送料 380 円にてお送りいたします

書名 冊数

書名 冊数

書名 冊数

お名前

ご住所 〒

お電話

読　者　は　が　き

これからのより良い本作りのためにご感想・ご希望などお聞かせ下さい。
●また小社刊行物の資料請求にお使い下さい。

この本の書名＿＿＿＿＿＿＿＿＿＿＿＿＿＿＿＿＿＿＿＿＿＿＿＿＿＿＿＿＿＿

………………………………………………………………………………

………………………………………………………………………………

………………………………………………………………………………

………………………………………………………………………………

………………………………………………………………………………

………………………………………………………………………………

………………………………………………………………………………

きのご感想は、お名前をのぞき新聞広告や帯などでご紹介させていただくことがあります。ご了承ください。

本書を何でお知りになりましたか（複数回答可）

店で見て　2. 広告を見て（媒体名　　　　　　　　　　　　）
誌で見て（媒体名　　　　　　　　　　　　）
ンターネットで見て（サイト名　　　　　　　　　　　　）
社目録等で見て　6. 知人から聞いて　7. その他（　　　　　　　　　　　　）

小社 PR 誌『リポート笠間』（年 2 回刊・無料）をお送りしますか

はい　・　いいえ

記にはいとお答えいただいた方のみご記入下さい。

名前
………………………………………………………………………………

住所　〒

………………………………………………………………………………

電話

供いただいた情報は、個人情報を含まない統計的な資料を作成するためにのみ利用さいただきます。個人情報はその目的以外では利用いたしません。

源氏物語「涙」関係語彙表

涙ぐむ	39	むせかへる	6	知らぬ涙	2	つぶつぶ	1
落つ、落す	36	いやめ	4	涙がち	2	とどこほらず	1
濡る、濡らす	35	干る	4	まぎらはす	2	涙の雨	1
こぼる、こぼす	28	よよと	4	海人も釣す	1	涙の滝	1
のごふ	28	出づ	3	あらそふ	1	涙の澪	1
しほたる	22	おぼほる	3	去ぬ	1	残り多し	1
露、露けし	22	霧る	3	うるふ	1	残りなし	1
ほろほろ	14	先立つ	3	老の涙	1	ひつ	1
浮く	10	涙の玉	3	朽たす	1	人わろし	1
涙もろ	10	ひま	3	曇る	1	渕	1
ひそむ	10	まろがれたる	3	恋ふる涙	1	まつはる	1
堰く	9	もよほす	3	時雨る	1	みかさ	1
とどむ	9	もろし	3	進み出づ	1	目をする	1
流す、流る	8	赤く、赤み	2	そそく	1	漏らす	1
昏る	7	いとまなし	2	そそのかす	1	喜びの涙	1
雫	7	かひをつくる	2	そぼつ	1	惜しまず	1
降る	7	紅の涙	2	絶えず	1		
とまらず	6	沈む	2	ただならず	1	計 73語	
涙川	6	しのぶ	2	尽くす	1	408例	

狭衣物語「涙」関係語彙表

こぼす、こぼる	22	曇る	3	もろし	2	涙川	1
流る、流す	10	堰く	3	よよと	2	涙の跡	1
浮く	9	漏る	3	出づ	1	涙の露	1
濡る、濡らす	9	海人も釣す	2	しほしほ	1	涙の渕	1
落つ、落す	7	かわかぬ	2	しほたる	1	涙の澪	1
のごふ	6	昏る	2	しほどけ	1	払ふ	1
涙ぐむ	6	涙の海	2	知られぬ涙	1	降る	1
しづく	4	ほろほろ	2	滝	1	干す	1
しぼる	4	むせかへる	2	とどまらず	1	乱りがはし	1
						計 36語	
						118例	

一　涙ぐむ

数量的に見ると、「涙」の表現として一般的な「落つ」「濡る」を押えて、「涙ぐむ」が三九例と首位を占めている。貴人のたしなみとして、泣くにも「さまよき程に」泣く事がよしとされた時代を反映すると言えようか。しかも、「涙ぐむ」とは自分の意思と関係なく、自然に涙がにじみ出て来る状態で、悲しい場合だけでなく、嬉しい場合、また種々の意味で感動した場合に起る現象であるから、非常に含みのある文学表現として活用し得る。最多用例を見る所以であろう。

雨夜の品定め、話の興に乗って、頭中将が思わず夕顔とのはかない交渉を語る。

「……幼き者などもありしに思ひわづらひて、撫子の花を折りておこせたりし」とて涙ぐみたり。（帚木）

「小さい子供なんかもあったので、いろいろ心配したと見えて、撫子の花に添えてあわれな手紙をよこしましたよ」と言って、涙ぐんだ。

平生強気な頭中将の思わずも見せたこの表情は、源氏とともに読者をも、「さて、その文《ふみ》の言葉は」と一膝乗出させるに十分であり、遠く玉鬘並びの十帖にまで続く夕顔物語の序奏をなすにふさわしい。頭中将正妻の嫉妬におびえて身をかくした夕顔は、たまたま相識った源氏に廃院に伴われ、物の怪によって落命。撫子にたとえられた「幼き者」――遺児玉鬘は肥後国に十八年を過し、ようやく上京して、母の侍女で今は源氏の女房となっている右近に発見される。右近から報告を受けた源氏は、実父頭中将に知らせず自らの子として引取る事を提案、賛成した右近が「それでこそ母君夕顔を非業に死なせた罪も軽くなることでしょう」と痛い所をついたのに対し、

「いたうもかこちなすかな」とほほ笑みながら、涙ぐみたまへり。
「えらく因縁をつけるもんだね」と微笑しながら、涙ぐまれた。

（玉鬘）

そして対面、その母親似の面ざしを、母葵上に似ぬ我が子夕霧とくらべ合せて、
「……さしも似ぬものと思ふに、かかる人ものしたまうけるよ」とて涙ぐみたまへり。
「親子といってもそう似るものでもないと思っていたが、こんなにそっくりな人もいるんだね」と、涙ぐまれた。

年月経てもなお新たな回想を軸としての、悲喜こもごもの複雑な感情を表現すべく、「涙ぐむ」が巧みに用いられている。

主人公の悲喜の感情を直叙せず、傍観者である女房を通して表現する場合には、「あいなく」（他人事なのに、わけもなく）を伴って活用される。すなわち「賢木」の巻、娘の斎宮と共に伊勢に下ろうとする六条御息所を、源氏が野宮に訪れる場面、女房達が、

「いかばかりの道にてか、かかる御ありさまを見棄てては、別れきこえん」と、あいなく涙ぐみあへり。
「いくらよんどころない御事情でも、こんなおやさしい美しい方を見棄てて、お別れするなんて……私ならそんな事できやしないわ」と、我が事でもないのにそれぞれに涙ぐんだ。

同巻、藤壺が出家した翌年新春、年賀客もない淋しい住まいを源氏のみ昔に変らず訪問するのを、同じく女房達が、

千人《ちひと》にもかへつべき御さまにて、深う尋ね参りたまへるを見るに、あいなく涙ぐまる。

千人のお年賀客も太刀打ちしかねる程の魅力的なお姿で、わざわざ心深く訪ねて来て下さったのを見ると、わけもなく涙ぐまれる。

ともに源氏の真情を、「涙ぐむ」女房達の姿によって表現する筆づかいである。御息所にせよ藤壺にせよ、源氏に深い感謝の念を抱いている事は当然であるが、それをあからさまに言ってはヒロインの人物を小さくする。ゆえに傍観者の口を借りて、女房らでさえこの通り、まして……と、読者の想像力を刺激する手法である。

「涙ぐむ」のは嬉し涙の場合によくある事でもある。「若菜下」の巻で女性達の華やかな音楽の遊びののち、源氏が一しきり音楽論を開陳、自己の後継者を求めて孫、すなわち明石中宮所生の当帝皇子達の楽才にふれ、

「……二の宮、今より気色ありて見えたまふを」などのたまへば、明石の君、いと面だたしく、涙ぐみて聞きゐたり。

「二番目の皇子は、今からもう才能がありそうにお見えになるね」などとおっしゃるので、祖母の明石の君は大層晴れがましく嬉しく、涙ぐんで聞いていた。

と、中宮を紫上の養女に譲って卑下している、皇子の実の祖母、明石の君のつつましい姿として、その嬉しさの程が語られている。

しかし勿論「涙ぐむ」大多数例は悲しみの涙である。表立って泣くのとは異なり、意識的または無意識的に感情を押えているにもかかわらず、思わず涙がにじみ出る、という状態は、あからさまに泣くよりも深刻な、内にこもっ

た悲傷の表現として、格別に効果的であろう。しかも紫式部は、これを悲傷とは対照的な「笑い」と併叙する事によって、更に人間心理の深部に迫っている。

「若菜上」の巻、女三宮との新婚第三夜、宮方に出で立とうとする源氏の身支度を、悲しみを押えてさりげなく整える紫上に対し、婚儀を受諾した自らのあだあだしさ、心弱さを、

我ながらつらく思しつづけらるるに、涙ぐまれて、「今宵ばかりはことわりとゆるしたまひてんな。……」

我ながら弁解のしようもない済まない事だとつくづく思われるにつけても自然に涙ぐんで来て、「今夜だけはあなたを置いてあちらに出向くのを無理もないとお許し下さるでしょうね」

と詫びる源氏に、

すこしほほ笑みて、「みづからの御心ながらだに、え定めたまふまじかなるを、ましてことわりも何も。……」

少しほほ笑んで、「御自分のお心でさえ、はっきりとは決められずにいらっしゃるようですのに、まして私には、無理とも道理とも……」

と「言ふかひなげに取りな」す紫上。この涙と笑いにより、二人の地位は逆転し、源氏は紫上に負い目を感じ、これまで源氏に依存する中で「我より上の人やはあるべき」と思っていた紫上は、源氏への愛は変らぬながら、「我は我」の思いを深くして独立の人間としての第一歩を踏み出そうとしている。

紫上にもいささか心置かれる羽目になった源氏は、もとより女三宮では満足できず、かつて須磨流謫の因となっ

た朧月夜に癒やしを求めようとする。女も一往は拒否の姿勢を示したもののさすがに心弱く、一夜を共にしての朝帰り。「さばかりならむと心得たまへれど、おぼめかしくもてなして」（およそそんな事だろうと承知しながら、わざと何も気のつかぬふりをして）いる紫上に、「などかくしも見放ちたまひつらむ」（何でこうまで愛想をつかされてしまったんだろう）と心臆する源氏が、「まほにはあらねど」（正直に全部ではないが）告白するのに対し、

うち笑ひて、「いまめかしくもなり返る御ありさまかな。昔を今に改め加へたまふほど、中空なる身のため苦しく」とて、さすがに涙ぐみたまへるまみのいとらうたげに見ゆるに、

あっさりと笑って、「まあ今更お若返りになった御様子ですこと。昔のようなお振舞いを今改めて拝見するにつけて、中途半端な私はどうしていいやら」と、さすがに涙ぐまれた目もとが、いかにもいじらしく見えるので、

「うち笑ひ」「涙ぐむ」二つの感情の交錯の中に、これまでの源氏依存から悲しみを通して自立して行く紫上の内心の葛藤が、激情を表面化させぬ貴人の誇り、自省と、そこから思わずもこぼれ出る表情の美しさとをもって、号泣するより以上に切実に描き出されている。

一般的に考えれば、「涙ぐむ」とは涙をこぼして泣くにも至らない心弱い態度で、インパクトに欠けるとも考えられよう。しかし『源氏物語』においては、「涙ぐむ」は悲喜こもごも、更には懐旧、アイロニーとさまざまの感情をこめて、縦横に使いこなされ、直説法を避けて文学としての気品と深みを保つ重要な要素として位置づけられている。使用例第一位たる所以であろう。

二　流る

「涙」と言えば「流る」「流す」という措辞は直ちに思い浮ぶ所であるが、本作では八例にとどまり、うち三例は「水茎に流れそふ」（梅枝・幻）、「水の音に流れそふ」（総角）と縁語による修辞をなす。他は須磨における頭中将の源氏訪問の別宴での「御供の人も涙をながす」、「朝顔」の巻で藤壺を夢に見た源氏の「涙も流れ出でにけり」、病床についた柏木の煩悶「人やりならず流し添へつつ」（柏木）、「手習」の巻で失神からわずかに覚醒した浮舟の「涙の尽きせず流るるを」。後三者はかなり切迫した状況であるが、直説法であるだけに「涙ぐむ」のような含みは感じられない。

直説法を用いて最も成功しているのは、冒頭「桐壺」の巻、「涙」の初出例でもある、次の一節である。更衣死去により、3歳の源氏を内裏から退出させようとする場面。

何ごとかあらむとも思したらず、さぶらふ人々の泣きまどひ、上も御涙の隙《ひま》なく流れおはしますを、あやしと見たてまつりたまへるを、よろしきことにだに、かかる別れの悲しからぬはなきわざなるを、ましてあはれに言ふかひなし。

皇子は何事が起ったともおわかりにならず、女房達が泣き惑い、帝も御涙が隙もなくお顔を伝って流れ落ちていらっしゃるのを、おかしい、何だろうと思って見ていらっしゃる様子は、我々普通一般の場合でも、こういう別れの悲しいのは当然の事なのに、ましてこんな高貴の方の場合には、あわれとも何とも言いようもない事である。

貴人のたしなみどころか、最高貴の人、帝が、いい年をして手放しで泣いている。顔面を流れ落ちる涙を、ふしぎそうに見ている、3歳（満2歳）の幼な子。母の死も知らず、唯一の庇護者、父帝からも引き離されようとしていながら、それすら理解の外である。光源氏の一生を支配する運命の初発の姿を、かくも簡明率直に、目に見るように描き出す。一見稚拙のようにも見えながら、これ以上秀抜な描写はあるまい。

そもそも、帝と更衣の悲恋、周囲の非難圧迫にはじまる物語である。更衣の死に至るまでの間にも、「涙」「泣く」の描写はいくらもありそうにも思える所であるが、これ以前の用例は、更衣重病退出にかかわる、「母君泣く泣く奏して、まかでさせたてまつりたまふ」（母君が泣く泣くお願い申して、退出おさせなさる）と、帝の「よろづのことを、泣く泣く契りのたまはすれど」（さまざまの事を、泣く泣くお約束なさるけれど）の二例のみ。ヒロインの更衣については、「いたう面痩せて、いとあはれとものを思ひしみながら」（大変痩せ細って、本当に悲しいと思い入った様子ながら）「息も絶えつつ、聞えまほしげなることはありげなれど」（息も絶え絶えで、帝に申上げたそうな事はありそうだけれど）とその容体を細叙しながら、「涙」の関係の描写はない。そしてここに満を持して、至尊の顔面を滂沱と流れる涙が描かれ、これを珍しげに直視する無心の幼児が描かれるのである。

とかく、持ってまわった婉曲な表現が特色でもあり、また繙読を敬遠させる所以とも思われている『源氏物語』であるが、そのような先入観を捨てて原文に直接当れば、このような率直この上ない、簡潔にして核心をついた描写が多々存在する事を認識、原文の妙を体得できるはずである。その、最も手近にある好例として、この「帝の顔面を絶え間なく流れる涙」をあげる事ができよう。

三　ほろほろ

涙の流れる状態を擬音語としてあらわした、「ほろほろ」は、一四例と愛用されている。優しく、しかも臨場感ある表現で、それぞれに効果をあげているが、その用法を見るに、「忍ぶれど、涙ほろほろとこぼれたまひぬ」（賢木）

等「涙」を伴うもの三例、「宮はいとどほろほろと泣きたまひて」(少女)等「泣く」を伴うもの七例、「涙」「泣く」を伴わず、単に「ほろほろとこぼれ出づれば」(須磨)の如く、「こぼる」をもって涙を暗示するもの四例である。この最後の四例には特に味わい深いものがある。

朱雀帝の后がねと期待されていた右大臣の六の君、朧月夜は、図らず源氏と愛しあい、それが発覚して源氏は失脚、須磨に逃れる。朧月夜もこの事件のために、侍寝専門でやがて中宮の地位も期待される「女御」として入内する事はできず、しかし朱雀帝の執心もあり、次善の立場として、内廷女性公務員の長として有夫の女性でも就任可能、しかも帝の日常身辺奉仕の最高責任者ゆえにたまたま帝寵を受ける事も公認、という、「尚侍《ないしのかみ》」の職に就く。心優しい朱雀帝は、源氏を強力な政敵と目する母弘徽殿大后に反対できず、さりとて源氏庇護を言い置いた父桐壺院の遺言にも気がとがめ、しかも万事において自分よりすぐれているのみならず、朧月夜の心もそちらに傾いている源氏に、嫉妬の念も押えられない、という、複雑な心情の中に、尚侍の初参入を迎え、涙ぐみつつ恨み口説く。これを受ける朧月夜は、身も世もない思いである。

「院の思しのたまはせし御心を違へつるかな。罪得らむかし」とて、涙ぐませたまふに、え念じたまはず。(須磨)

「お父様の御遺言なさったお心にそむいてしまったなあ。罰が当るだろうよ」とおっしゃって、涙ぐまれるので、朧月夜の君も到底がまんおできにならない。

涙をこらえ切れない気持ながら、ここでは彼女はまだ泣くには至らない。

「……久しく世にあらむものとなむさらに思はぬ。さもなりなむに、いかが思さるべき。近きほどの別れに、思ひおとされんこそねたけれ。……」と、いとなつかしき御さまにて、ものをまことにあはれと思し入りてのたまはするにつけて、ほろほろとこぼれ出づれば、「さりや、いづれに落つるにか」とのたまはす。

「私だって、いつまで生きていられるなんて思っていないよ。そうしたらあなた、どう思う？　今度の須磨の別れほどじゃないっていうんだろう。ほんとにくやしいねえ」と、本当に離れ難いようなやさしい御様子で、今の事態を心から辛いものと思し召しておっしゃるにつけて、女君の目からほろほろと涙がこぼれ落ちると、「ほうら、それ、どっちに落ちる涙？」とおっしゃる。

いかにも朱雀帝らしい、気弱な、しかし強烈な嫉妬である。このユニークな場面のハイライトをなすのが、美女の頬を伝ってほろほろとこぼれ落ちる、大粒の涙。きわめて独自な、印象的な場面である。

須磨から明石にさすらい、明石の君に親しんだ源氏が召還されて上京する場面。源氏の別れの歌に対する、明石の思い屈した返歌、

年へつる苫屋も荒れてうき波のかへるかたにや身をたぐへまし

とうち思ひけるままなるを見たまふに、忍びたまへど、ほろほろとこぼれぬ。（明石）

「あなたが御出発の後は、長年住まった貧しい家は荒れはて、私も昔の淋しい生活に返ってしまうでしょう。その寄せ返る波に、いっそ身を投げてしまいたい気持です」と、思ったままの率直な返歌をごらんになると、がまんしてはおられたが、ほろほろと落涙なさった。

事情を知らぬ供人らは、この土地への名残の涙と思うが、かねて明石の君を知り、内心思いをかけていた近臣良清は、「おろかならず思すなめりかしと、憎く思ふ」（ひどくお気に入っているらしい、本当はおれの女のはずだったのに、と憎らしく思う）。愛人の前ならぬ侍者の前での落涙ゆえの、やや滑稽味を含んでの「ほろほろ」である。

「真木柱」の巻では、玉鬘に思い移った夫、鬚黒大将に見切りをつけ、実家に帰る北の方に伴われる姫君が残した、「真木の柱は我を忘るな」の歌を見、立去る時の有様を聞いて、物語中ただ一人、武張った人物である鬚黒が、

男々しく念じたまへど、ほろほろとこぼるる御気色、いとあはれなり。

男らしくこらえておられるけれど、ついほろほろと涙のこぼれる御様子は、いかにもお気の毒である。

と、これもあわれさに一抹のおかしみを交えて描いている。

残る一例は宇治十帖「宿木」の巻に見られる。愛する大君に死なれた薫は、匂宮の妻となり、京の宮邸に引取られた中君に故人の面影を見出だして、思わずその袖をとらえる。自省して事なく終ったものの、その特有の移り香は袖に残り、匂宮に関係を疑われて言い解くすべもない中君は、

みなれぬる中の衣とたのみしをかばかりにてやかけはなれなんとてうち泣きたまへる気色の、限りなくあはれなるを見るにも、かかればぞかしといと心やましくて、我もほろほろとこぼしたまふぞ、色めかしき御心なるや。

「あなたと私の仲は、見馴れ、愛しあった水も漏らさない仲だと思っていたのに、斯《か》ばかり（香ばかり）の事で離れ離れになるなんて……」とお泣きになる様子の、何とも言えずいじらしいのを見るにつけても、こんなに愛らしいから

薫も心をかけるのだと気持がいら立って、自分でもほろほろと涙をこぼされるというのも、何ともまあ色っぽいお心だ。

結局匂宮は、罪もない中君を恨み切ることができず、かえって機嫌を取るような形で仲直りとなる。最初にあげた「須磨」の巻の例に次ぐ、面白い「ほろほろ」の効果である。

以上、「泣く」「涙」を伴わぬ、「ほろほろ」の落涙表現四例、あわれの中にどこかユーモラスな味も含んだ、独特の修辞法として興味深いところである。

四　こぼる・こぼす

「こぼる・こぼす」も二八例と多く、「ほろほろ」と伴った効果の程はさきに見た所であるが、この一語のみで深い印象を残すのが、「真木柱」の巻、養女と言いつつ特殊な愛情を抱いた玉鬘を思う源氏と、思わずも鬚黒大将の妻となった今、改めて源氏をなつかしむ玉鬘との、ひそかな思いをこめた贈答である。

「かきたれてのどけきころの春雨にふるさと人をいかに忍ぶや」……

「ながめする軒のしづくに袖ぬれてうたかた人をしのばざらめや」……

ひきひろげて、玉水のこぼるるやうに思さるるを……

「降り続く、閑静な春雨のこの頃、ふるさとに取り残された私を、どのように思い出していますか」(源氏)

「静かに眺める軒端から落ち続く雫とともに涙にも袖はぬれて、ああ、どうしてあなたをおしのびせずに居られましょうか」(玉鬘)

この返事を開き見て、涙が玉水のようにこぼれるほどにお感じになるのを……

頭中将の涙ぐんでの打ちあけ話から二十年、母子二代にわたる数奇な恋物語をしめくくるにふさわしく、しとしとと降る春雨の中に、複雑委曲を極め、不倫とも言われかねないこの愛情関係を閉じめるべく、「玉水のこぼるるやうに」――透明な涙をもって、しかも涙を涙と言わずして飾る。使用数第四位の「こぼる・こぼす」の中でも出色の、美しくも秀抜な描写として印象に残るものである。

五　浮く・浮け

「浮く」は一〇例であるが、自動詞四、他動詞六に分れる。四段活用自動詞の「浮く」は、須磨流離を象徴する名場面、

独り目をさまして、枕をそばだてて四方の嵐を聞きたまふに、波ただここもとに立ちくる心地して、涙落つともおぼえぬに枕浮くばかりになりにけり。（須磨）

源氏の君は一人醒めて、枕から頭をもたげて四方を吹き荒れる風音を聞いておられると、波が今にもここに打寄せて来るように思われて、涙が落ちるとも自覚しないのに、枕が浮き上りでもしそうな程に泣き濡れてしまわれるのだった。

をはじめ、「枕も浮くばかり」（柏木）「枕の浮きぬべき心地」（宿木）「枕のやうやう浮きぬるを」（浮舟）と、夜床に一人流す涙の量を強調する定番の表現として用いられるもののみである。

下二段活用他動詞は、重態からようやく回復した紫上に源氏の語りかける場面、

「……わが身さへ限りとおぼゆるをりをりのありしはや」と、涙を浮けてのたまへば、（若菜下）

「あなたの容態が悪くて、私まで一しょに死んでしまうと思った事も、何遍もあったよねえ」と、涙を浮かべておっしゃると、

のように、「涙を浮けて」の形で用いられるが、この語が飛びぬけて生彩を放つのは次の場面である。

須磨退隠を決意した源氏の許に、弟兵部卿宮・頭中将らが訪れる。「位なき人は」とことさら質素なやつれ姿に、髪を調えようと、

鏡台に寄りたまへるに、面痩せたまへる影の、我ながらいとあてにきよらなれば、「こよなうこそおとろへにけれ。この影のやうにや痩せてはべる。あはれなるわざかな」とのたまへば、女君、涙を一目浮けて見おこせたまへる、いと忍びがたし。

鏡台をのぞき込まれると、面やつれしたその映像が我ながら気品高く美しいので、「まあ、ひどく衰えたものだね。ほんとにこんなに痩せていますか。我ながらあわれなことだなあ」とおっしゃると、女君が涙を目に一ぱいに浮かべて見返される、その様子は、全く耐えられないほど悲しい。

同じ表現は、宇治十帖「宿木」の巻で、八宮も大君も没し、中君は京に去って主を失った宇治の宮を久々に訪れた薫が、弁の尼と対面、

「いかにながめたまふらん、と思ひやるに、同じ心なる人もなき物語も聞こえんとてなん。はかなくもつもる年月かな」とて、涙をひと目浮けておはするに、老人はいとどさらにせきあへず。

「あなたがどんなにか淋しかろうと思って、私もほかに同感してくれる人もない昔話をしようと思ってやって来ましたよ。思えばわけもなく過ぎてしまう年月ですね」とおっしゃって、涙を目に一ぱいためていらっしゃる御様子を見て、老いた尼はまして全く涙をこらえ切れない。

とあり、他作品では管見の限り『狭衣物語』巻四、狭衣大将が斎院に言い寄る場面で、自動詞ではあるが「少しほほ笑みたまへるものから、涙は一目浮きたり」（少し微笑しながら、涙は目に一ぱいたまっている）を見る程度で、両者とも前引須磨のそれにくらべて、インパクトにおいて到底足下にも及ばない。

失意にありながらこれまでさりげなくもてなしていた源氏が、来客を迎える身支度に鏡を見て、はじめて自嘲的にその衰えを嘆く。それを聞く18歳の紫上の心中、いかばかりか。答えるにも言葉なく、見返す両眼に大きな涙の玉が、長い睫毛《まつげ》に支えられて、落ちんとしてわずかに落ちず、かすかにふるえ、光っている。天にも地にもただ一人の庇護者である最愛の夫を、今見す見す失おうとする幼な妻の極限の悲しみが、「ひとめうけて」というただ六音に凝縮されて、これ以上、どのような悲嘆表現も不要の迫力であり、効果である。そして歌の唱和ののちも「柱隠れにゐ隠れて、涙を紛らはし」すのであって、号泣しないいじらしさの中にこそ深甚の悲しみが切実に表現されているのである。

他の文学作品にはほとんどあらわれないとしても、事もなげにここに用いているという事は、これが当時の口語的表現として誰にも親しいものであったという事であろう。雅俗にかかわらず、最もふさわしい表現を、最も適切な場にピタリと用いる。紫式部の卓抜な言葉感覚、表現の幅広さ、作家としての力量の程を如実に見せつける好例、それがこの、「涙を一目浮けて」であろう。

六　まろがれたる髪

女性の涙の特殊な表現として、髪が涙で「まろがれたる」が三例ある。いずれも甚だしく泣き濡れた情景である。源氏はかねて心をかけた朝顔の斎院が、父の喪により斎院を退下したのをきっかけに、再び言い寄る。斎院は応じないが、夜離《よが》れがちとなった紫上は、「忍びたまへど、いかがうちこぼるるをりもなからむ」(それとはお見せにならぬものの、どうして涙のこぼれ出ない折があろうか)。心とがめる源氏は、「藤壺も太政大臣も亡くなって冷泉帝の補佐者が自分以外になくなったための繁忙だ」と言いわけし、

「……おとなびたまひためれど、まだいと思ひやりもなく、人の心も見知らぬさまにものしたまふこそらうたけれ」など、まろがれたる御額髪《ひたひがみ》ひきつくろひたまへど、いよいよ背《そむ》きてものも聞こえたまはず。(朝顔)

「大人になられたようだけれど、まだ世間の義理への思いやりもなく、私の辛い心の内も見知らないようなねんねでいらっしゃるのが、また一入かわいいことですよ」などと、涙に濡れて乱れもつれた額髪を撫でつくろってあげになるけれど、ますます背を向けて、ものもおっしゃらない。

紫上の個性の一つに数えられる、愛らしい嫉妬の情景である。彼女もすでに24歳、もとより真相は推察しているから、源氏の甘言には乗らない。弱りはてた源氏が、何とか顔をのぞきこもうと、涙で丸まり額にはりついている髪をかき分け撫でつけるのを、いよいよ拒否してそっぽを向く。

相似た描写は、十年以前「葵」の巻の、14歳の新枕の場面にも見える。「男君はとく起きたまひて、女君はさら

に起きたまはぬあした」、すなわち彼女にとり青天の霹靂《へきれき》にも等しい初夜の翌朝、「御衣《おんぞ》ひき被《かづ》きて臥し」たままの初心さに扱いあぐねた源氏が、夜着を引きめくってのぞき込むと、「汗におし浸して、額髪もいたう濡れたまへり」。「まろがれたる」とこそないが、汗だけでなく涙も加わっての事に違いない。年たけても変らぬ、紫上の純な感情表出、つつましいがはっきりと自尊の念を持ち、なまなかの甘言では動かされない勁《つよ》い性格が、涙に濡れまろがれた額髪という生々しい具体的描写によって、くっきりと印象づけられる。

これに対し、「真木柱」の巻、玉鬘に心奪われた鬚黒大将の北の方は、

いとささやかなる人の、常の御悩みに痩せおとろへ、ひはづにて、髪いとけうらに長かりけるが、分けたるやうに落ち細りて、梳《けづ》ることもをさをさしたまはず、涙にまろがれたるは、いとあはれなり。

ごく小柄な方が、ふだんからの病身でやせ衰え、弱々しく、髪は大変美しく長かったのに、分け取ったように抜けてしまった上、櫛を入れる事もほとんどなさらないままに、涙でくしゃくしゃになっているのは、まことにあわれである。

逆境に打ちひしがれ、嫉妬の気力もない姿で、「まろがれたる」髪も笑止でこそあれ、美しいとは義理にも言えない。そのあわれさをここで存分に見せておけばこそ、後段、そわそわと出て行こうとする夫に、突然立ち上って火取を投げつけ、灰まみれにさせる逆上ぶりが、劇的シーンとして印象づけられるのである。

「夕霧」の巻、夫柏木に先立たれた落葉宮は、母御息所の病を養うため、ともに小野の山庄にこもる。見舞に訪れた夫の親友、夕霧が、思いもよらぬ懸想を言いかけ、拒否しても立去らず、結局事ありげな朝帰りの姿を目撃した祈祷僧から、すでに実事があったかのごとく母御息所に伝わってしまう。母君は「いとうく口惜しと思すに、涙ほ

ろほろとこぼれたまひぬ」。そしてともかくも娘に様子を聞こう、病で身動きもできないので、随分久しく逢わないような気がする、と「涙を浮けてのたまふ」。一方前夜からの不本意きわまる事態に、夕霧の後朝《きぬぎぬ》の文めかしい書状も見るどころではなく、思い臥していた落葉宮は、

渡りたまはむとて、御額髪の濡れまろがれたるひきつくろひ、単衣《ひとへ》の御衣《おんぞ》ほころびたる着かへなどしたまても、とみにもえ動いたまはず。

御息所の病室にいらっしゃろうとして、御額髪の涙で濡れてへばりついているのを解き直し、前夜夕霧に袖を引かれてほころびたお召物を着替えなどなさっても、早々に動かされるような状態ではいらっしゃらない。

女房から母の心労の様子を聞き、

さればよ、といとわびしくて、ものものたまはぬ御枕より雫《しづく》ぞ落つる。

ああやっぱり、何かあったと誤解していらっしゃるのだ、と、全く情なくて、物も言わず突っ伏していらっしゃる枕から、涙の雫が落ちる。

以上、宮の描写には「涙」の一語もないにもかかわらず、男の身勝手と周囲の無責任な推測に追い込まれ、窮地に立った貴女の、申し開き一つできかねる口惜しさ、悲しさが、惻々として伝わって来る。

以上三例、身分・年齢・境遇を異にし、泣くに至る状況も心情もそれぞれの三女性の、それぞれの痛切な悲しみを、「まろがれたる」髪で象徴し、そこに各自の個性をも如実に描き出している。これもまた、紫式部ならではの見

事さである。

多量の涙を流して号泣するさまの擬音語、「よよと」は四例にとどまる。「涙ぐむ」の対極にある泣き方ゆえに、慎重に用いられたものであろう。

七　よよと

急死した夕顔を抱く源氏の許に駆けつけた近臣惟光、意外な事態と主君の悲歎のさまに、

見たてまつる人も、いと悲しくて、おのれもよよと泣きぬ。（夕顔）

お見上げする者も大変悲しくなって、自分もおいおいと泣いた。

主を補佐して善処すべき立場も忘れ、途方にくれた若者の、無理もない姿である。

須磨の秋、十五夜の月を眺める源氏。

入道の宮の、「霧やへだつる」とのたまはせしほどいはむ方なく恋しく、をりをりの事思ひ出でたまふに、よよと泣かれたまふ。（須磨）

桐壺院崩御、宮中を退出した藤壺が、「内裏を霧が隔てているのでしょうか、明るいはずの月もはるかに思いやるばかりです」と歌をお詠みになった時のことが何とも言えず恋しく、さまざまの折の事をお思い出しになるにつけ、声をあげて泣けてしまわれる。

耐えていた流離の悲しみが、名月に触発されて、源氏としてほとんど唯一の号泣となっている。

宇治十帖に入って、大君の病重しと聞いて急行した薫は、大君の手を取る。

「……日ごろ、訪れたまはざりつれば、おぼつかなくて過ぎはべりぬべきにや、と口惜しくこそはべりつれ」と、息の下にのたまふ。「かく、待たれたてまつるほどまで、参り来ざりけること」とて、さくりもよよと泣きたまふ。（総角）

この頃おいでがなかったので、このまま死んでしまうことかと残念に存じておりました」と、苦しい息の下におっしゃる。「そんなにお待ちいただくまで、お見舞にも上らなかったなんて……」と、しゃくりあげ、声を立ててお泣きになる。

「さくりもよよ」は常套表現で、『狭衣物語』の二例は共にこの形であるが、それよりはるかに長大な『源氏物語』ではこの一例のみである。薫の性格と状況からして、きわめて適切な用い方である。

浮舟をめぐる薫と匂宮の三角関係が破局に至る直前、双方の文を同時に受取って心乱れる浮舟の、宮への返歌、

「かきくらし晴れせぬ峰の雨雲に浮きて世をふる身をもなさばや――まじりなば」と聞こえたるを宮はよよと泣かれたまふ。（浮舟）

「どっちつかず、生きているだけの私の身を、いっそまっ暗で晴れる時のない山の雨雲にしてしまいたいものです――あれにまじったらどんなに気が楽でしょう」と申上げたのをごらんになって、宮は声を出して泣けてしまわれた。

前引「須磨」とこの例では、「泣かれたまふ」と自発の形を取っている。自然に泣けてしまって止めようがない、という形で、「夕顔・総角」とは異なる状況を巧みに描出している。周到な筆づかいと言うべきであろう。

八　俗語的表現

「涙を一目浮けて」に見たごとく、紫式部は描写すべき人物と状況に応じ、実に多面的に「涙」の表現を使い分けている。もとより歌語およびこれに準ずる雅びな表現は、「しほたる」「露けし」「涙川」「涙の玉」「紅《くれなゐ》の涙」「海人《あま》も釣すばかり」「涙の雨」「涙の滝」「涙の澪《みを》」と、枚挙にいとまないが、同時に他の文学作品にはあまり見当らない、俗語的と思われる言葉も自在に使いこなし、それぞれに効果をあげている。

1　いやめ

辞書類では「否眼」「嫌眼」「厭眼」などの字が宛てられ、いわゆる「べそをかく」事、あるいはその目つきである。『栄花物語』「あさみどり」の巻に、父粟田口道兼の死によって入内の本意を遂げず、道長女威子の後一条天皇入内に女房としての出仕を求められた姫君の母北の方が、「いやめなる子供のやうにうちひそまり給ふ」（べそっかきの子供のようにしかめ面をなさる）とあるのが、他作品の僅かな用例であるが、『源氏物語』では四例、いずれも宇治十帖に集中している。

「早蕨」の巻、大君の死によって、薫は、

尽きせず思ひほれたまひて、新しき年とも言はず、いやめになむなりたまへる。

いつまでも物思いにふけっておられて、新年というのに、涙ぐんでばかりいらっしゃる。

しかし種々の経緯の果てに、「東屋」の巻で大君によく似た異母妹浮舟を得、宇治に伴う。同行する弁の尼が大君の事を思って泣き顔をするのに対し、事情を知らぬ浮舟の女房、侍従は、

いと憎く、もののはじめに、かたち異《こと》にて乗り添ひたるをだに思ふに、なぞかくいやめなると、憎くをこに思ふ。

ほんとにいまいましく、おめでたい事の始めに、縁起でもない尼姿で同車するのさえ嫌だのに、なんでこんなにべそをかくの、と、憎らしくもばかばかしくも思う。

その後、薫と匂宮との秘密の三角関係に思い余った浮舟は、宇治川に投身しようとして横川の僧都とその妹尼に助けられ、小野の里にかくまわれる。薫と匂宮は浮舟が死んだものと思ってそれぞれに悲しむ。匂宮は、

人には、ただ、御病の重きさまをのみ見せて、かくすずろなるいやめのけしき知らせじと、かしこくもて隠すと思しけれど、おのづからいとしるかりければ、（蜻蛉）

他人にはただ、重病のように見せかけて、こんな理由もない涙顔の様子は知らせまいと、上手に隠しているとはお思いだけれど、自然にそんな様子ははっきりわかってしまうものだから、

薫もそれとさとり、面白くない気持ながら、見舞に訪れてそれとなく浮舟の事を語り出し、互いに本心は明かさぬまま、複雑な気持で別れる。

小野の尼は、浮舟を亡くなった娘の再来とも思いかしずくうち、娘婿であった中将の来訪を得、娘の生前を思い

出すようなもてなしをするにつけて、

いとどいや目に、尼君はものしたまふ。　（手習）

いよいよ涙目に、尼君はなっていらっしゃる。

いずれも優雅ではないが簡明で実感のこもった表現で、尼二例は『栄花物語』の例とも共通する年輩女性の愚痴な涙だが、同じ語を薫・匂宮という主・副主人公にも用いているあたり、光源氏の物語本編とはやや違った現実性をも感じさせる。

2　かひをつくる

「貝を作る」で、口をへの字にして、貝の輪郭のような形を作る、すなわちこれも「べそをかく」意である。他作品では、時代を降って『宇治拾遺物語』巻第五の九、「御室戸僧正事、一乗寺僧正事」に、一乗寺僧正増誉が、愛童の呪師《じゅし》、小院《こゐん》を、寵のあまり出家させ、近侍の法師にしてしまったが、徒然の紛れに呪師芸能を見たいと、もとの装束・鳥兜をつけさせたところ、「露昔に変らず、僧正うち見て、かひを作られける」（全く出家以前の姿に変らず、僧正はこれを見て、泣きべそをかかれた）とある。「いやめ」より一層滑稽味を増した表現であるが、これは二例、いずれも明石入道の表現として用いられている。

長い流離から帰京のため、いよいよ源氏は出発する。見送る明石の君の父入道は、

「今はと世を離れはべりにし身なれども、今日の御送りに仕うまつらぬこと」など申して、かひをつくるもい

とほしながら、若き人は笑ひぬべし。（明石）

「もはや俗世を棄てた身で、執着を持つべきではありませんが、今日のお出ましのお見送りにお供できませんのが残り惜しく……」などと言って、べそをかくのも気の毒ながら、その顔の滑稽さに若い人達は笑ってしまいそうだ。

やがて明石の君は姫君を出産、源氏はその将来を期待して、自ら乳母を選定派遣し、五十日《いか》の祝をも手厚く配慮するので、

入道、例の、喜び泣きしてゐたり。かかるをりは、生けるかひもつくり出でたる、ことわりなりと見ゆ。（澪標）

入道は例によって嬉し泣きしていた。こんな時には、同じ「かひを作る」――べそをかくにしても、それこそ生きている甲斐を作り出したというもので、まことに泣くのももっともだと見える。

頑固一徹の老人の泣顔と、これを見る周囲の反応が、海辺の物である「貝」をも掛言葉としつつ、滑稽に、しかしあわれ深く描き出されている。

3　つぶつぶ

五節末にあげた「夕霧」巻の続きに当る部分、種々の行違いの末、これまでの落葉宮の不運をくどくどと繰返す母御息所の長台詞《ぜりふ》の終りを、「つぶつぶと泣きたまふ」としめくくっている。涙が粒になってぽたぽた落ちるさまで、『うつほ物語』「楼の上」上にも、年老いた兼雅が旧宅の庭を見まわって昔をしのび、「涙のつぶつぶと落ちたまふ

を」と用いられており、「ほろほろ」よりも多量に、前後の見境いなく流す涙の形容として適切である。『蜻蛉日記』中巻、石山詣の船中でも、男共の歌を聞いて「つぶつぶと涙ぞ落つる」と用いられているが、ここでは「涙」を表に出さず、「つぶつぶと泣きたまふ」とのみしている事で、老人のくどくどしい愚痴のあげくにこぼす大粒の涙、というイメージが言わずしてくっきり浮び、非常に効果的である。

以上、僅かの例であるが、優雅でない俗語を時に用いる事で、人物を生き生きと描き出すのも紫式部の文章の特色で、「涙」のあり方にその場その場の具体性を与え、単調に陥らせない巧みな手法である。

おわりに

以上、『源氏物語』における「涙」の種々相を検討して来た。紫式部の生きた時代、生きた社会においては、後代のように男性の涙が忌まれる事はない。しかし、貴人は男女ともに「さまよく」泣く事があるべき姿とされ、夜の床で「枕も浮くばかり」泣きぬれ、女性は「額髪がまろがれる」ほどであっても、人前では「涙ぐみ」、「おし拭《のご》ふ」程度にとどめるのがたしなみであった。そのような制約の中でこそ、「ほろほろとこぼれる涙」、「顔面を隙なく流れる涙」、更には「よよと泣かれる涙」という例外的な泣き方が生彩を放ち、涙の主の心情を活写するのである。

一方、老人ともなれば身分にかかわりなく「涙もろ」な特性が容認され、「いや目」をつくり、「目を拭ひただらし」、「鼻の色づくまでしほたれ」、「かひをつくる」姿が描かれると共に、これを見る若い者の「いとほしながら笑ひぬべく」、「憎くをこに思ふ」心情を対比する事によって、世代差による悲哀と滑稽が非情なまでに浮び上り、時代を超えた人間社会の真実相を表現するに至る。

このように「涙」を通じて平安朝社会文化の一端を描き出した紫式部は、更に進んで時代・社会にかかわらぬ人間性の真実そのものに迫っている。それが、「涙ぐむ」の項に指摘した、「涙」と「ほほ笑み」の両立、共存——「悲しみの極にあって笑う」という、一見矛盾した、しかし人情の機微を衝いた警抜な描写である。「涙ぐむ」と「ほほ笑み」とが直接相連なっていないために同項ではふれなかったが、引用した「若菜上」と相似た場面として、「宿木」の巻、匂宮が宇治中君を妻として京の自邸に引取りながら、一方夕霧の六の君に婿取られた初夜、朝帰りの描写がある。

いみじく念ずべかめれど、え忍びあへぬにや、今日は泣きたまひぬ。……こぼれそめてはとみにもえためらはぬを、いと恥づかしくわびしと思ひて、いたく背きたまへば、強ひてひき向けたまひつつ、「聞こゆるままに、あはれなる御ありさまと見つるを、なほ隔てたる御心こそありけれな。さらずは夜のほどに思し変りにたるか」とて、わが御袖して涙を拭ひたまへば、「夜の間の心変りこそ、のたまふにつけて、推しはかられはべりぬれ」とて、すこしほほ笑みぬ。

中君は、それまでの経緯については懸命にこらえておられたが、耐えきれなくてか、今日は泣いてしまわれた。……涙がこぼれはじめてはすぐにも止められないのを、大変はずかしく辛いと思って、無理にも顔をそむけておられるので、宮は強いて自分に引き向けるようにされながら、「私の言葉を信じて、いとしい御様子と思っていたのに、やっぱり隔て心がおありだったのですね。それとも、夜の間に心変りなさったのですか」とおっしゃって、御自分の袖で涙をぬぐっておあげになると、「夜の間の心変りという事こそ、おっしゃるにつけて、お察しできますわ」とおっしゃって、少しほほ笑まれた。

泣き、そして微笑する中君。見事な切り返しに意表を衝かれた宮は、「げに、あが君や、幼《をさな》の御もの言ひやな」（まぁ、あなた、何て赤ちゃんみたいな事を）と言いつつ、以前にまさる愛情を感じてしまう。窮地に立って自恃を失わず、巧まずして男の心を引き戻す、涙と笑い。紫上のそれとはまた異なる、見事な対応である。

紫式部は、涙を涙としてのみは描かなかった。貴賤老若、悲喜こもごもの人間性の表出として、七十三通りにも及ぶ多様な語彙をもって自在に描写し、劇的な場面を目に見るごとく演出している。しかも表現は簡潔的確、極限まで切りつめた短文をもって百の現代語訳にまさる効果をあげていること、「涙を一目浮けて」に指摘したごとくであり、同様の例は、最愛の更衣を失い、「ただ涙にひちて」（涙にひたって）明かし暮らす桐壺帝を「見たてまつる人さへ露けき秋なり」（お見上げする近侍者まで涙がちな秋である）、また朝顔斎院への久しい恋心を再燃させた源氏の贈歌、「見しをりのつゆ忘られぬ朝顔の花のさかりは過ぎやしぬらん」（見た時の事が少しも忘れられない朝顔――あなたの盛りのお美しさは過ぎ去ってしまったのでしょうか、まさかそんな事はないでしょうね）に対する斎院の返歌、「秋はてて霧のまがきにむすぼほれあるかなきかにうつる朝顔――似つかはしき御よそへにつけても、露けく」（秋が過ぎて、霧の立つ垣根に辛うじて残り、あるかなきかに衰えた朝顔――今の私に似合いの御たとえにつけても、涙がにじみます）における、「露けし」一語の含意の深さにも明らかである。

ただ「涙」一つを素材に、かくも豊かな人間世界を描き出し、万古変らぬ人情の自然を深くえぐって、はるか後代の読者にまで深甚の感動を呼び起す紫式部の筆、そしてこの名作を成立せしめた当代社会の文化に、心からの敬意を払わずには居られない。

『源氏物語』最終巻考——「本に侍める」と「夢浮橋」と

一　「本に侍める」研究史

『源氏物語』五十四帖の最末尾、「(落し置き給へりし慣ひにとぞ) 本に侍める」が、後代書写者の注記ではなく、作者自記の、物語大尾を示す形式である事については、早く石田穣二「物語の大尾の形式について」(『大学論藻』54、昭54・12、『源氏物語攷その他』平元所収) に、高橋正治『大和物語』(昭37)・吉田幸一『和泉式部研究　一』(昭39) の所説を引いての卓論があり、その成果として、清水好子と共著の「新潮古典集成」『源氏物語　八』(昭60) の当該部分頭注に、「写本の筆者が、原本にはこうあった、とする注記であるが、物語の大尾を示す常套句であったと考えられる」と記している。

しかしこの部分を持たぬ古写本も間々存在する所から、本論の所説は必ずしも一般に用いられず、古く「日本古典全書」(池田亀鑑、昭21) 頭注に「写した人の注記で、鎌倉時代以後古形を示す意図から屢々慣用された」とある事が定説化して、「日本古典文学全集」(阿部秋生・秋山虔・今井源衛、昭51) 頭注では「本を書写した人が、「底本にこうあります」と写本の末尾に加えたもので、鎌倉期以後のものといわれる」とし、その改訂版なる「新編日本古典文学全集」（阿部・秋山・今井・鈴木日出男、平10）も同文である。「日本古典文学大系」（山岸徳平、昭63）では「本に侍める」を後人の書入れと見て削除し、「地の文に「侍る」を用いたのは、大体は鎌倉時代に入ってからの用例で、紫式部時代には、このように、地の文に、「侍り」は使わない。「とぞ」で終っているのが正しいのである」云々と、削除理由を説明している。

ところが近年、むしろ専門研究者以外の立場から、これを作者自記のものと認める声が起り、研究者もこれに敏感に反応した。すなわち、以前の「大系シリーズ」を拡大再編した、「新日本古典文学大系」（柳井滋・室伏信助・大朝雄二・鈴木日出男・藤井貞和・今西祐一郎、平9）では、「本に侍めり」を削除せず、頭注にこれ以前の同様末尾文例四例をあげると共に、巻末付載の解説、今西「『源氏物語』の行方」中に、大野晋・丸谷才一『光る源氏の物語』（平元）・丸谷『恋と女の日本文学』（平8）における、作者自記を積極的に主張する発言を紹介し、更に原田芳起『宇津保物語』（角川文庫、昭45）脚注を引いて、「架空の「本」を匂わせて物語を閉じる」のは、源氏以前に「すでにあった技法」で、「夢浮橋巻末もその技法を踏襲した可能性は多分にある」と述べている。

片桐洋一「『源氏物語』の本文と語り」（『源氏物語の展望第七輯』、平22・3）では前引「新編日本古典文学全集」の頭注を批判し、『うつほ物語』「楼の上」下巻の末尾「本にこそ侍るめれ」を引いて、「もとより、ここに言うような「本」が実際に存在したわけではあるまい。しかし、この物語の前提となる記録のようなものが存在していたという「建前《たてまえ》」で、この物語が作られていることは認めなければなるまい」と述べており、これと発表時期を等しくする仁平道明「暗い〈終わり〉――『源氏物語』の結末」（『解釈と鑑賞』、平22・3）では、「とぞ本にはべめる」を「書写者の注記に擬装した」ものと明らかに認めて、この部分の注に前引石田説を引いている。

更に、永井和子「物語作品と作者――「作者不明」についての覚え書き――」（『源氏物語の展望第八輯』、平22・10）は、「現実の裏返しである虚構物語の存在を許している、という事実に対する、作者・読者双方のある種の気はずかしさ」を細やかに解析して、物語作者の匿名性の持つ意味、表われ方を追求し、片桐論に言う「建前」の必然性を、多方面から論証している。

私はこれら精緻な諸論からは程遠く、『源氏物語』とはこういう終り方をしているもの、とのみ思って多年愛読して来たにすぎない者であるが、先頃たまたま一般向講座で宇治十帖の話をするに当り、恐らくはこの大尾に多くの疑問・不満を持たれるであろう受講者に、どう納得して気持よくお帰りいただけるかと考えて述べた事柄を、論として示すよう勧奨を受けた。屋上屋を架するようではあるが、極めて専門性の強い上掲各論に対し、或いは側面から何等かの補強をなし得る部分もあるかと考え、あえて論を試みる次第である。

二　物語の始めと終り

作り物語は、どのように語りはじめられるのであろうか。主要六作品(1)の冒頭部を並べて見る。

竹取　今は昔、竹取の翁といふ者ありけり。
伊勢　昔、男初冠して、奈良の都春日の里に、知る由して狩にいにけり。
うつほ　昔、式部大輔左大弁かけて、清原の大君ありけり。
落窪　今は昔、中納言なる人の、女あまた持たまへるおはしき。
源氏　いづれの御時にかありけむ、女御更衣あまた侍ひ給ひける中に、いとやんごとなき際にはあらぬが、すぐれて時めき給ふありけり。
狭衣　少年の春惜しめども留らぬものなりければ、三月も半ば過ぎぬ。

源氏物語以前の四作品は、「昔々ある所に、おじいさんとおばあさんがおりました」という、口承昔話の語り出しの定形が、平安前期、すでに確立している事を示している。しかし『源氏』に至って、定形をふまえつつもそこには自在な変容が施される。「昔」は「いづれの御時にかありけむ」と朧化されると共に、物語の舞台が宮廷社会である事を示し、人物紹介も、その立場と以後予想される波瀾の程を簡潔に提示して、読者の期待をそそる効果十分なものとなるのである。そして次の『狭衣』に至って昔話的な要素は払拭され、きわめて文学的な語り出しとなる。源氏物語普及を契機としての、物語読者層の文学的成長、これに見合う、次代の物語作者の意識的改革の程がうかがわれる所である。

では、物語の終りは、どのようにして終結させるのであろうか。これは冒頭よりはるかにむずかしい。語りはじめは、全く白紙の読者の興味を誘うべく作者が工夫すればこと足りるが、書き進めるにつれ、ストーリーは必ずしも当初の予定通りには展開し得なくなる場合もあり、読者の希望、期待も無視し得ず、全編を統括して、作者読者共に満足し得る大団円に持って行けるか否か、読後の余韻を反復玩味し得るか否か、作者の手腕の問われる所であろう。

六作品の結末部を並べて見よう。

竹取　その山を「ふじの山」とは名づけける。その煙、いまだ雲の中へ立ちのぼるとぞ、言ひ伝へたる。

伊勢　昔、男わづらひて、心地死ぬべく覚えければ、
　　つひにゆく道とはかねて聞きしかど昨日今日とは思はざりしを

うつほ　次の巻に、女大饗の有様、大法会のことはあめりき。季英の弁の、娘に琴教へ給ふ事などの、これ一つにては多かめれば、中より分けたるなめり、と本にこそ侍るめれ。

落窪　女御の君の御家司に和泉守なりて、御徳いみじう見ければ、昔のあこぎ、今は内侍のすけになるべし。典侍は二百まで生けるとかや。
源氏　我が御心の思ひ寄らぬ隈なく、落しおき給へりし慣ひにとぞ、本に侍める。
狭衣　世とともに物をのみ思して過ぎぬるこそ、いかなる前の世の契りにかと見え給へれ。

冒頭部のように一筋縄では行かなくなっている様相が読みとれよう。

『竹取』は民話の一つの型である地名起原説話で終る。業平一代記とも言える『伊勢』が、主人公の辞世歌で終るのは至当であろう。徹底して現実的物語であると読める『落窪』は、最後の最後に「典侍は二百まで生きた？――まさか」と思わせる事で、「実はこれはただのお話なんですよ」と巧みにうっちゃりを食わせている。これらに対して『狭衣』は、帝となっても変らぬ主人公の憂愁で全篇を結ぶ事で、冒頭と呼応する、昔物語の型を脱却した新しい形を示すのである。

この間にあって、『うつほ』と『源氏』、この二大長篇のみが、「本にこそ侍るめれ」「本に侍める」と、相似た表現で、語り手の語りに先立つ親本の存在を示唆している。これは一体、何を意味するのであろうか。本稿はこれを手掛りに、「紫式部が『源氏物語』をなぜこのような形で終らせたか」を探る試みである。

三　最終巻名「夢浮橋」

これに先立って、巻名の点から(2)『源氏物語』最終巻を考えたい。源氏巻名については諸論あり、最近においても清水婦久子「源氏物語の巻名の基盤」（『源氏物語の展望第一輯』、平19・3）「源氏物語の和歌と引歌」（『源氏物語の展望第七輯』、平22・3）に詳細に説かれているが、最終巻名「夢浮橋」は、五十四帖中唯一、巻本文の中に根拠を見出し得ない命名である。語そのものの典拠も、古注、『源氏釈』『奥入』『紫明抄』『河海抄』において、「薄雲」の巻の明石訪問の場面の、

「夢のわたりの浮橋か」とのみうち嘆かれて

の部分に、典拠不明の、

世の中は夢のわたりの橋かとようち渡りつつ物をこそ思へ

が引かれ、なお同歌が『河海抄』「夢浮橋」の巻にも、第三句「浮橋か」の形で引かれているのみで、本来的な出典を明らかにし得ない。但し『狭衣物語』巻四、狭衣が源氏の宮に恋心を愬える場面に、

はかなしや夢のわたりの浮橋を頼む心の絶えもはてぬよ　（一五二）

の詠があり、「世の中は」の歌は当時一般によく知られていたものかと推測される。

「夢のわたり」と類似の歌語としては、『万葉集』にただ一例、

吾行《わがゆき》者《は》久《ひさに》者《は》不有《あらじ》夢《ゆめ》乃《の》和《わ》太《だ》瀬《せと》者《は》不成而《ならずて》淵《ふちと》有毛《ありとも》　（三三五、旅人）

があり、「夢の曲《わだ》」とは吉野川宮滝にある、巨岩に囲まれた渕であるとされている。中古、これが歌枕風に転訛して「夢のわたり」となったものか。しかし上掲数例以外には久しく用例を見ず、中世末期、ようやく正徹が、

夏の夜の夢のわたりの川波は袖に涼しき涙なりけり　（草根集三〇四三）

等六首に詠み入れたところから、以後柏原院の『柏玉集』・三条西実隆の『雪玉集』に継承されている。

では、「夢浮橋」は如何。いかにも古来の歌枕めかしいこの語は、実はこの巻名以外、古くはほとんど用例を見ない。むしろ「全然」と言ってよいのかも知れない。清水論は「源氏物語の巻名の由来――その諸問題――」（「青須賀波良」59、平16・3）において、その典拠に、

伊弉諾尊・伊弊冉尊、天の浮橋の上に立たして　（日本書紀、神代上）

へだてける人の心の浮橋をあやふきまでもふみみつるかな　（後撰一一二三、四条御息所女）

浮橋のうきてだにこそたのみしかふみみてのちはあとたゆなゆめ　（朝光集一）

をあげ、一方に、

波《は》流《る》敝《へ》左《さ》久《く》布《ふ》治《ぢ》能《の》宇《う》良《ら》葉《ば》乃《の》宇《う》良《ら》夜《や》須《す》尓《に》左《さ》奴《ぬ》流《る》夜《よ》曽《ぞ》奈《な》伎《き》児《こ》呂《ろ》乎《を》之《し》毛《も》倍《へ》婆《ば》　（万葉三五二五、作者未詳）

春日さす藤の裏葉のうらとけて君し思はば我もたのまむ　（後撰一〇〇、よみ人しらず）

をあげて、「夢浮橋」は「藤裏葉」同様、複数の語の組合せによってできた巻名で、特殊な例ではないとするが、すでに用例あり、植物の態様を示す二語の結合として熟した「藤裏葉」と、相互に具象的関連を持たず結合用例もない「夢浮橋」とは性格を異にする。『朝光集』の「ゆめ」も、「努《ゆめ》」すなわち「決して……するな」の意の副詞であって、必ずしも「夢」との掛詞ではなく、ここから「夢浮橋」の成語を導き出すだけの強い機縁を持たない。すなわちこの二語の結合は、「久米の岩橋」「真野の継橋」のような具象性を持たぬ、全く観念的、象徴的な成語である。清水論は「現存の和歌にたまたま成語の例が見あたらないだけなのかもしれない」ともするが、古来の作品にかくも機知的で美しく詠歌表現上有効と思われる歌語が存在していたならば、三代集ないし古今六帖作者がこれを取りあげ、活用しないはずはないと思われる。

あえて言うならば、これは前引「世の中は」詠をふまえた、紫式部独特の造語ではあるまいか。紫式部の造語力はきわめて高度なものであって「見奉る人さへ露けき秋なり」（桐壺）、「さえわる池の鏡のさやけきに」（賢木）、「姫君の御さまのにほひやかげさ」（胡蝶）をはじめ、頻用される「来《き》し方行末」、夕日や月が「はなやかに」さすという表現など、『源氏物語』で読みなれていてつい気づかないが、実は彼女独特の造語ないし他例の稀少な特異表現である、という例は、枚挙にいとまない。その、最後、最高のあらわれとして、この「夢浮橋」の、『源氏物語』最終巻名が存在するのである。

先行作品の散文表現中にもこの語は見当らず、『狭衣物語』巻二、狭衣が図らず女二宮と契ったのち後悔し、思いわずらう場面に、

聞くだにもむつかしうわづらはしかりつる御あたりに、いかにたどり寄りつる夢の浮橋ぞと、うつゝの事とだに思されねば、

とあるのが、ごく近く、かつ僅少な影響例かと思われる。

歌語としては『新編国歌大観』に見る限り、建久九年(一一九八)御室五十首詠における定家詠、

春の夜の夢の浮橋とだえして峰にわかるる横雲の空 (五〇八)

が嚆矢であり、ついで定家が正治二年(一二〇〇)百首に再び、

波の音に宇治の里人夜さへや寝てもあやふき夢の浮橋 (一三九一)

と詠じたところから、建仁二年(一二〇二)千五百番歌合に、

思ひ寝の夢の浮橋とだえして覚むる枕に消ゆる面影 (二三七五、俊成女)
人心通ふただ路の果てしより恨みぞわたる夢の浮橋 (二四六五、定家)
恋ひわたるとだえばかりはうつつにて見るもはかなき夢の浮橋 (二六四九、忠良)

と多用されて定着、以後、新古今以降の勅撰集に二二首の入集例を見る程、歌壇に大流行を来たす事になり、あたかも古来の歌枕のような印象を与えるに至ったのである。

『源氏物語』の巻名の由来については、前引清水論文に尽くされているが、再々述べて来たように、歌語としても「夢の浮橋」とは紫式部時代はおろか、定家御室五十首詠に至るまでおそらく他に用例を見ぬ、ユニークな語で

あった事を思い、かつ定家正治百首詠に見る如く、後人により「宇治」との深いかかわりを意識して用いられている事実を考慮するならば、これはまさしく紫式部自身により命名された巻名、しかも当巻のみならず、宇治十帖全体を、ひいては源氏五十四帖すべてを統括する、甚だ象徴的な巻名であり、必ずや作者自身、この一帖をもって全作の大団円とするとの明確な意図のもとに選び取った、作者ならでは成し得ない命名であろうと考えられる。

紫式部の造語力、言語感覚の最後、最高のあらわれとしての、「夢浮橋」の最終巻名に感嘆を惜しまぬはもとより、同時にまた、これを約二百年後にはじめて歌語として生かし、妖艶にしてしかも幽玄な新古今歌風の代表作一首に結晶せしめた定家の傑出した歌人能力にも、深甚の敬意を払うべきであろう。

四　各帖の終り方

言うまでもなく『源氏物語』は、或る女房の「語り」を書き取った、という形式を取っている。しかもその語り手は、「蓬生」の巻末尾に、

今少し問はず語りもせまほしけれど、いと頭痛う、うるさく物憂ければなむ、今、又もついであらむ折に、思ひ出でてなむ聞ゆべきとぞ。

とある所を見ればかなりの老年と思われ、行文中、いわゆる「草子地」として、「御心の中なりけむ事、いかで漏りにけむ」(花宴)「女のえ知らぬ事まねぶは、憎きことをと、うたてあれば漏らしつ」(少女)のように、その肉声による弁明、批評の類が散見されるなど、単なる平叙にとどまらぬこまやかな工夫がこらされている。そしてその巻々は、一帖の短篇読切りとも、また数帖の連結で構成する中篇とも見せつつ、ついに五十四帖、三世代にわたる大長

篇を成し、各帖の記述が千編一律に陥らぬよう、なみなみならぬ展開の妙を尽くしているのである。

中にも各帖の結末部分は、その帖における事件に一往の決着をつけつつ、しかも次帖への発展を期待させ、読者の興味をつなぐという、作者の腕の見せ所である。これについては、早く田辺正男「源氏物語の文章――巻々の止め方――」（『野州国文学』2、昭43・10）に精細な考察があり、また前引の片桐論文に、玉鬘十帖に限ってではあるが、各帖末の行文の特徴が懇切に説かれている。

田辺論は、各帖の止め方を伝承型・直叙型・推量婉曲型・余情型に分け、河内本はじめ各異本にわたって眼配りがなされているので、文章法の考察としては完璧であろうが、本論では一篇の作品としての、各帖結末部に見る作者の工夫のあり方を概観して、最終巻におけるその文学的効果の程を考察したいので、「新編日本古典文学全集」大島本の本文により、各帖末尾の行文を、性格別に分類して示す。洋数字は帖の順序をあらわすものである。

一、一般的叙述で終るもの　一五例

12須磨　この住まひ堪へ難く思しなりぬ。
13明石　たゞ御消息などばかりにておぼつかなく、なか〳〵恨めしげなり。
18松風　及びなき事と思へども、なほいかゞ物思はしからぬ。
21少女　大方の作法もけぢめこよなからず、いと物々しくもてなさせ給へり。
27篝火　様よくもてなして、をさ〳〵心とけても掻きわたさず。
29行幸　世人は「恥ぢがてら、はしたなめ給ふ」など、様々言ひけり。
32梅枝　あやし、と打置かれず、かたぶきつゝ見居給へり。
33若菜上　「今更に色にな出でそ山桜及ばぬ枝に心かけきと　甲斐なき事を」とあり。

38鈴虫　いとゞ心深う世の中を思し取れる様になりまさり給ふ。
40御法　中宮なども、思し忘るゝ時の間なく、恋ひ聞え給ふ。
43紅梅　忍びて、母君ぞたまさかに、さかしらがり聞え給ふ。
45橋姫　「何かは、知りにけりとも知られ奉らむ」など、心に籠めて万に思ひ居給へり。
46椎本　こなたを見おこせて笑ひたる、いと愛敬づきたり。
48早蕨　さすがにとやかくやと、方々に安からず聞えなし給へば、苦しう思されけり。
49宿木　たゞ口ずさみのやうにのたまふを、入りて語りけり。

二、和歌で終るもの　一例

3空蟬　「空蟬の羽におく露の木がくれて忍び〳〵に濡るゝ袖かな」

三、係助詞「なむ」で終り、続く結びの言葉が省略されたもの　二例

1桐壺　光君といふ名は、高麗人のめで聞えてつけ奉りたるとぞ、言ひ伝へたるとなむ。
51浮舟　萎えたる衣を顔に押し当てて、臥し給へりとなむ。

四、推量の助動詞「めり」で終るもの　六例

5若紫　これはいと様変りたるかしづきぐさなり、と思ほいためり。
16関屋　「……いかでか過ぐし給ふべき」などぞ、あいなのさかしらやなどぞ侍るめる。
22玉鬘　「返さむと言ふにつけても片敷の夜の衣を思ひこそやれ　ことわりなりや」とぞあめる。
24胡蝶　たゞひとへに嬉しくて、下り立ち恨み聞えまどひありくめり。
25螢　「女子の人の子になる事はをさ〳〵なしかし。いかなる事にかあらむ」など、此の頃ぞ思しのたまふべかめる。

33藤裏葉　弁少将の声すぐれたり。なほさるべきにこそと見えたる御仲らひなめり。

五、格助詞＋係助詞の「とぞ」で終り、続く結びの言葉が省略されたもの　七例

2帚木　つれなき人よりは、なか〳〵あはれと思さるとぞ。
15蓬生　又もついであらむ折に、思ひ出でてなむ聞ゆべきとぞ。
19薄雲　例よりは日頃経給ふにや、少し思ひ紛れけむとぞ。
37横笛　をさ〳〵御答へもなければ、打出で聞えてけるをいかに思すにかと、つゝましく思しけりとぞ。
37夕霧　この御仲らひの事、言ひやる方なくとぞ。
41幻　親王たち大臣の御引出物、品々の禄どもなど、二なう思し設けてとぞ。
50東屋　わざと返り事とはなくてのたまふ、侍従なむ伝へけるとぞ。

六、格助詞＋係助詞「とや」、格助詞＋係助詞＋係助詞「とかや」で終り、伝聞である事を示すもの　六例

20朝顔　「亡き人を慕ふ心にまかせても影見ぬ三つの瀬にやまどはむ」と思すぞ憂かりけるとや。
28野分　「それなむ、見苦しき事になむ侍る。いかで御覧ぜさせむ」と聞え給ふとや。
31真木柱　「よるべなみ風の騒がす舟人も思はぬ方に磯伝ひせず」とて、はしたなかめりとや。
32藤袴　女の御心ばへは、この君をなん本にすべきと、大臣たち定め聞え給ひけりとや。
47総角　大方の御後見は、我ならではまた誰かは、と思すとや。
52蜻蛉　「ありと見て手には取られず見れば又行方も知らず消えし蜻蛉、あるかなきかの」と、例の独りごち給ふとかや。

七、草子地による、語り手の弁明・感想・推測・評言などでしめくくるもの　一一例

4夕顔　かやうのくだ〳〵しき事は……皆もらし止めたるを、……作り事めきて取りなす人ものし給ひければなむ。あまり物言ひさがなき罪避り所なく。

6末摘花　あいなくうちうめかれ給ふ。かゝる人々の末々いかなりけむ。

7紅葉賀　げにいかさまに作りかへてかは、劣らぬ御有様は世に出でものし給はまし。月日の光の空に通ひたるやうにぞ、世人も思へる。

9葵　「新しき年とも言はず降るものは旧りぬる人の涙なりけり」。おろかなるべき事にぞあらぬや。

10賢木　さるべき事ども構へ出でむに、よき便りなりと、思しめぐらすべし。

11花散里　ありつる垣根も、さやうにて有様変りにたるあたりなりけり。

14澪標　少し大人びて、添ひさぶらはむ御後見は、必ずあるべき事なりけり。

17絵合　いかに思し掟つるにかと、いと知り難し。

23初音　御方々、心づかひいたくしつゝ、心懸想を尽くし給ふらむかし。

26常夏　さる方に賑はしく、愛敬づきたり。御対面の程、さし過ぐしたる事もあらむかし。

53手習　万に道すがら思し乱れけるにや。

八、文を終結させぬ、言いさしの形を取るもの　五例

8花宴　といふ声、たゞそれなり。いと嬉しきものから。

35若菜下　例の五十寺の御誦経、また、かのおはします御寺にも、魔訶毘盧遮那の。

36柏木　秋つ方になれば、この君、這ひゐざりなど。

42匂宮　「いたう客人だたしや」などのたまへば、憎からぬ程に、「神のます」など。

44竹河　この頃頭中将と聞ゆめる。年よはひの程はかたはならねど、人に後ると嘆き給へり。宰相はとかくつきぐしく。

九、「原本にこうある」とことわり書きをするもの　一例

54夢浮橋　我が御心の思ひ寄らぬ隈なく、落しおき給へりし慣ひにとぞ、本に侍める。

以上を通観すれば、紫式部が一帖毎にいかに工夫をこらし、事実平叙のみをもって終るのでなく、様々の変化をもって各帖を閉じめつつ、更に次帖へと詠み進む興味をかき立てるべく、心を配っているかが知られるであろう。ちなみに『うつほ物語』二十巻について同様に各巻結末部分を見るに、

1俊蔭　被け物どもを、あな清ら、と見給ふ。次々にぞ。
16国譲上　中納言の君は、兵衛の君と物語し給ひて、暁に帰り給ふとなむ。
17国譲中　人々参上らすとにやあらむ、と思ひ給ふ。残りは、次々にあるべしとぞ。
19楼の上、上「からしや」とのたまひておはしぬ。十七日なりし。
20楼の上、下　次の巻に、……大法会のことはあめりき。……中より分けたるなめり、と本にこそ侍るめれ。

の五例を除き、他はすべて、

3忠こそ　忠こそを恋ひ死にに隠れ給ひぬ。
9菊の宴　聞えこそあれとて、物ものたまはず。
12沖つ白波　たゞ大殿に集ひて住み給ふ。

のように事実平叙で、『源氏物語』のような工夫の程は認められないのである。

五 「本に侍める」再考

かくも入念に、しかもさりげなく、先へ〳〵と読者の興味を導いて来た作者が、いよ〳〵この長篇を終るに当り、どのような表現をもってこれを行おうかと悩んだであろう事は、想像に難くない。しかもその結末は、薫と浮舟の結婚、めでたし〳〵の紋切型でもなく、浮舟の入水死という悲劇のラストシーンでもない。出家した浮舟は、薫の赦しと誘いを拒否し、薫は最初からの道念も失せて茫然とたたずむのみ。読者一同、「エッ!」と驚き、「まさかこれで終るはずがない、一体どうしてくれる」と腹を立てるような終り方である。しかし作者は、興尽きて不本意ながら筆を折ったのでもなく、なお書き続けるつもりで何等かの事情で中絶したのでもない。上述の巻名「夢浮橋」の、他巻と異なる特殊性をも思い合せるならば、作者は明らかにこれを最終巻、大団円として書きあげたと推察される。

改めて、その結末をなす一文を見よう。

いつしかと待ちおはするに、かくたど〳〵しくて帰り来たれば、すさまじく、なか〳〵なりと思す事様々にて、人の隠し据ゑたるにやあらんと、我が御心の思ひ寄らぬ隈なく、落しおき給へりし慣ひにとぞ、本に侍める。

この「本に侍める」を「物語の大尾を示す常套句」(「新潮古典集成」頭注)とする結論に達するための手続きとして、石田論文は甚だ懇切に説かれているが、その広範な目配りのために、一面、この結論そのものの端的な提示力が、若干弱められた憾みなしとしない。また他の上掲諸論中には、必ずしも当該問題の解明を主目的とせず、ためにこの点の叙述が簡略なものもある。本来的な源氏物語専門研究者でない気安さから、今少し一般の耳にも入りやすい形で考えてみたい。

「本に侍める」を書写者の注記、附加と考えるならば、作者本来の巻尾の体裁はどのようであったか。前節の分類にあてはめるなら、「落しおき給へりし慣ひに」と言いさした形（八）か、あるいは「慣ひにとぞ」の形（五）か。文章の形からすれば後者が妥当で、前者は他の言いさしの巻々とくらべても落着きが悪く、不自然である。後人附加説を取る「旧日本古典文学大系」「新旧日本古典文学全集」でも、「慣ひにとぞ」までを本来の本文としている。しかし原作が「慣ひにとぞ」で終るならば書写者の附加部分は、「（慣ひにとぞ）と、本に侍める」となければなるまい。「落しおき給へりし慣ひにとぞ、本に侍める」は、簡潔で何気なく、どこで切り離しようもない、連続した一文なのである。この事は高橋・石田論文に精密に説かれているが、そこに示されたような語法的、論理的な分析を経ずとも、単なる読者の感覚としてごく自然に受取られる所であろう。作者は自覚的に、ここまでを書き終えて筆を止めたと考えられる。

「物語の大尾の形式」などと言われると、何か非常に高度の文学作法のように思われる。しかしそれは、二で見た通り、

昔々ある所に、おじいさんとおばあさんがおりました。

のような形ではじまる口承昔話の結末が、主人公の活躍を経て、

立派な大男になった一寸法師は、お姫様と結婚して、いつまでも幸せに暮しましたとさ。

のように終る、その形をさしているのである。たとえハッピーエンドでなく、理不尽で腑に落ちなくとも、

玉手箱を開けたら白い煙が立ち昇って、浦島太郎は白髪のおじいさんになってしまいましたとさ。

と言ったら、「これでおしまい」なのである。各地の民話では、「とさ」に当るものとして、「どんどはれ」（岩手県）

「とっぴんぱらりのぷう」(秋田県)「昔こっぽり、どじょうの目玉」(岡山県)等々、地域によって異なる一定の囃子文句をもって終る事も知られている。[3]「本に」云々は、この「とさ」「どんどはれ」等と同じく、「これでおしまい」という、作者(語り手)から読者(聞き手)に向けてのサイン、すなわち、「物語の大尾の形式」であった。すでに諸論に指摘されている通り、この形式は『源氏物語』に先立つ日記文学類にも多々見られる。

蜻蛉日記　京のはてなれば、夜いたう更けてぞたゝき来なる、とぞ本に。

枕草子　左中将、まだ伊勢の守ときこえし時、……それよりありきそめたるなめり、とぞ本に。

和泉式部日記　宮の上御文書き、女御殿の御言葉。さしもあらじ、書きなしなめり、と本に。

これらは現在ほとんどすべて、大尾完結を示す作者自記の言葉と認められている。実際、こう並べて見たなら、これらが後代の書写者の各自恣意的なことわり書きとは考えにくく、当時の一般的了解による「大尾の形式」であったと首肯するのが自然であろう。思うに、自分自身、まだ完結していない人生の一部を切り取って作品化する日記文学の場合、全体を朧化して、自記の原態そのものではないように書きおさめる、「本に」という決まり文句は、甚だ便利な、有効な表現であったに違いない。

石田論文が指摘する通り、この形式は後代次第にすたれつつも、「相当にひねった、技巧的な」形で残った。『堤中納言物語』中の一篇、「思はぬ方に泊りする少将」は、

返すぐ、たゞ同じさまなる御心の内どものみぞ、心苦しうとぞ、本にも侍る。劣りまさるけぢめなく、……なほとりぐなりける中にも、……年月もあはれなる方はいかゞ劣るべきと、本にも「本のまゝ」と見ゆ。

と終るし、更に下って定家作の『松浦宮物語』の終末部分は、

なべてならぬ御さまどもは、はづかしうぞ思ひ乱れ給ふ。「この奥も、本朽ち失せて離れ落ちにけり」と本に。

と本文を終ったのち、なお偽跋二部を添えるという凝りようである。もって若き日の定家の、中古女流物語作品への傾倒ぶりが知られるであろう。

おわりに

「とぞ本に」「とぞ本に侍める」――「惜しくても、もっと聞きたくても、これでおしまい」。それが、一千年以前の宮廷女房社会における、作者（語り手）から読者（聞き手）に向けてのサインであった。そのような一般的理解、約束があったればこそ、物語と言わず日記文学と言わず、今日に残る作品の相当数にこのような言辞が残った。中にも『源氏物語』五十四帖という大長篇を書き綴りつつ、いつの日にか来るであろう大団円に向け、いかにこれを書きおさめようかという思いが脳裏を去らなかったであろう紫式部が、最も簡潔、適切にこれを利用、活用して、世代を越えて延々と続く人間世界そのものの物語を、あえて結論を出さず終幕に導く手だてとしたのである。

もしこれが、浮舟が還俗して薫の許にもどるとか、薫が無常を感じてついに出家に踏切るとか、何等かの解決をもって終っているなら、読者はともかく満足して巻を置くかも知れないが、それではこの長篇の再読三読を促す力は稀薄となろう。先へ〳〵と期待を持って読み進めて来た読者は、肝心かなめの最末段に至って思わぬ背負投げを食い、「何でこんな事になったんだ、約束が違う」とばかり、腹立ち半分、再び最初巻「桐壺」に立ち戻って、光源氏と、また薫と共に、その人生を生き直さずには居られない。またそうして何回生き直してみても、この先の浮舟

の、また薫の人生の成行きは、作者を含め、誰にもわからない。それこそが本作の描く世界であり、また我々の生きている現実の人の世である。

そのような効果を持つこの「本に侍める」と、「人生は結局『うち渡りつつ物思う』もの」という真理を含み、作品の全体像を象徴する幽婉な巻名「夢浮橋」と。この大長篇の筆を擱くに当っての、紫式部の用意の程を、及ばずながらも推測してみた。先覚諸氏の御論と重なる点の多々ある事は御容赦の上、御批判をいただきたい。

【注】

（1）以下諸作品の本文は、「新編日本古典文学全集」によるが、表記は私に改めた所がある。
（2）本稿における「巻」と「帖」とは同義であるが、叙述の流れにより適宜使い分けている事を諒とされたい。
（3）稲田浩二・稲田和子『日本昔話百選』（三省堂、平15）による。

屏風の陰に見ゆる菓子盆

次男坊はとんでもない気むずかしやの変り者である。結婚の時もその本領を発揮して、こちらが嫁の来手を心配するひまもないうちに、好きな人が出来たから結婚する、式も披露も何もいらないと言い、さっさと新世帯をはじめてしまった。私も結婚式などは気が重いし、それより何より、彼につれ添ってくれようという人間の居てくれた事がひたすら嬉しくて、世間体の何のとむずかしいあちらこちらをなだめすかし、何とか丸く事をおさめてしまったが、その最中、

隣へも知らせず嫁をつれて来て

とはこの事だな、とふと考えておかしくなると同時に、アッと目がさめるように気のついた事があった。

野坡のこの前句に付けた、芭蕉の、

屏風の陰に見ゆるくはし盆

とは、源氏と若紫の新枕——例の「三つが一つにてもあらむかし」の三日夜《みかよ》の餅《もちひ》のやつしではないか。

この付合いは『炭俵』の中の芭蕉・野坡両吟歌仙、有名な、

むめがゝにのつと日の出る山路かな

を発句とする一巻の挙句——つまり最後の一連である。この歌仙は従来のほとんどすべての芭蕉連句評釈にとりあげられているが、それは主として芭蕉自身が「炭俵は門しめての一句に腹をすへたり」（赤冊子）と言ったという、

門しめてだまつて寝たる面白さ

の存在によるものらしく、この挙句に対する解釈はどれも皆割合に簡単である。ここに至る句作りの歩みは、

千どり啼《なく》一夜〳〵に寒うなり　野坡
未進の高のはてぬ算用　芭蕉
隣へも知らせず嫁を連れて来て　野坡
屏風の陰に見ゆるくはし盆　芭蕉

となるわけだが、各句の解釈を露伴によって見れば、

> 漁村にさすらひ滞《とど》まりて、故郷の丘山いたづらに蒲団も薄き客夢に入る哀れさ言外に見《あら》はる。
>
> 年貢未進の額の何彼と埒明かず、締括り叶はで吏務長びき、夜さびしく季移らんとする也。
>
> 前句を少し転じて、未進も全く済まざるに、上を憚るより世間をも憚るさまなり。慶事はありながら物静かに潜めき忍べる態を傍より観たるなり。
>
> 前句と此句とを恋の句とすること古註多くは然り。曲斎は恋の句とせず。……又此巻少し様変りて、挙句は春季なるを多しとすれど、無季にて末二句を終りたり。

という次第。太田水穂の『芭蕉連句の根本解釈』によれば、

> 年貢の算用といへば、先づは歳も暮れに近いころで、婚礼などもあるべき季節である。が晴れがましいことは出来ない。隣家へも知らさず、こつそり嫁をつれてくる。
>
> 二枚をりの屏風のかげからわづかに菓子盆ののぞいてゐる程度の簡単な式であるところも前句と照らし合はせておもしろい。

とある。新しい所では安東次男が、

> 名残の花を繰上げたことに婚礼を繰上げたことをひびかせて、……披露は年明け、さらに歌仙（軽み）の実を結ぶのは他日を期する、という含みを持たせた表現のように読める。
>
> その花の面影は、「嫁」からの移りだけでなく、俳諧師芭蕉の未完の夢そのものでもあるらしい句作りである。（芭蕉七部集評釈）

といかにもユニークな読みをしている。これ以外は露伴・水穂の解にひかれてか、「内輪の祝言で本膳もなく、茶菓子だけですましたものであろう」（中村俊定）「けち臭い婚礼」（伊藤正雄）といった工合である。

しかし「慶事はありながら物静かに潜めき忍べる態」をあらわすものが、どうして「屏風の陰に見ゆる菓子盆」なのだろう。「屏風」がなまめかしい恋の小道具である事はいうまでもないが、いくら内祝言でもけち臭くとも、茶菓子で婚礼というのはあん

まり色気がなさすぎる。本来花の座であるべき所を、六句前に、

法印の湯治を送る花ざかり　　芭蕉

と繰上げて出してしまったので、年貢にせり詰められた苦しい場を「嫁」で恋に転じた野坡の手際はまことに鮮やかであるけれど、その鮮やかさにひかれて芭蕉の付句にまで貧乏たらしさを持ちこむ解釈はどうであろうか。

必ずしも貧乏でもなく、又年の暮でもなくとも、隣にも知らせずこっそり嫁をもらってしまいたい事だって、世の中にはいくらもあるはず。「歌仙は三十六歩なり。一歩もあとへ帰る心なし」（白冊子）と言った芭蕉が、せち辛い打越を離れてその人情の機微に歩を進めるとすれば、葵巻の、あのひそやかに可憐な、はんなりと色気を含んだほほえましい新枕の情景は、本当にふさわしく自然な連想として目の前に開けて来そうに思われる。

のたまひし餅《もちひ》、忍びていたう夜更かして持《も》て参れり。……御枕上《まくらがみ》の御几帳よりさし入れたるを、君ぞ、例の聞え知らせたまふらむかし。人はえ知らぬに、つとめて、この箱をまかでさせたまへるにぞ、親しきかぎりの人々思ひあはすることどもありける。御皿どもなど、いつの間にかし出でけむ、華足《けそく》いと清らにして、餅のさまもことさらび、いとをかしう調へたり。

これが「屏風の陰に見ゆる菓子盆」の正体だったに違いない。

歌仙巻納めの最終句、めでたく華やかに余情を持たせて結ばねばならぬのに、花の座はとっくに仕舞って春の季は使えず、どこやら後めたげな嫁御寮でようやく誘い出された恋の場。「腹をすへたり」という「門しめて」の句ほどではないかも知れないが、一つの難所であり、芭蕉の腕の見せどころでもあったろう。遠い花の俤をいとけない花嫁の若紫に匂わせ、深く垂れた几帳を二枚折りの枕屏風に、華足も清らに装束き立てた三日夜の餅を「菓子盆」にやつした所、やはりこれは芭蕉でなければ出来ない芸であり、なみ一通りの想像力で出て来る発想ではない

と思う。

　こんな事に気のつく前から好きだった「梅が香」の巻であり、ことにも好きな挙句一連でもあったのだが、新発見に気をよくしてますます惚れ直してしまった。いい気なものと笑われるかもしれない。でもこれ位源氏が血肉になって居なければ、五七五とか七七とかの短詩形の中で、いくら芭蕉でもあれだけ腕をふるえるわけはないと思うのである。

　私に大発見をさせてくれた次男坊夫婦は、富士の裾野で二人の子供と鶏と山羊と兎と一しょに、お金もないのに平気な顔でくらしている。「隣へも知らせず」どころの沙汰ではない、もう三四人は子供がほしいのだそうである。

花や蝶やとかけばこそあらめ

私は古典を注釈類に頼らず、自分一人の楽しみとして直接原文で読み味わって来たので、自分の当然と思っていた解釈が現行の定説と大きく異なっている事にたまたま気づき、遅まきながら驚くことが間々ある。その一つとして、誰知らぬ者のない『古今集』の名歌、

　梅が枝に来ゐる鶯春かけてなけどもいまだ雪はふりつゝ　（五、読人しらず）

の「春かけて」が古注以来難解とされ、現代でも種々の論がある事に気づき、小論「「春かけて」考――中世同種表現詠の解釈に及ぶ――」（「和歌文学研究」84、平14・6）(1)を発表した。その趣旨は、「かく」には万葉集以来基本的に「口に出して言う」意があり、本詠の「春かけて」はその意であって、従来否定、もしくは黙殺されていた「春だよと言って」とする解釈(2)が正しく、この意の「かく」の用法は中世の『風雅集』まで連綿として継承されて行った事を、各種和歌作品によって証明することにあった。従って散文にまでは論を及ぼさなかったが、傍証として主要散文作品をも検討した結果、「口に出して言う」意の「かく」の使用例は『源氏物語』に突出して多く、非常に特徴的である事に気づいたので、ここに報告しておきたい。

「かく」には、「口に出して言う」「心にかける」「吊り下げる」「覆いかぶせる」「二つのものに関係をつける」等多くの語義があり、副詞「かけて」「かけても」の下に打消の語が伴うと「少しも・全く」、「かけても」のみだと「少しでも」と、ともに強調の意となる、など、非常に幅広い用法がある。従って、文脈から判断して「口に出して言う」の意と解されるもののみを抜出すには若干解釈上の問題も残るものの、前後の諸作にくらべ、『源氏物語』における「かく＝口に出して言う」の用例の多さ、特異さは、否

定し得ない所であり、それがまた個性的な作風の一端を担っているとも考えられるのである。

物語制作当時、「かく」と「言う」が同義語と認められていた事は、かの空蝉の悲痛な一言、

よし、今は見きとなかけそ。（帚木）

が、

それをだに思ふこととてわが宿を見きとな言ひそ人の聞かくに（古今八一一、読人しらず）

の引用である事実で明白であろう。

管見によれば、『源氏物語』中、「口に出して言う」意を含んで用いられる「かく」は五〇例にのぼる。勿論これは解釈の如何によって動く数字であるが、たとえば「小学館新古典文学全集」によれば、「口に出して言う」意に伴うもの一四例、「心にかける」意とするもの三例、その他一一例で、「かく＝口に出して言う」の優勢は変らない。

これを前後の時代の長編物語と比較すると、『うつほ物語』一五例、『落窪物語』三例、『狭衣物語』一二例[3]。総量の差を考慮に入れても、『源氏物語』の使用例は突出して多い。しかも特徴的なのは、その前後に「言う」「聞く」「かごと」、「戯れ言」等言語にかかわる表現を一切用いず、「かく」のみで「言う」意をあらわしている場合が一八例にも及ぶ事である。この例は他作品では『うつほ』二、『落窪』〇、『狭衣』三にすぎない。実例をあげよう。

(1)中納言の君といふは、年ごろ忍び思しかど、この御思ひのほどは、なかなかさやうなる筋にもかけたまはず。（葵）

ひそかな愛人、葵上女房中納言に対する、葵上没後の源氏の扱い。

(2)大殿のけはひをかくればわづらはしくて（松風）

大堰の家の預りに対する、明石入道のそれとない威嚇。

(3)ふと見知りたまひにけりと思せど、ほほ笑みて、なほあるを、よしともあしともかけたまはず。（螢）

花散里の人物評に我が意を得ながら、自らの

見解は保留して独り娯しむ源氏。

(4)今宵はいにしへさまのことはかけはべらねば、何のあやめも分かせたまふまじくなむ、心知らぬ人目を飾りて、（行幸）

　玉鬘をめぐる源氏と頭中将の、青春を追懐しつつの腹芸のやりとり。

(5)文はこがましう取りてけりとすさまじうて、そのことをばかけたまはず。（夕霧）

　夫婦喧嘩のあとの雲居雁のばつの悪さ。

(6)答へさせたてまつらむとて、かの御事をかけたまへば、（総角）

　末期の大君の声を聞きたいばかりに、心にもない中君の事を口に出す薫。

　いずれも、「口に出して言う」或いは「言わない」行為の裏に、別途の思わくがあり、そこに登場人物の心理の綾が、生き生きと描き出される。もしこれらの「かく」を「言ふ」に置きかえてみたならば、これらの味わいは消滅してしまうであろう。直接的な「言う」ではなく、さりげなく「口の端にかける」といった感じを伴うこの語を、まことによく生かした使いぶりである。

　私見と「新古典全集」の解釈の齟齬のうちには、「心にかける」か「言葉にかける」かの違い、和歌中の詞ゆえに実質と見るか縁語懸詞と見るか、等、未だ決定しかねる部分もあるが、一箇所だけ、従来の解釈の明らかな誤りがある。

　異事の筋に花や蝶やとかけばこそあらめ、わが心にあはれと思ひ、もの嘆かしき方ざまのことをいかにと問ふ人は、睦ましうあはれにこそおぼゆれ、（夕霧）

夕霧が落葉宮の心強さに思いあぐねる心内描写である。ここを、「新全集」現代語訳は、

　花よ蝶よと見当違いの懸想じみたことを筆にするのならともかく

とする。これは、「岩波旧古典大系」（昭37、山岸徳平校注）の、

　花や蝶やと懸想じみた事を、落葉宮に書く場合

には、それこそ立腹して返事をしない事もあろうが、

あたりからはじまった解釈で、以後、玉上琢弥「評釈」（昭42）、石田穣二・清水好子「古典集成」（昭57）、中田武司（昭61）、藤井貞和執筆分担「岩波新大系」（平8）とうけつがれており、現在では定説化した感がある。しかし、これこそ「かく＝口に出して言う」の好例であろう。早く、島津久基「校訂岩波文庫」（昭7）では、

花や蝶やと懸けばこそあらめ、

と表記し、池田亀鑑「校注朝日古典全書」（昭29）では、

花とか蝶とかを口にしたならともかく

としている。現在この系列に立つものは、今泉忠義現代語訳（昭50）、

花だとか蝶だとか風流なことでも言ひ掛けるなら、嫌な気もしようが、

のみであるが、この解釈に従うべきである。文法的にも確定条件ではなく、順接の仮定条件であるから、もし「書く」をとるなら「書かばこそあらめ」とならねばなるまい。

「口に出して言う」意味では「かく」と認められる用例を持つ巻は、帚木・夕顔・葵・賢木4・須磨・明石・蓬生・松風・浮雲2・少女・玉鬘・初音・螢・行幸2・藤袴・藤裏葉2・若菜上・柏木・夕霧5・匂宮・紅梅・竹河・橋姫・総角4・早蕨・宿木2・東屋2・浮舟2・蜻蛉2・手習2・夢浮橋の三一巻。華やかな行事や動きのある事件を主とする巻には少なく、複雑な恋愛関係を当事者の心情にそってこまやかに描写して行く巻に多いこと、特に夕霧や宇治十帖に多数使用され、効果をあげていることが注目される。「言う」というよりはやや間接的な、ほのめかし、あてこすり、時には脅し等を言外に含み、心理的なかげりを漂わせたこの語を、紫式部がいかに巧みに、適切に用いているか。こうしたささやかな一語にも、『源氏物語』の文章の微妙な味わいを醸し出す鍵があり、作者の卓抜な言語感覚の程がうかがわれよう。

どこまでを「口に出して言う」意の「かく」と認めるかについては、私自身の中にもまだ確定し切れぬ部分があり、また他作品の調査も十分には進めていない。しかし女流日記類においても、かくも大量かつ有効な「かく＝口に出して言う」の活用は見られないように思われる。和歌作品については前掲小論に中世までを一往見通しておいた。なお今後の課題として、継続して考えて行きたい。

【注】

（1）『岩佐美代子セレクション2　和歌研究』（平27、笠間書院）所収。

（2）佐伯梅友校注『古今和歌集』（「岩波旧古典文学大系」、昭33）
工藤博子「古今集五番歌の「春かけて」の解釈——万葉集と三代集の用法に及ぶ——」（『香椎潟』38、平5・3）

（3）三者とも本文は「小学館新古典文学全集」による。
『うつほ物語』中野幸一校注・訳（平11〜14）
『落窪物語』三谷栄一・三谷邦明・稲賀敬二校注・訳（平12）
『狭衣物語』小町谷照彦・後藤祥子校注・訳（平11・13）

対談　物語読解の楽しみ

――行幸・藤袴巻の魅力

岩佐美代子
石埜　敬子

石埜　岩佐先生は中世和歌研究の第一人者でいらっしゃいますが、平安文学にも大変造詣が深くていらっしゃいまして、『源氏物語六講』や『宮廷文学のひそかな楽しみ』などのご著書の他にも平安文学に関するご論文を数多く発表していらっしゃいます。ことに戦前に宮仕えをなさったというご経験に基づいた作品解釈は大変説得力があって、今日は「行幸」「藤袴」巻の魅力を中心にということですが、そういう面からのお話も伺えるのではないかと楽しみにしてまいりました。どうぞよろしくお願いいたします。

まず「行幸」巻には、玉鬘の宮仕えが話題として登場いたしますが、先生が体験された宮仕え生活というのはどのようなものだったのですか。宮廷文学を研究する立場の者からしますとうらやましいような貴重な経験をされたわけですが、実際にはいろいろなご苦労がおありだったりしたのでしょうか。

岩佐　うらやましいとおっしゃっていただいたけれども、お宮仕えなんていうものは、するものではないのですよ、本当に。歌舞伎の「寺子屋」（菅原伝授手習鑑）でいう、「すまじきものは宮仕え」は全くその実感です。

私が奉仕いたしましたのは現天皇のお姉様、昭和天皇の第一皇女の、照宮成子内親王（東久邇成子夫人）と申し上げる方でした。昔で言えば女一の宮に当る、格の高い方で、一般国民にも大変親しまれていらっしゃいました。私は、幼稚園時代から新宿御苑や葉山の御用邸に上ってお遊びし、女学校卒業まで同級生として御勉強のお相手をしたというだけの事で、宮中の公的な儀式なんかについては何も存じません。満4歳の時からですから、自分の意志なんてどこにもなく、右向けと言われたら右、左向けと言われたら左、御所ではそうするものと思って育ってまいりました。

宮様方というものは決してお幸せではないのですよ。

現在はどうか存じませんが、当時はお召物から御生活全般、びっくりするほど御質素でしたし、御両親とは御別居で御養育係の方々が御教育なさる。それは皆様、誠心誠意でもあり人間的にも御立派で面白い方々でしたけれど、天皇からおあずかりの大切な姫宮様の御教育に、絶対に失敗は許されません。どうしても慎重に、厳格に、スケジュール通り、という事になります。宮様の方は大人達に囲まれて、いくら小さなお子様でもわがままは通りません。日曜に御両親様の許で楽しく遊んでいらしても、「お時間でございます」と言われたらお帰りにならなければならない。逆に何かの催しにお出ましが企画されたら、どんなにつまらなくても最後まで御覧にならなければならない。宮様は実にけなげにそれに堪えていらっしゃいました。そういう御生活である事をお側にいる私どもも見知っていますから、4つや5つの子供であろうとも御所では自分を殺して、絶対に泣きもせず、わがままも言いませんでした。今思えば本当におかわいそうな事でしたし、我々だって随分辛い不自由な思いはいたしました。天真爛漫な幼年時代なんてありませんでしたもの。

けれども照宮様という方は御名前通りまさに照り輝くような、聡明でお美しい魅力的な方でいらっしゃいまして、「かかる人も世に出でおはするものなりけり」とか「眉のわたりうちけぶり」とかいう形容が本当にうそでない、という事が実感をもってわかります。そういう体験ができた事は幸せであったと思っておりますし、そのような方だったからこそ、自分が幼年時代・少女時代の自由を犠牲にして奉仕した事にも意味があったと考えております。

こういう体験の中から、『源氏物語』の中で私が一番かわいそうだと思いますのは女三の宮でしてね、今の方から見れば彼女なんてまるで幼稚なお馬鹿さんみたいに映るかもしれませんけど、お父さんの朱雀院はただもうかわいいだけ、お母さんはいない、一人の乳母が責任を持つならまだしも、複数の乳母ではお互いに牽制し合って表面的な教育しかできず、結局おとなしく言うことを聞くおっとりしたいい子でさえあればいい。普通の家庭生活であれば、教わるとなしにいつとなく見覚え聞き覚える、人の心の表裏も、男と女の関係もなんにも知らない、無菌の純粋培養で育ってしまう。当時はそんな箱入りのお姫様はいくらでもいたはずで、現代の観念で批判してはかわいそう。平凡な姫宮が公式的に育てられればああなるのが当り前なんです。それを紫式部はよく見て、物語を動かす悲劇を、必然的に、しかも自分では全く自覚せずに作り出してしまう人物として、実にうまく使っていると思いますよ。

石埜　それぞれの人物が育った環境や背景をあわせて読むことが必要ということですね。みずから判断できる女性か否かという問題は、玉鬘にも関わってきますね。

巻の位置

石埜　興味深いお話を伺ったところで、早速「行幸」巻に入りたいと思います。この巻は玉鬘十帖で言いますと八帖目に位置しておりますが、今回改めて読み直しまして、「初音」巻以降語られてきた「和歌を中心とした源氏と玉鬘の恋」という流れとは違った趣があるように感じられたのですが、いかがですか。

岩佐　そうですね、「行幸」「藤袴」巻というのは今まで語ってきた源氏と玉鬘の非常に危うい関係に、なんとか始末をつけなくてはならないという問題がまずあって、その処理の仕方がとてもうまい。若い時には何やらいい加減に読んでしまっていましたけれど、特に「行幸」巻なんて読み返してみると改めて感心してしまいます。しかもその始末はあくまで玉鬘についてのことだけで終わるわけです。ここに至るまで夕霧と雲居雁の話がずっと続いてきているので、その流れかと思うとそれには触れない。ちらりと出しても夕霧・雲居雁の二人はこの次。近世の馬琴なんかだと「次の巻を読みえて知りねかし」といったところになるのでしょうが。内大臣の方は「今言われるか今言われるか、ああ言われたらこう、こう出られたらどう切り返すか」と心積りをしているのに、それはもう非常に源氏が老巧で、全く思いも寄らない話で相手の度肝を抜いて、そのまま自分の思い通りに話を誘導してしまう。源氏の会話術、それが大変面白いと思いました。それが「藤袴」巻になると、一体玉鬘がどうするのかという興味があり、一方では今までと逆の立場になった柏木と夕霧の心理のあやがあり、お父さん同士の微妙な駆け引きを、夕霧が問いつめる所もあり、そしていろいろな人から文が来て、螢に希望がありそうかな？というところで終わってしまう。

石埜　そうですね。終わってしまうのですね。次の巻に入ると、結果だけが出てしまっている。

　ところでこの「行幸」巻は、「かく、おぼしいたらぬことなく、いかでよからむことはと思し扱ひたまへど」

と始まるのですが、「かく」という書き出しは、五十四帖中でここだけのようです。ただ、「かく」とあるから直前の「野分」巻を直接受けるのかというと、そうではなくて、ここまでに語られてきた源氏と玉鬘の関係、ことに玉鬘に対する源氏の思いを総括的に受けて、その上で、新しく出仕という話題が打ち出されてくるわけで、物語はここで大きく舵をきり直しているという印象を受けるんですが、そもそも尚侍として出仕させようという源氏の選択について、先生はどのようにお考えになりますか。

岩佐　尚侍というのは結局おおやけの職務で、天皇に愛されても、また他人が手を出してもかまわないという、ある意味ではフリーの立場ですからね。だからこそその選択を内大臣は「うまいことを考えたものだなあ」と思う。源氏の下心もちゃんと見透かされていますよね。

石埜　ええ。夕霧からそのことを聞かされて、源氏はちょっと気味悪く思ったりしていますね。実は私、出仕の件はかなり前から物語に語られていたように思い込んでいたのですが、この「行幸」巻で初めて出てくるんです。最初は大原野行幸を見物に出かけた玉鬘が求婚者たちをみてあれこれ批評するところ。女の側からの垣間見といってよい面白い場面ですが、そこで、冷泉帝に強く惹かれた玉鬘が、「おとどの君の思し寄りてのたまふこと」について悩んでいます。ただここでも、それが宮仕えらしいとはわかりますが、具体的には語られない。さらに翌日、源氏から「かのことは思し靡きぬらんや」と手紙が来る。その後にも、「(源氏の) 思し寄ること」などと出るんですが、尚侍出仕という明確な説明はないまま、後になって「そうか」とわかる書き方なんですね。

岩佐　私もなんとなくもっと前から出てきていた気がしておりましたが、そうですか、それは面白うございますね。当時の読者だったら、状況からして「かの事」だけでピンとわかったのでしょうか。明らかに尚侍と出てくるのは源氏が大宮に話をするところ。「尚侍宮仕へする人なくては云々」と、その辺のところではっきりするわけですか？

石埜　そのようです。ですから大宮への弁明は、読者に対する説明にもなっているというか。ただ、尚侍として宮中に入りますと、当然冷泉帝の寵愛を受ける可能性があるわけですから、冷泉帝が源氏の実の子供となると、玉鬘をめぐる三人の関係はちょっと具合が悪く、ややこしいことになる。その辺の矛盾を読者たちに気づかせたくないという配慮もあったんでしょうか。『源氏物語』は概して冷泉帝を丁寧に描いていないので、あまり問題にする必要はないかもしれませんが。

岩佐　でもこの時、帝と源氏との親子関係は表向きには知られていないわけですし、冷泉帝の悩みまで書きこむと、あまりに話が拡散してしまいますから、程々のところでとどめたのではありませんか。一方では玉鬘も源氏の娘のようで娘ではないと、まあ大変に入り組んでいまして。尚侍というのもお后様のようでそうではないという、なんとなく曖昧な立場で色々なことができる、という立場ですね。尚侍というのは内大臣が感心したように「逃げ道」であるわけですけれども、でも尚侍といったら常識としてご寵愛を受けるものに決まってますものね。だから玉鬘にしてみれば中宮がいて、女御がいて、自分がご寵愛を受けるにせよ受けないにせよ、源氏の方から見ても、内大臣の方から見ても、どっちにとってもやっぱりちょっとまずいには違いない。そんな状況を作っておいて、そのどれにもならなくて鬚黒のものになるから結局は「大変けしからぬ」ことにならずに済むわけです。

石埜　考えてみますと、親子関係を含めて、ここでは表向きと内実がさまざまに組み合わされているんですね。そのへんの問題がするっと鬚黒によって解決してしまう。物語の展開としてはまことに見事で、読者としてはしてやられたという感じですね。『無名草子』は「玉鬘のような人は冷泉帝に尚侍として入内するか、それとも螢兵部卿ならいいものを」と言っていますが。

岩佐　それはもう本当に愛読者の心理ですね。私だって昔13～14の頃『谷崎源氏』ではじめて読んだ時、一体なぜ「真木柱」巻で鬚黒の奥さんになるのか、どうしてもわからなくて、螢と結婚すればいいのになあと思いましたわ。

石埜　玉鬘は鬚黒の妻になった後もずっと尚侍のポストにあったようで、「竹河」巻に、自分の尚侍職を娘に譲るという記述が出てきますね。尚侍は古くは未亡人が出仕するケースが多く、源氏の場合は過渡期的な時期にあたるという論がありますが、人妻が尚侍である場合は意味がまた違ってきますでしょうね。

岩佐　古い例ですが桓武天皇の尚侍、百済王明信は右大臣藤原継縄の妻、平城天皇の尚侍で薬子の乱で有名な藤原薬子は中納言縄主の妻で、それぞれ夫の子も生んでいますね。物語で言えば、『うつほ』の俊蔭女は仲忠という子があるのに朱雀院の尚侍になり、夫の兼雅は妻を尚侍として立派に出だし立てて、ますます心にくくなったとほめられています。表向きには尚侍は高級公務員で、それに特別に請われて就任し、華やかな仕度をして出仕させるというのはその家の名誉だという事ですから、結婚していてもかまわない。そこでご寵愛を受けるか受けないかはまたケースバイケース、というのが本来の建前なのではないかしら。

石埜　だから鬚黒は心配で、出仕後すぐに玉鬘を自分の屋敷に連れ戻してしまうわけですね。源氏は玉鬘の出仕を大宮に説得する時、尚侍になる人の条件として、「なほ家高う、人のおぼえ軽からで、家の営み立てたらぬ人」を挙げていますが、この「家の営み立てたらぬ」は「経済力」の問題と解することが多いようですが、「家政にたずさわらなくてよい」といったニュアンスで考えてはいけませんか。

岩佐　私も「家事を預かっているのではない人」という感じを受けますね。経済的に困ってはいない人というニュアンスともちょっと違って、実家なり婚家なりの経営管理組織が確立していて、自分が家事経済に気を配る必要のない人、というような事ではいかがでしょう。

石埜　なるほど。

岩佐　結婚したらある程度名誉職みたいな形でたまに出るとかいうことでもよかったのかしら。そんなことを書いている所もありましたね。「真木柱」巻では「神事など繁く、内侍所にも事多かる頃にて、女官ども、内侍ども参りつつ」ですから在宅勤務も認められていて、自宅で決裁できる事はする、といった形もあったのでしょうか。

源氏と藤原氏

石埜　ところで、尚侍という形で出仕させるにあたって源氏がこだわったことの一つは、玉鬘が藤原氏の出自だということで、「春日の神の御心違ひぬべき」という言い方をしています。ここで私たちは、物語が藤原氏と源氏の確執を抱え持っていたことを改めて思い知らされるわけですが、先生は以前「皇女の系譜」というご論文で、藤原氏と源氏の構造が作品の中にはあって、藤原全盛の道長時代になぜ源氏が主人公の物語なのかという、非常に興味深い問題提起をしていらっしゃいました。そういう眼で見ますと、ここなどはどんなふうに読めるところでしょうか。

岩佐　藤原氏の娘が中宮・皇后に上がればそれは氏の后

で春日の神のお祭りなんかも執り行うことになるわけですよね。それほどではないけれど、それに準じて春日の神様の方におことわりというのかしら？　ご報告をして出仕しないとおおやけには職務につけないということなんでしょうか。源氏なら当然石清水八幡ですから、いざという時氏神が違ってはやはり困るのでしょうね。

もう一つ、内大臣への知らせを急ぐ理由には、大宮が病気だからもしもの事があった時に服喪させないと具合が悪いというのがあるわけですね。その病気見舞いを口実に訪問して、「内大臣はさぞかし毎日お見舞いにおいでしょうから、この機会にお目にかかりたい」と言う。内大臣がそんなに情のこまやかな人じゃない事をちゃんと承知の上でそういう事を言うわけですから、ここ大変いやらしいというか、面白い所ですね。大宮は「公事の繁きにや、私の心ざしの深からぬにや」あまりしげしげ来てもくれませんが……と、半分本音、半分言いわけの挨拶をする。一方内大臣は源氏来訪と聞いてもすぐには動かない、自分が出かけてはかえってことごとしくなろうから、と言って、形式的なもてなしの指図をしている所に大宮の手紙が来て、「どうも淋しげで体裁が悪い、私が知らせたという形ではなしに、何となく来てくれませんか、何か内談もありそうだし……」と言うので、ようやく重い腰をあげるというところ、こんなえらいさんじゃなくたって、我々のふだんの生活でも、こんな曰く言い難い心理作戦はいろいろあるんじゃありませんか。二人のむずかしい息子なりお婿さんの間にはさまった大宮の気持がまた、大変リアルでね。

老女の造型――大宮

石埜　本当にこのあたりの心理や駆け引きは面白いですね。この時大宮はいくつぐらいなんでしょう。「行幸」巻は源氏が36歳～37歳。葵の上は源氏より4歳年上ですから、生きていれば40歳位。内大臣はそれより上。すると大宮は60歳前後という計算になりますか。

岩佐　この大宮というのは面白い人でしてね、「葵」巻の終わり、娘を亡くしたのに新年はやって来る、「新しき年ともいはずふるものはふりぬる人の涙なりけり　おろかなるべきことにぞあらぬや」。『谷崎源氏』の初訳ですと、「ほんたうに、あだやおろそかのおん嘆きであらうか」というように覚えていまして、私は最初からとても好きでした。「朝顔」巻では妹の女五の宮がすっかりおばあさんになっているのを見て、お姉さんだけど大宮は「あらましく古りがたき御ありさま」なのになあ、と源氏が思いますね。そして「少女」巻の夕霧・雲居雁の騒ぎのあたりから、実に生き生きと活躍しています。娘は早く亡くなって、三国一のお婿さんも縁が遠くなってしまい、忘れ形見の夕霧を一生懸命育てたのに、それも「勉強が大事です」と言って取られてしまう。雲居雁にしても、父の内大臣はそんなに乗気でもなく、大宮に押しつけたのを、大宮がちゃんと教育していい子に育てて、夕霧と幼などち仲よくしている。内大臣の方では「なかなかきれいになって来た、これは何かに使わなくちゃ」と春宮への輿入れなんかを考えはじめた所に、夕霧との噂を女房の陰口で聞き知って、文句を言いに来ますね。大宮は何も知らない、珍しくしげしげ来てくれるから、「いと心ゆき、うれしきものに思いたり。御尼額ひきつくろひ、うるはしき御小袿など奉り添へて」、わが子ながらちゃんときれいにして対面したのに、「とんでもない事をしてくれた」といきなり怒られて、何が何だかわからず「化粧じたまへる御顔の色違ひて、御目も大きになりぬ」という所、とても面白いわね。まあおばあさんだからこうも書けるのでしょうけれど、何とも直説法で、目に見えるようです。一方では父親がいくらそんなこと言ったって、大宮にしてみれば「わたしがちゃんと育てたから今頃になってこれは良い子だってことになったわけだのに、何と自分勝手な」との不満は当然ありますし、春宮に差し上げるというのも悪くはないかもしれないけれど、夕霧がそんなに想ってくれているのだとしたら、それはそれで本当に嬉しいわけですよね。誰か違う人のお婿さんになってしまえば夕霧もまた縁が切れてしまいますから、「いとこ同士一緒になればこんなに良いことはないと思うのに、なんでそんなことを怒るんだ」と思う。そうして夕霧にも機嫌悪く小言を言いながら、やっぱりかわいくてうやむやになってしまうところなんか、本当に身につまされてしまいます。そして実の子の内大臣のほうは表面は良いけれどもパキパキしていて本当は情愛がない、源氏の方がそこのところは人柄としてもやさしいし、やり方もうまいわけですよね。何かっていうと気にしてくれるのでそれでやっぱり「娘がいたら良かったのに」と思うわけでしょう。こういうところは自分も年を取ってみて初めて本当によくわかりますねえ。こういう人をこういう風に書くなんて本当にうまいと思います。

石埜　永井和子先生が、「大宮というのはいつも本音・

正論・良識を持っている。『源氏物語』は時に強引に筋を運んでいかなくてはならないところもあるけれど、大宮が納得すると読者も納得する、そういう意味で語り手を側面から保証してゆく存在だ」という趣旨のことをおっしゃっています。作者はそんな年でもないのに、母や祖母としての本音を見事に捉えていますね。

岩佐　本当に。落葉の宮のお母さんの更衣なんかも同じようなところがございますね。「こういうふうにしてくれたらいいのに」と、女の人の、世間体とか政治を離れた本音をいう。

石埜　内大臣に対する見方も母親らしい辛辣さで正鵠を射ていますものね。大宮は、源氏にとっては姑、内大臣にとっては母親。その上に、内親王という高い血筋。二人にとって頭の上がらないのは大宮しかいないわけで、源氏はそこを巧みに利用しているわけですね。大宮の登場はここが最後ですが、最後に重要な役を与えられたという感じですね。次の「藤袴」巻では、玉鬘は大宮の喪に服していて、亡くなる場面は書かれていない。

岩佐　そうですね。「死」は本人にとっても生き残る人にとっても人生最大のクライマックスですから、それを描く事に絶対的な効果がある、という時しか書かないでしょうね。大宮の場合には「死」そのものではなくて、それによって喪服を着るか着ないか、その色合等で、故人との関係、残された者同士の関係が社会的に明白になる。そこに意味があるわけですから、現実の死の場面は書く必要はないでしょう。間接的な表現で十分わかる、という、当時の読者達の文化水準を信頼した書き方ですね。

内大臣との対話

岩佐　クライマックスと言うほど派手なことがある巻ではないけれど、やっぱり「行幸」巻で一番おもしろいのは、源氏と内大臣と二人が対面して、双方腹芸でやりあって、そしてお互い昔の話をしているうちに雨夜の品定めの当時にもどって、「泣きみ笑ひみ」、全面的和解までいかないまでも昔のような気分になる。それを取り持つのが玉鬘、「あのときのなでしこが」という話になるあたりですね。そこで読者も二人の青春をなつかしく思い返します。

石埜　この場面は、内大臣と源氏の容姿が対照的に詳しく描かれるのも面白いですね。「いと宿徳に」というのが内大臣。恰幅がよくて、いかにも貫禄がある感じ。「葡萄染の指貫、桜の下襲」とあるのは布袴姿ですから、慌てて装束を整えてやって来たということでしょうね。そして、その様子は「あなきらきらし」だと。「きらきらし」という言葉は内大臣関係で使われることが多いですね。他では「東屋」巻に出る常陸介関係に多く用いられているようですが、やはり源氏は「きよら」で、内大臣は「きらきらし」なんですね。

岩佐　それは玉鬘にもちゃんと遺伝していまして、あの人はどこまでも「山吹」なのですね、華やかで、わららかで。あんまりわららかすぎてちょっとお品の方はどうかというくらい。そうした関係まで含めて、一貫して本当にうまく書いていますね。内大臣のことさらな重々しき、華やかさに対して、この場面源氏の方の衣裳は「桜の唐の綺の御直衣、今様色の御衣ひき重ねて、しどけなきおほぎみ姿」です。柔らかい最上等の絹なんでしょうね。それにおほぎみ姿というのは「花宴」巻の場面とこだけ。だから印象が重なりますよね。年齢は随分違うけれども、あの時も桜の唐の綺、そしておほぎみ姿でしたものね。

石埜　先生はここの一文、「光こそまさりたまへ、かうしたたかにひきつくろひたまへる御ありさまに、なずらへても見えたまはざりけり」というところに明快な解釈をしていらっしゃいますね。従来ですと、「こそ〜たまへ」で係り結びが下に続くので、「光はまさっているのだけれども」と逆接にとって、内大臣の方が立派とする解釈がされているのですが、それは違うと。(注)

岩佐　ええ、内大臣の方が立派なんて、そんな事書くはずありませんよ。当時の愛読者にしてみればね、文句なしの源氏ファン、いくら内大臣が年とって貫禄がついて、着飾ってやって来たって、こちらはいつまでも若々しい大君姿のくつろいだ源氏の君、それでいてくらべて見れば、内大臣は全く太刀打できない。「どこが違うって？　光さ、光。内部から放射する光が全く違うんだ。内大臣がいくらうわべを引きつくろったって、並べて見られたものじゃないさ」と、こう言っているのでなかったら、読者は納得しませんよ。そうでなければ光源氏じゃありませんもの。

と、ただそれだけではミーハーの感覚であって、論証にならないと言われてしまいますから、「こそ〜已然形」が逆接でなく強い強調になる例をさがしましたよ、すぐにありました。直前の「野分」巻、玉鬘の美しさを山吹にたとえたあとで、「花は限りこそあれ、そそけたるしべなどもまじるかし」——これを逆接にとって、「花の美しさには限りがあるけれども、そけたしべもまじる」なんて訳せないでしょう？　『更級日記』にもありました。「嵐こそ吹きこざりけれ宮路山まだもみぢ葉の散らで残れる」——『嵐は吹いて来なかったんだけれども紅葉は散らないで残っている」なんて理屈に合いませんわ。それと同じことです。こういう事が時々ありますと、私、「源氏はミーハー気分で読んで下さい！　研究なんかしないで下さい！」と、無茶な事を叫びたくなりますのよ。

石埜　『更級日記』作者もそのように読んでいたのでしょうね。おっしゃるように、内大臣はどんなにひきつくろっても「花の傍らの深山木」……源氏にはかなわない。この後もやはり源氏の方が一枚上手という場面が続いていきますものね。

岩佐　この「行幸」巻の会談ではなんだかんだありながら、結局源氏が自分の言い分をすべて通してしまう。内大臣もここでいい気分になって家に帰るんですけれども、後でやっぱり騙されたような気がしているところが面白いですね、「尋ね得たまへらむ初めを思ふに、定めて心きよう見放ちたまはじ」と。「待てよ」と思ってよくよく考えてみた推測が、実はまさに肯綮にあたっているわけですものね。一方内大臣家の人達は主人が大変ご機嫌よくお帰りになったから「またいかなる御譲りあるべきにか」というように、政治的に考えているあたり、実にありそうな情景です。そういえば内大臣は「常夏」巻でも同じように「待てよ」と思っているのね。「その今姫君は、ようせずは、実の御子にもあらじかし」と。自分の娘とも知らず、源氏の実子ではないかもしれないと疑っているんです。ずばっと核心をついてはいるのに、それが本人にはわかっていないんですね。

親子の対話——夕霧の成長

石埜　そろそろ次の「藤袴」巻に進んでよろしいでしょうか。巻頭は、自分が置かれている立場を反芻するようなかたちで玉鬘の長い心中思惟が続きますが、その思いは、「人知れずもの嘆かし」とか「人知れずなむもの嘆かしかりける」といった地の文に収斂されていって、大宮もいない、父親が二人もできたのにどちらにも本心が明かせない。そんな「孤独さ」が強調されているように思われますが。

岩佐　秘密を知っている右近は「真木柱」巻までそばについておりますけれどね、だからといって打ち割って相談できるような事柄ではありませんし……。そうして思い悩んでいる所に、これも今まで兄弟と思っていた垣根が取りはずされて、男女として対せるようになった一方、不審だった父親の態度にも合点が行って、何とも複雑な心境の夕霧が尋ねて来る。表向きには「内裏より仰せ言あるさま」についての源氏の消息の伝達という形ですが、大宮の除服を枷に意味深長な口説。玉鬘にしてみれば、「悪いけど今、あなたのお相手までしてるひまないのよ、かんべんしてね」という心境ですよね。

石埜　今、お話に出た「内裏からの仰せ言」ですが、これはやはり尚侍出仕に関する勅命と読むべきでしょうね。除服後直ちに参内するようにといった趣きで。これまで出仕の件は源氏の口を通してだけ語られてきたのですが、ここではっきり「帝の仰せ言」を出すことによって、物語の中に動かしがたいものとして位置づけられてくるわけです。夕霧がやって来たこの場面の途中で、突然玉鬘が地の文で「尚侍」と呼ばれるのはなぜなのかなと思っていたのですが、「殿の御消息にて、内裏より仰せ言あるさま、やがてこの君の承りたまへるなりけり」とさりげなく書かれているこの一文をそのように読むと、呼称の変化も納得されるし、この場の夕霧の心理や、後の源氏とのやりとりも、それ以前とちょっと違ったニュアンスで読めて面白い。作者は計算して書いている、何一つ無駄な表現はないなと、改めて思いました。

岩佐　それは確かに。やはり命令されなければ自分から勝手に出で立つというわけにはいきませんものね。形の上では「帝からの仰せ言があって」というように。勅命とあればそうそう出仕を延引もできませんが、玉鬘にとっては、大宮の忌服の間、猶予期間ができたわけですね。そこで夕霧との対話というエピソードも自然に入って来る。ここでも大宮の死が効果的に働いています。そして夕霧が源氏のもとへ帰ってきて、「どんな間柄なんだろう」と探りを入れる場面が続きます。「変なことを言っている人もいますが」とさりげなく世間の風評を源氏の耳に入れる。

石埜　「野分」巻の垣間見がありましたものね。それにしても夕霧もなかなかですね。

岩佐　どこまでいっているのかしらんと思うんでしょうね。

石埜　父と息子の探りあいでは、源氏の方がタジタジしている。それだけ夕霧が大人になってきているわけで、夕霧の成長ということで言えば、源氏が夕霧に尚侍推薦の経緯を説明しますね、なぜここまで事細かに弁明しなくてはならないのかというくらいに。心の負い目のなせるわざでしょうが、それに対して夕霧が実に論理的に反論する。この反論は、まさに玉鬘が感じていた不安、つまり秋好中宮と弘徽殿女御がいるのだから立ち並ぶことはむずかしいだろうというまっとうな指摘で、「野分」巻あたりから夕霧が六条院世界を第三者的に見る眼として存在しているというのは確かですね

岩佐　「野分」巻は動きがあってとてもきれいな巻だし、夕霧の眼を利用しての女君達紹介が、後の紫の上への思いにつながって行く所、本当にうまいと思っておりましたけれど、それだけではないんですね。

その夕霧が、螢兵部卿の「いとねむごろに思したなるを」引違えて宮仕えに出すのはちょっとお気の毒じゃありませんかというと、源氏も人柄はちょうどお似合いだろう、けど宮仕えも悪くないですよと。やっぱり源氏は螢にあげるのじゃ嫌なのかしら？　そういうちゃんとした立場になってしまうのは嫌で、だから尚侍なんでしょうね。誰か一人の「上」にはしたくないのね。夕霧はとうとうじれったくなって——という事は読者の気持ちを代弁して——「内大臣はこれこれ言ってますよ、どうします」と単刀直入に聞く。「可愛がってはみたものの、昔からの女性達の間に割りこませるわけにも行かず、うっちゃり半分こちらに押しつけて、宮仕え人という形で関係は続けて行こうとは、あの人は頭がいいよ」。いかにも内大臣の言いそうな事だし、まさに図星を言いあてていますが、源氏は「よくまあ気を廻すことだ、あの人らしいよ。なに、今にわかるさ」と取り合わない。でも本心はどうなのだろう……と、先へ先へ興味がつながってまいりますね。

玉鬘の恋

石埜　展開としては「行幸」「藤袴」巻は源氏と玉鬘と恋と始末という形になってゆくわけですが、そもそも玉鬘の恋模様——「恋のくさわい」という設定をどうして物語の中でしなければならなかったのか、その辺り、何かお考えがございますか。

岩佐　源氏にしてみたらかなり無理というかね、自分の周囲には若いお姫様がいないから、この娘を使っていろんな若公達の気を引いて楽しむことにしようという言い方をしていますね。夕顔の忘れ形見をつれてきて源氏がかわいがるというだけじゃあ作者としてももうつまらな

かったんではないでしょうかね。六条院がせっかくあんなに華やかなものにできたのに、明石の姫君ではどうすることもできませんし、ほかの女君達は源氏一人で落ち着いてしまっているし。

でも一方、考えてみればこれは源氏の最後の恋ですね。女三の宮との関係は恋じゃありませんもの。成功の頂点で、青春の思い出の、あながちな切ない恋でもう一花咲かせないと、「若菜」巻へは入って行けない。作者にも読者にもそういう気持ちがあって、その恋の相手に夕顔の忘れ形見というのはまさにピッタリですが、それをお話に仕立てるには、自然な動機設定と、葛藤を起こす障害がなければならない。それが、若人達の妻争いと、それを面白がってるうちにいつか引きずりこまれて娘ならぬ娘に恋する父親、という設定になったのではないでしょうかね。

石埜　ああ、面白いですね。あながちで切ない恋を最後にもう一度描かなければ「若菜」巻に入ってゆけないという視点は。私は玉鬘の物語はなぜあのよう結末を持つのだろうと気になっておりまして。以前秋山虔先生が鈴木一雄先生との対談（『源氏物語の鑑賞と基礎知識　玉鬘』）でおっしゃっていたことなのですが、勅撰集で四季と恋が大きな二つの柱であるように、六条院の雅は「四季」と「恋」を描くことによって完成していると。玉鬘を「恋のくさはひ」にしようとする源氏を紫の上がからかい気味に非難すると、源氏は「ほんとうはあなたをそんなふうに扱ってみたかった」と言っていますよね。源氏は──ということは作者がということですが──最愛の紫の上にそういう役目を負わせてもよいほど六条院に完璧な雅を作り出したかったのかもしれない。そうした要請から玉鬘物語が構想されたのなら、四季の移り変わりの中で展開する恋の雅を描き終わったところで玉鬘の役目は終わって、逆転の結末が用意されたと考えてみたわけです。

岩佐　そうですね。四季の町を作った以上、四季の恋の物語がほしい。その核になる新しい女君がほしい。確かに紫の上は理想的な女主人公だけれども、すでに春の御方と固定してしまっていて、他の季節では働かせにくいし、身分的にも安定していて、今さら他の恋物語のヒロインにはできませんものねえ。

石埜　ええ。最初は意識されていた六条院の四季も、玉鬘十帖後はほとんどそうした意味や機能を失っていますものね。

玉鬘という女性

石埜　そこで「藤袴」巻の結びの一文ですが、「女の御心ばへは、この君をなむ本にすべきと、大臣たち定めきこえたまひけりとや」とある草子地、これはやはり作者が玉鬘の心ばえのよさを賞賛したものなんでしょうか。書き方が唐突で、「大臣たち定めきこえたまひけりとや」というところが、私にはどうも皮肉な口調に感じられまして。尚侍就任は源氏にとって都合がよいし、内大臣としても、まあ見苦しくはない。それに源氏としては自分の娘ではないし、内大臣の方は自分の娘だけれども源氏が育てているから牽制しながら褒めるしかない。そんな立場にある男たちの、ちょっと欺瞞めいた褒め合いを作者が揶揄しているように思うのはいじわる過ぎますでしょうか。「真木柱」巻の終わり近くにも、玉鬘について、「あやしう、男女につけつつ、人にものを思はする尚侍の君にぞおはしける」という草子地がありますね。

岩佐　玉鬘をもちろん褒めてもいると思うのだけれど、一方から見ると女性としてはちょっとはっきりしすぎているということかしら？　現代の男性の女性観とおんなじですね。しっかりしてて、自分で身を処して、ほめるしかないんだけれど、本音はもうちょっとなよなよして、頼りなげであってほしいという……。玉鬘自身はそれどころじゃないというのに。

　ところがそういう人にもとんでもない落し穴があって、自分でもわけわからずに鬚黒のものになってしまう。ある意味ではこういうのが玉鬘の個性という感じがしますね。本人が意識するしないに関係なく、夕顔よりかは内大臣の血のほうを受け継いでいる。なんというか、はっきりしてて、角がたつわけではないんだけれども、なんだか物事がうやむやに行かない、かかわった事がみんな表へ出て来て、複数の人の心を悩ませる。自分にそんなつもりはちっともないんだけれど。

石埜　だから「竹河」巻でああいうことになるんですね。

岩佐　苦労のあげくおちついて子宝にも恵まれ、何不自由ない晩年と見えた人にも、その子供ゆえに心労が絶えないあたり、世間とのかかわりが単純じゃなくてね、なかなか現実的です。

石埜　玉鬘は源氏以外にいろいろな人との立場・関係がありますね。

岩佐　そういった、他の女性とはちょっとちがう要素を持っているというわけですね。そうしたら結末もすっきりとハッピーエンドには行かないということでしょうか。
それにしても本当に「玉鬘」の並びの巻というのはそれぞれに面白くて、綺麗で。その中でも「行幸」「藤袴」巻というのはちょっと地味な巻かなと思っていましたけれども、読んでみるとどうしてどうして、改めて本当におもしろいと思いました。ついつい源氏と玉鬘の恋に眼がいってしまいますけれども、それ以外にも内大臣と大宮も夕霧もそれぞれに見せ場がありますし、会話もよくできています。

石埜　先生は玉鬘がお好きだとうかがいましたが、とくにどんなところに魅力をお感じになりますか。

岩佐　賢いひとだ、という所ですね。最高級貴族の思わぬ葛藤に巻きこまれて、困って困っているんだけれども、誰に対しても優しく情のある、しかも頭のいい応答で、結局誰にもいやな思いをさせず、上手に身を処した聡明さ。鬚黒との結婚が内心どうだったのかわからないけど、その子供達もすぐになついてますしね。それに玉鬘十帖そのものが好きです、その世界が。きれいで、歌のやりとりがしゃれていて、四季の行事があって、生活があって、情愛があって。
そして最後に、「真木柱」巻で、源氏と両方、お互いの仲をしみじみと思って、「かきたれてのどけきころの春雨にふるさと人をいかにしのぶや」「ながめする軒のしづくに袖ぬれてうたかた人をしのばざらめや」という贈答、さしもの源氏が、「ひきひろげて、玉水のこぼるるやうに思さるるを……」というところ、親子でけしからん、なんていう事を越えた人間と人間の美しい愛情で、源氏の中でも一番好きなシーンの一つですわ。

石埜　やはり「この君をなむ本にすべき」女性ですか。玉鬘的な女の生き方というのは他の女性達よりも読者には身近に思われたのかもしれませんね。
お話は尽きませんが、そろそろ時間のようです。先ほど先生は、「研究のために源氏を読まないで。物語として面白く読んで」とおっしゃっていましたが、それが物語にとっては最高の読み方ですね。

岩佐　こんな面白いもの、楽しく読まないでどうしますの、もったいない。私、13の時から刊行のはじまった『谷崎源氏』の初訳を愛読して、それで源氏の愛読者になったんだと思っておりましたがね、思い出しますともう一つ、同じ年、昭和十四年に出た、五十嵐力さんの『平安朝文学史』、これも並行して読んでいましたのね。戦後に出た新訂版をここに持ってまいりましたが、これが面白かった。もちろん、早稲田大学でのお講義をもとに書かれた通史ですから、現在の水準から見てもとても立派な御論ですし、むずかしい所は沢山あるのですが、それをとばしてわかる所だけ拾い読みすれば、まるで講談みたいな語り口で、女の子にも平安朝文学の楽しさ、美しさがちゃんとわかる。特に源氏物語論のごく最初の所に、『竹取』『うつほ』の妻争いにくらべて、玉鬘十帖の妻争いがどんなすぐれているか、その皮肉な結末の面白さ、作者はなぜこんな筋立てを取ったのか、その創作心理まで、実に面白く書かれています。私の玉鬘好きの原因は、案外この辺にあったのかもしれませんね。久々に読み返して、改めて昔の方は話がお上手だし、御立派だなあと思いました。こういう、学問的にしっかりしていて文学的なツボを押えた面白い評論と、美しくて正確な訳注書と、字面がきれいで読みやすい原文だけの文庫本と、こう三つそろったら、どなたにも源氏は楽しみ読めるのじゃないかしら。それにしても訳注と評論はなるべく早く卒業して、原文だけを声を出して、くりかえし読んでいただきたいのね。声を出して読めば意味も自然にわかって来ますし、若い時とはまた違った味が、年をとるにつれて、読めば読むほどにじみ出て来る作品ですから。

石埜　今日は、楽しいお話をほんとうにありがとうございました。

【注】

＊岩佐『源氏物語六講』（平14、岩波書店）P.47以下参照。

朗詠享受に見る『枕草子』『源氏物語』

一　「朗詠」とその享受文化

有名漢詩文の一節を、美しい曲調をもってうたいあげる「朗詠」は、声楽曲としてばかりでなく、時、折節に合せた口ずさみとして貴族生活の中で享受され、特に紀元一千年前後の宮廷において最高の達成度を示した。その状況を遺憾なく活写したのが、『枕草子』『源氏物語』である。この二作それぞれの特色・効果の程を比較考察してみたい。

和歌の朗吟も勿論「朗詠」に含まれるが、本稿では漢詩文のみを対象とする。和漢を比較するに、「漢」には「和」にない独自の性格と朗吟効果があるからである。全部を吟じても仮名三十一字の和歌に対し、口にのぼせるのは漢字五～十四字程度ながら背後に長大な出典を持つ漢詩文朗詠は、言外にはるかに豊富な内容を盛り得る。これを無視して、一両句の表面的理解での迂闊な引用はなし得ない。たとえば、菅原道真の悲痛な配流行を叙した「詠楽天北窓三友詩」(菅家後集)の一節、「東行西行雲眇々　二月三月日遅々」を、単なる遊楽詩と心得て春の野遊びに口ずさんだら、忽ち軽侮されるであろう。当該詩の全容を心得ていたら、行楽の場で口に出せる句ではない。

その上この句は天神の教えとして、「とさまにゆきかうさまにゆきくもはるばる、きさらぎやよひひうらうら」と詠ずべし、と伝えられている（江談抄 四・六六）。すなわち、朗詠に当っては漢文を和化した一種の読み癖が独立定着して、和漢混済の特異な面白みを形成し、朗詠者の教養程度をはかる尺度ともなっているのである。

以上、朗詠の享受は単に言葉の風雅にとどまらず、複合成熟した貴族文化の典型として、甚だ興味深い問題を内包している。この事を基本として押えた上で、『枕』『源氏』それぞれの朗詠享受表現の妙境を解析したい。

両作における朗詠引用は甚だ多彩であり、特に『枕』においては作者が学識をひけらかすように一般的に見られがちであるが、それは誤りで、当代の宮廷社会全般に行き渡った知識・好尚にもとづくものであった事を思わねばならぬ。いかなる名句の引用も、受ける側にその知識が無ければ通用しないのである。『白氏文集』はもとより、秀逸詩選集『日観集』（大江維時編、九四六、散佚）『千載佳句』（同、九五〇頃）は既に存し、やがて『和漢朗詠集』（藤原公任編、一〇一二頃）『本朝文粋』（藤原明衡編、一〇六六以前）も成る時代である。儒臣ならぬ男女宮廷人も、これらの佳句を幼時からの耳学問として、また常に目にする屏風色紙形を通じて、現代人の想像以上に熟知していたに違いない。『枕』『源氏』はそれに深く信頼を寄せて成立した作品である。

二 『枕草子』における享受

1

『枕草子』中、朗詠享受の事例は一八段、二三箇所。『白氏文集』からの引用九（『和漢朗詠集』と重複三）、『菅家文草』一（『朗詠集』と重複）、のちの『朗詠集』に入るもの八（うち一句は二箇所に重出）、『朗詠集』『本朝文粋』に重複して入るもの三、『本朝文粋』に入るもの一、出典未詳一。更に関連して『前漢書』『蒙求』の知識も示されるなど、引用形態は甚だ多彩で、当時の社会文化の高さを示している。

2

文学的連想として一般的であろうかと思われる、自然賞美としての言及はむしろ少く、

○木の花は……、梨の花、……楊貴妃の、帝の御使にあひて、なきける皃《かほ》ににせて、「梨花一枝春雨をおびたり」などいひたるは、……（三四）

の、言うまでもない「長恨歌」引用と、

○雲は……、あけはなるゝほどの黒き雲の、やうく消えて、白うなりゆくもいとおかし。「朝《あした》に去る色」とかや、文にもつくりたなる。（二三六）

が、『白氏文集』巻一二、「花非花」の、

花ヵ非ズレ花ニ　霧ヵ非ズレ霧ニ　夜半ニ来リ　天明ニ去ル
来ルコト如クニ春ノ夢一幾多ノ時ゾ　去ルコト似テ二朝ノ雲ニ一無シ二覓ルニ処一

によるかとされるものの二者のみであり、他はすべて宮廷社交の場における機知的応酬にかかわる、詩句朗誦のみならぬ自在な享受相を見せ、独自の楽しい文学世界を展開する。

時、折節に会った適切な朗誦の一般的な描写としては、次の五例がある。

○殿上人あまた声して、「何がし一声秋《(の)》」と誦してまいる音すれば、　（七四）

池冷《スズシ》クシテ水ニ無シ二三伏ノ夏一　松高クシテ風ニ有リ二一声ノ秋一　（朗詠集一六四　英明）

○ひとわたり遊《(あそび)》て琵琶ひきやみたる程に、大納言殿、「琵琶声やんで物語せんとする事をそし」と誦し給へりしに、　（七七）

忽チ聞ク水上琵琶ノ声　主人ハ忘レ帰ルヲ客ハ不レ発セ

尋レテ声ヲ暗ニ問フ弾ズル者ハ誰ゾヤ　琵琶声停ンデ欲レスルコト語ラント遅シ　（白氏文集巻一二　琵琶行）

○（斉信が）「西の京といふ所の、あはれなりつる事。……垣なども皆ふりて、苔おひてなん」などかたりつれば、宰相の君の「瓦に松はありつるや」といらへたるに、いみじうめでて、「西の方、都門を去れる事、幾多《いくばく》の地ぞ」と口ずさみつる事など、かしがましきまでいひしこそをかしかりしか。　（七九）

髙髙タル驪山上ニ有リレ宮　朱楼紫殿三四重　……

翠華不レ来ラ歳月久シ　牆ニ有リレ衣兮瓦ニ有リレ松　……

西去ルコト二都門一ヲ幾多ノ地ゾ　吾君ノ不ルハレ遊バ有リ二深意一　（白氏文集巻四　驪宮高）

○又雪のいとたかうふりつもりたる夕暮より……あけぐれのほどに返《かへる》とて、「雪なにのやまにみてり」と誦《ず》したるは、いとをかしき物也。　（一七四）

暁入レバ二梁王之苑一ニ　雪満テリ二群山一ニ

夜登レバ二庾公之楼一ニ　月明カナリ二千里一ニ　（朗詠集三七四　白賦）

○大路ぢかなる所にて聞けば、車にのりたる人の、有明のをかしきに、簾あげて、「遊子、猶残の月に行く」といふ詩を、声よくて誦したるもをかし。　（一八五）

佳人尽ク飾ル二於晨粧一ヲ　魏宮ニ鐘動ク

遊子猶行二ク於残月一ニ　函谷ニ鶏鳴ク　（朗詠集四一六　賈島）

更に感深い享受例としては、長徳元年（九九五）四月十日没の道隆のための経供養を、

○九月十日、職の御曹司にてせさせ給。……果てて、酒のみ、詩誦しなどするに、頭中将斉信の君の、「月秋と期して身いづくか」といふことを、うちいだし給へり。詩はた、いみじうめでたし。いかでさはおもひいで給けん。（一二八）

金谷ニ酔レシ花ニ之地　花ハ毎レニ春匂テ而主不レ帰ラ

南楼ニ嘲レシ月ヲ之人　月与レ秋期シテ而身何クンカ去ル　（朗詠集七四五　菅三品）

これについては定子と清少納言の共感の言葉が続けられており、他にも御仏名の夜、貴人男性と同車退出の楽しさを活写した、

○月のかげのはしたなさに、後ざまにすべり入るを、つねにひきよせ、あらはになされてわぶるもおかし。「凜〳〵として氷鋪《し》けり」といふことを、かへすぐ〳〵誦しておはするは、いみじうおかしうて、夜ひと夜もありかまほしきに、いく所のちかうなるもくちおし。（二八三）

秦甸之一千余里　凜々トシテ氷鋪ケリ

漢家之三十六宮　澄々トシテ粉餝レリ　（朗詠集二四〇　公乗億）

および大納言伊周の才と風雅をたたえた、

○上の御前の、柱によりかゝらせ給て、すこしねぶらせ給を、……（鶏が犬に追われて鳴きさわぐので）上もうちおどろかせ給て、「いかでありつる鶏ぞ」などたづねさせ給に、大納言殿の、「声、明王の眠《ねぶ》りをおどろかす」といふことを、たかううちいだし給へる、めでたうおかしきに、　（二九三）

雞人暁ニ唱フ　声驚ス二明王之眠ヲ一
鳧鐘夜鳴ル　響徹ス二晴天之聴ヲ一　（朗詠集五二四　良香）

○夜中ばかりに、廊にいでて人よべば、「下るゝか、いでを《(お)》くらん」との給へば、裳、唐衣は屏風にうちかけていくに、月のいみじうあかく、御直衣のいと白うみゆるに、指貫を長うふみしだきて、袖をひかへて、「たうるな」といひて、おはするまゝに、「遊子、猶残《のこり》の月に行《(ゆく)》」と誦し給へる、又いみじうめでたし。　（同上。既出一八五参照）

の二段三条が存する。

以上各段、機知的、しかも自然な口ずさみで、当代公家社会一般の朗詠享受の、洗練、浸透の度合を知るに十分であろう。

3

あからさまな詩句朗誦でなく、意表を衝いた巧みな引用により、絶大な効果を招いた例は、逸話の聞き書をも合めて七段、いずれも他作品の追随を許さぬ、有名な章段である。

○蘭省花時錦帳下　と書きて、「末はいかに〳〵」とあるを、……たゞその奥に炭櫃にきえ炭のあるして、草の庵りをたれかたづねん　と書きつけてとらせつれど又返事もいはず。（七八）

蘭省ノ花ノ時錦帳ノ下　廬山ノ雨ノ夜草庵ノ中　（白氏文集巻一七　廬山草堂……、朗詠集五五五）

○いとくろうつややかなる琵琶に、御袖を打かけて、……そばより御ひたひの程の、いみじうしろう、めでたく、けざやかにて、はつれさせたまへるは、たとふべき方ぞなきや。近くゐたまへる人にさしよりて、「なかばかくしたりけんは、えかくはあらざりけんかし。……」といふを、（九〇）

千呼万喚始テ出デ来ル　猶抱テ二琵琶ヲ一半バ遮ルレ面ヲ　（白氏文集巻一二　琵琶行）

○「思ふべしや、いなや。人第一ならずはいかに」とかゝせ給へり。……筆紙など給はせたれば、「九品蓮台の間には下品といふとも」など書《かき》てまいらせたれば、（九七）

十方仏土之中ニハ　以テ二西方ヲ一為スレ望ト
九品蓮台之間ニハ　雖モ二下品ト一応シレ足ンヌ　（極楽寺建立願文、朗詠集五九〇　保胤）

○殿上より、梅の、花ちりたる枝を、「これはいかゞ」といひたるに、「たゞはやく落ちにけり」といらへたれば、（一〇一）

大庾嶺之梅ハ早ク落ヌ　誰カ問ン二粉粧ヲ一
匡廬山ノ之杏未ダレ開ケ　豈趁《モトメンヤ》二紅艶ヲ一　（朗詠集一〇六　維時）

○そよろとさしいるゝ、呉竹なりけり。「おひ、この君にこそ」といひたるを、……「うへ《(ゑ)》てこの君と称す」と誦して、（一三〇）

晋ノ騎兵参軍王子猷　栽テ而称ス二此君ト一　（朗詠集四三二　篤茂）

○村上の前帝の御時に、雪のいみじうふりたるを、様器にもらせ給て、梅の花をさして、月のいとあかきに、「これに歌よめ。いかゞいふべき」と兵衛の蔵人に給はせたりければ、「雪月花の時」と奏したりけるをこそ、いみじうめでさせ給けれ。（一七五）

琴詩酒ノ伴ハ皆抛ッレ我ヲ　雪月花ノ時最モ憶フレ君ヲ　（白氏文集巻二五　寄殿協律、朗詠集七三四）

○雪のいとたかう降たるを……「少納言よ。香炉峰の雪いかならん」と仰せらるれば、御格子あげさせて、御簾をたかくあげたれば、笑はせ給。（二八〇）

遺愛寺ノ鐘ハ欹テレ枕ヲ聴ク　香爐峯ノ雪ハ撥テレ簾ヲ看ル　（白氏文集巻一六　香炉峯下…題東壁、朗詠集五五四）

いずれも解説するにも及ばぬ、本作の代表諸段である。『枕草子』の漢籍引用といえば、とかく作者の自己宣伝、ひとりよがりと受取られかねないが、決してそうではなく、宮廷社会全体にこれを理解し、受入れ、共に楽しむ豊かな漢文学教養が行渡っていた、そのような環境の中でこそ生れ、生彩を放った文学である事を思うべきであろう。

4

朗詠を中心主題とする章段の中でも、とりわけその享受実態を生き生きと写して興味深いのが、一五四段「故殿の御服のころ」である。引用底本にして六頁余の長段の中に、五件の朗詠章句が有機的に盛込まれ、当時の社交の中におけるその活用の面白さが存分に発揮されている。年次設定には諸説あり、史実考証の上からは問題が残ろうが、本稿ではそれにこだわらず、宮廷生活文化のサンプルとしてこれを見たい。

先ず、関白道隆の服喪のため定子が太政官庁の朝所を居所としていた、長徳元年六月末頃、

○殿上人日ごとにまいり、夜もゐあかして物いふをきゝて、「豈はかりきや、太政官の地の、いま夜行《やかう》の庭とな

らんことを」と誦しいでたりしこそ、をかしかりしか。

この朗詠は典拠未詳、「やかう」は本来かな書きで、「野郊」「野干」「夜行」の諸説あるが、おそらくは「野干」すなわち「狐」で、原詩は滅亡し荒れ果てて狐でも出没しそうな宮廷政庁を悼む趣旨であったのではなかろうか。それを、儀式的会食や政務の場所であるはずの「朝所」の庭が、殿上人の「夜行」――夜遊びの場になっている事を諷する意に転じて吟じた事を、「をかしかりしか」と興じているものかと考えるが、如何。

次に、七月七日、ここで乞巧奠を行うにつき、

○宰相中将斉信、宣方の中将、道方の中納言など、まいり給へるに、人々いでて物などいふに、つゐでもなく、「明日はいかなることをか」といふに、いさゝか思まはしとゞこほりもなく、「人間の四月をこそは」といらへ給へるが、いみじうをかしきこそ。

人間ノ四月芳非尽ク　山寺ノ桃花始テ盛ニ開ク
長恨ス春帰テ無キヲ二覓ルニ処一　不レ知転ジテ入リ二此中一ニ来ラントハ　（白氏文集巻一六　大林寺桃花）

七夕の後朝を問うているのに四月初頭の詩で答える。その謎解きが次に示される。

○この四月の一日《ついたち》ごろ、……たゞ頭中将、源中将、六位ひとりのこりて、……「あけはてぬなり。かへりなむ」とて、「露はわかれの涙なるべし」といふことを、頭中将のうちいだし給へれば、……「いそぎける七夕かな」といふを、いみじうねたがりて、「たゞ暁のわかれ一すぢを、ふとおぼえつるまゝにいひて、わびしうもある

かな。……」とてにげをはしにしを、七夕のおりにこの事をいひいでばやとおもひしかど、

露ハ応シ二別涙一ナル　珠空ク落ツ　雲ハ是レ残粧髻未レダ成ラ　（菅家文草　七月七日代牛女惜暁更、朗詠集二一四）

その後頭中将斉信は参議に昇進、身分柄、乞巧奠の当日果して参殿するか否かあやぶんでいたのに、

○まいり給へりしかば、いとうれしくて、……たゞすゞろにふといひたらば、あやしなどやうちかたぶき給。さらばそれにを、ありしことをばいはん、とてあるに、つゆおぼめかでいらへ給へりしは、

前回、季を誤った失敗を記憶していて、今回は七夕だというのに、四月朔日にこそ言うべきだった詩句の朗詠で即答した。月頃このシーンを考えて七夕を待ちかねていた自分も物数奇だが、見事に対応した斉信の面白さ。両度同席した源中将宣方がすっかり忘れていてたしなめられるのとは、雲泥の相違である。

斉信の朗詠の才は、

○宰相になり給ひしころ、上の御前にて、「詩をいとをかしう誦《ずう》じ侍ものを。蕭会稽之過古廟《（せうくわいけいがこべうをよぎつし）》なども、たれかいひ侍らむとする。しばしならでもさぶらへかし。……」

蕭会稽之過シ二古廟一ヲ　託締《ツケテムスブ》二異代之交一ヲ
張僕射之重ゼシ二新才一ヲ　推テ為セリ二忘年之友一ト　（朗詠集七三七　朝綱）

と賞讃されるが、対抗意識を持つ宣方が、

○源中将おとらず思ひて、ゆへだちあそびありくに、宰相中将の御うへをいひいでて、「「いまだ三十の期にをよばず」といふ詩を、さらにこと人に似ず誦《ずう》じ給し」などいへば、「などてかそれにをとらん。まさりてこそせめ」とてよむに、……「三十期《(さんじふのご)》、といふ所なん、すべていみじう愛敬《あいぎやう》づきたりし」などいへば、ねたがりて笑ひありくに、

吾年三十五　未ダレ覚エ二形体ノ衰フルヲ一
今朝懸ケ二明鏡ニ一　照二見ス二毛ノ姿ヲ一　……
顔回周賢者　未ダレ至ラ二三十ノ期ニ一
潘岳ハ晋ノ名士　早ク著ス二秋興ノ詞ヲ一

（本朝文粋一　見二毛　源英明）

宣方はこっそり斉信に教わって、よく似せて誦じ、清少納言もそれに興じて、「これだに誦《ずう》ずれば出で丶物などいふ」。図に乗った宣方が、

○内の御物忌なる日、……畳紙にかきておこせたるを、みれば、「参ぜむとするを、けふあすの御物忌にてなん。三十の期にをよばずはいかゞ」といひたれば、返事に、「その期はすぎ給にたらん。朱買臣が妻《め》を教へけん年にはしも」とかきてやりたりしを、又ねたがりて、上の御前にも奏しければ、宮の御かたにわたらせ給て、「いかでさる事はしりしぞ。「三十九なりける年こそ、さはいましめけれ」とて、「宣方はいみじういはれにたり」といふめるは」とおほせられしこそ、物くるをしかりける君、とこそおぼえしか。

朱買臣……家貧ニシテ好ミ二読書ヲ一不レ治メ二産業ヲ一。……妻羞テレ之ヲ求ムレ去ランコトヲ。買臣笑テ曰ク、我年五十當ニシ二富貴ナル一。

今已ニ四十余矣《ナリ》。女《ナンヂ》苦日久シ。待二テ我富貴一ヲ報《イン》二女ガ功一ニ
（前漢書巻六四上　朱買臣列伝）

予年四十当レ貴ニ。今三十九矣。妻不レ听《キカ》遂ニ去ル。
（蒙求中　買妻耻醮）

全編生彩豊かで、現代の職場での、流行語やゴシップをからめた男女の和やかな軽口応酬を見るが如くである。その話題がまた、高雅な朗詠や故事の、しかも必ずしも一般的とは言い難い章句の自在な引用から成っている所に、当代文化の枠を思わせるものがある。作者は「うれしき物」の一つに、

○我はなど思《おもひ》てしたり顔なる人、謀りえたる。女どちよりも、おとこは勝りてうれし。これが答《たう》はかならずせん、と思らむと、つねに心づかひせらるゝもおかしきに、いとつれなく、なにとも思ひたらぬさまにて、たゆめすぐすも又おかし。
（二五七）

と宣言している。その高度に洗練された好例として、『枕草子』朗詠享受の極北を示す一段であろう。

三　『源氏物語』における享受

1

『源氏物語』における朗詠享受は、あれだけの大長篇でありながら『枕』と同じ二三箇所で、性向も大きく異なる。すなわちほとんどが個人の独白で、これをそれとなく周囲に聞かせる意図を含む例は若干あるが、『枕』に見るような社交的機知的やりとりは皆無である。引用は『白氏文集』一四（『朗詠集』と重複六）、『菅家後集』二、『史記』二、『文選』一、『朗詠集』と重複三、『本朝秀句』と重複一である。

2

「帚木」、雨夜の品定めに、式部丞が語る。

○ある博士のもとに……、はかなきついでに言ひよりてはべりしを、親聞きつけて、酒杯《さかづき》もて出でて、「わが両《ふた》つの途《みち》歌ふを聴け」となむ聞こえごちはべりしかど、

主人会シ㆓良媒テ㆒　置酒満ツ㆓玉壷ニ㆒
四座且《シバラク》勿レ㆑飲ム　聴ケ㆓我ガ歌フヲ両途ヲ㆒
富家ノ女ハ易シ㆑嫁シ　嫁スルコト早クシテ軽ンズ㆓其夫ヲ㆒
貧家ノ女ハ難シ㆑嫁シ　嫁スルコト晩クシテ孝ナリ㆓於姑ニ㆒
聞ク君欲スト㆑娶ラント㆑婦ヲ　娶ル㆑婦ヲ意何如

（白氏文集巻二　議婚）

言うまでもなく、貧乏学者が娘の結婚に当って婿に贈る、懸命で無器用な愬えとして、まことに巧妙であり、特に「両途」をやわらかな和訓とし、助詞「を」を略して、「ふたつのみちうたふ」と朗詠として熟した表現にしている所、冒頭に述べた「和化した訓み」の妙味をさりげなく生かして、状況を髣髴とさせる。

「夕顔」の最末段、九月末の夕暮、故人を偲んでの源氏の感懐、

○耳かしがましかりし砧の音を思し出づるさへ恋しくて、「正に長き夜」とうち誦じて臥したまへり。

八月九月正ニ長キ夜　千声万声無シ㆓了ム時㆒

（白氏文集巻一九　聞夜砧、朗詠集三四五）

「八月十五夜、隈なき月影、……白栲《しろたへ》の衣うつ砧の音も、かすかに、こなたかなた聞きわたされ、……」に呼応する、自然で巧みな状況描写であろう。

「末摘花」。雪の朝、女君の赤鼻を見あらわしての帰途、「御車出づべき門」を「え開けやらぬ」翁を見ての口ずさみ。

○「ふりにける頭の雪を見る人もおとらずぬらす朝の袖かな　幼《わか》き者は形蔽《かく》れず」とうち誦《ず》じたまひても、鼻の色に出でていと寒しと見えつる御面影ふと思ひ出でられて、ほほ笑まれたまふ。

　夜深クシテ煙火尽キ　霰雪白クシテ粉粉タリ
　幼者ハ形不レ蔽ハ　老者ハ体無レシ温ナル
　悲喘ト与二寒気一　併セテ入リテ二鼻中一ニ辛シ

（白氏文集巻二　重賦）

「雪・老者・鼻」を下に含みつつも、さりげなく「幼者」云々の一節のみを示した詠吟が、「知る人ぞ知る」趣で皮肉な微笑を誘う。

「賢木」の巻に入ると、状況は一変する。

○大宮の御兄弟《せうと》の藤大納言の子の頭弁といふが、……「白虹日を貫けり、太子畏《お》ぢたり」と、いとゆるるかにうち誦《ず》じたるを……

　昔者荊軻慕フ二燕丹之義一ヲ
　白虹貫レクレ日ヲ　太子畏レル之ヲ

（史記巻八三　鄒陽列伝　二）

燕の太子丹の命を受けた荊軻が、秦の始皇帝暗殺を企てた時、天変によりその不成功を悟ったという故事により、源氏に異心ありと諷する場面。一方、圧迫に屈せぬ源氏が、心許した頭中将等との会合の中で、

○わが御心地にもいたう思しおごりて、「文王の子武王の弟」とうち誦《ず》じたまへる、御名のりさへぞげにめでたき。成王の何とかのたまはむとすらむ、それぱかりやまた心もとなからむ。

我文王之子　武王之弟　成王之叔父

我於テ二天下一ニ　亦不カラズレ賤シ矣

（史記巻三三　魯周公世家第三）

自らを周公に比した、極く内輪の団欒での揚言と、その危うさを軽く諷する草子地の評語。優雅な物語としては表現しにくい政治的危機と、その中の人物の対応とを、朗詠の短章によって鮮やかに描き出している。

さて「須磨」の巻に至り、「今夜は十五夜なりけり」以降、流謫の感懐を適切な朗詠に託する、本格的引用が展開される事になる。

○殿上の御遊び恋しく、所どころながめたまふらむかしと、思ひやりたまふにつけても、月の顔のみまもられたまふ。「二千里外《じせんりのほか》故人《の》心」と誦《ず》したまへる、例の涙もとどめられず。

銀台金闕夕沈沈　独宿相思テ在リ二翰林一ニ

三五夜中新月ノ色　二千里ノ外故人ノ心

（白氏文集巻一四　八月十五夜禁中独直…、朗詠集二四二）

○その夜、上のいとなつかしう昔物語などしたまひし御さまの、院に似たてまつりたまへりしも恋しく思ひ出できこえたまひて、「恩賜の御衣は今此《ここ》に在り」と誦しつつ入りたまひぬ。

去年ノ今夜侍二ス清涼一ニ　秋思ノ詩篇独リ断レツ腸ヲ
恩賜ノ御衣ハ今在レリ此ニ　捧持シテ毎日拝二ス余香一ヲ　（菅家後集　九月十日）

○昔胡の国に遣はしけむ女を思しやりて、ましていかなりけん、……あらむことのやうにゆゆしうて、「霜の後の夢」と誦《ず》じたまふ。

胡角一声霜ノ後ノ夢　漢宮万里月ノ前ノ腸《モノオモヒ》　（朗詠集七〇二　朝綱）

○入り方の月影すごく見ゆるに、「ただ是れ西に行くなり」と独りごちたまひて

蓂発《ヒラキ》桂芳シク半バ具レ円《マドカナラント》　三千世界一周スル天
天廻二ラシテ玄鑑一ヲ雲将レス霽レント　唯是西ニ行クナリ不二左遷一ナラ　（菅家後集　代レ月答）

やがて春、頭中将が訪問する。

○夜もすがらまどろまず文作り明かしたまふ。……御土器《かはらけ》まゐりて、「酔ひの悲しび涙灑《そそ》く春の盃の裏《うち》」ともろ声に誦じたまふ。

往時渺茫トシテ都テ似レタリ夢ニ　旧友零落シテ半バ帰レス泉ニ
酔悲シテ灑レク涙ヲ春ノ盃ノ裏　吟苦シテ支レフ頤ヲ暁ノ燭ノ前　（白氏文集巻一七　十年三月三十日……、前聯のみ朗詠集七四三）

朗詠されるのは第三句のみであるが、読者には当然「往時渺茫」が連想されようし、誦せられぬ第四句は「夜もすがらまどろまず文作り明かしたまふ」に当る。極めて巧妙な引用であり、ここでも助詞「を」を略して「なみだそそく」と一語に熟した形としている所に、「ふたつのみちうたふ」と同様の大和言葉的な、また音楽的な味わいが感

じられる。

以上、「須磨」は全編中最も集中的に朗詠を活用、『源氏』中でもその技巧のハイライトをなす部分であろう。

3

このクライマックスを過ぎ、「明石〜朝顔」に至る七帖には、朗詠にちなむ些細な文飾は若干認められるが、口に出しての吟詠は記されない。最大の悲嘆なるべき「薄雲」の巻、藤壺の死に際しても、「今年ばかりは」と『古今集』八三二岑雄詠を独りごつのみ。なお言えば「御法」の巻紫上の死においては、和漢いずれの吟詠もなく、ようやく約九箇月後、「幻」の巻に至って「窓をうつ声」「夕殿に蛍飛んで」の口ずさみ（後出）を見る。極度の悲傷に際しては、自らを客観視し得る故事吟詠の余裕などはあり得ず、やや心静まってから古歌、次にようやく朗詠、という順序で口の端にのぼせ得る、という事であろうか。

再びの朗詠登場は「少女」の巻。源氏ならぬ、内大臣（頭中将）の、大宮方を訪問、雲井雁を交えての団欒中においてである。

○大臣和琴ひき寄せたまひて、……乱れてかい弾きたまへる、いとおもしろし。……「風の力蓋《けだ》し寡《すくな》し」とうち誦じたまひて、「琴の感ならねど、あやしくものあはれなる夕かな。

落葉俟《テ》二微風《ヲ》一以隕《ツ》　而《モ》風之力蓋《シ》寡《シ》

孟嘗遭《テ》二雍門《ニ》一而泣《ク》　而《モ》琴之感以《テ》末《スクナシ》

（文選巻四六　豪士賦序一首　陸士衡）

吟詠の趣旨は、うたわざる本文第四句により、「私の演奏のせいではないが、まことに風情ある夕暮であるよ」という卑下自慢であろう。琴の名手、内大臣の面目躍如である。

次は「玉鬘」の、乳母と豊後介らが姫を連れ、筑紫から京へ逃げ上る舟旅の場面。

○豊後介、……「胡の地の妻児《せいじ》をば虚しく棄て捐《す》てつ」と誦するを、兵部の君聞きて、げにあやしのわざや、

涼原ノ郷井不レ得レ見ルヲ　胡地ノ妻児虚シク棄捐ス

没テハレ蓄ニ被テレ囚ハ思ヒ二漢土ヲ一　帰テハレ漢ニ被テレ却《オビヤカ》為ル二蓄虜ト一

（白氏文集巻三　縛戎人）

妻子兄弟も捨てての、故郷での生活のあてもない逃避行。乳母一行の悲痛な心境を代弁して間然するところがない。そしてやがて六条院に引取られた玉鬘に複雑な思いを寄せる源氏は、「胡蝶」の巻でその住まいを訪れ、

○御前の若楓、柏木などの青やかに茂りあひたるが、何となく心地よげなる空を見出だしたまひて、「和して且《また》清し」とうち誦《ず》じたまうて、

四月天気和ニシテ且清シ　緑槐陰合シテ沙隄平カナリ

（白氏文集巻一九　贈駕部呉郎中七兄）

微吟しつつ、思わずその手をとらえる。仮にも父子の仲で如何、と思われかねない状況を、この後の叙景、「雨はやみて、風の竹に生《な》るほど、はなやかにさし出でたる月影をかしき夜のさまもしめやかなるに……」が、同詩の後聯「風ノ生ズルレ竹ニ夜窓間ニ臥シ　月ノ照スレ松ヲ時台上ヲ行ク」を踏まえている事と併せて、当季にふさわしく清雅な朗誦が救っている。

「若菜上」に至り、女三宮と新婚三夜を過し、夢に紫上を見て急ぎ立ち戻る源氏。

○雪は所どころ消え残りたるが、いと白き庭の、ふとけぢめ見えわかれぬほどなるに、「猶残れる雪」と忍びやかに口ずさびたまひつつ、御格子うち叩きたまふも、久しくかかることなかりつるならひに、

独憑リ二朱檻ニ一立テ凌グレ晨ヲ　山色初テ明カニ水色新ナリ
竹霧暁ニ籠ム衝ムレ嶺ヲ月　蘋風暖ニ送ル過ルレ江ヲ春
子城ノ隠処猶ホ残シレ雪ヲ　衙鼓声前未ダレ有ラレ塵
三百年来庾楼ノ上　曽テ経タリ多少望郷ノ人
（白氏文集巻一六　庾楼暁望）

紫上の女房達は、それと知りながら、「空寝をしつつ、やや待たせたてまつりて」格子を上げる。「猶残れる雪」はその間実景に則した口ずさみだが、言外に「独り朱檻に憑り立ちて」久しく無かった朝帰りに若き日をそぞろ偲ぶ源氏の思いが籠められて居よう。何気なく見えつつ、まことに心憎い描写である。

4

前半の「須磨」に匹敵する後半の朗詠活用の頂点は、柏木の死後、女三宮の所生、実は柏木の胤なる薫を抱いての感懐である。

○思ひなしにや、なほいとようおぼえたりかし。……あはれ、はかなかりける人の契りかなと見たまふに、……涙のほろほろとこぼれぬるを、……おし拭ひ隠したまふ。「静かに思ひて嗟《なげ》くに堪へたり」とうち誦《ずう》じたまふ。五十八を十とり棄てたる御齢なれど、末になりたる心地したまひて、いとものあはれに思さる。「汝が爺《ちち》に」とも、諫めまほしう思しけむかし。

五十八翁方《ハジメテ》有リレ後　静ニ思テ堪ヘレ喜ニ亦堪タリレ嗟ニ
一珠甚ダ小ニシテ還テ慙ヂレ蚌ニ　八子雖モレ多シト不レ羨マレ鴉ヲ
秋月晩ク生ズ丹桂ノ実　春風新ニ長ズ紫蘭ノ芽
持テレ杯ヲ祝フ願フニ無シ二他語一　慎テ勿レ三頑愚似ルコト二汝ガ爺ニ一

（白氏文集巻五八　自嘲）

五十日の祝に華やぐ人々の前で、晩年の子へのいかにも適切な祝詞と見せつつ、さりげなく「喜ぶに堪へ」を略し、「嗟くに堪へたり」とのみ吟じて、その美しい面ざしに対し、顔も、また運命も、不義の父、柏木に似てくれるなと言外に呼びかける。活用の巧みさ、含意の深さ、まさに朗詠引用の極致である。

一方夕霧は、柏木室、落葉宮を訪問、

○「右《いう》将軍が塚に草初めて青し」と、うち口すさびて、それもいと近き世の事なれば、

天ハ与《クミスト》二善人ニ一吾ハ不レ信ゼ　右将軍ノ墓ニ草初メテ秋ナリ

（河海抄所引本朝秀句　紀在昌）

『本朝秀句』（藤原明衡編、一〇六六以前）は逸書で詳細は不明であるが、『河海抄』によれば藤原時平男保忠の死を悼んだ詩で、物語の季節「四月《うづき》ばかり」に合せ、原詩の「秋なり」を「青し」と引き直して吟じた点が賞せられている。保忠の死は承平六年（九三六）、47歳。「いと近き世」に、物語の年代が村上盛代あたりの設定である事が暗示されているか。

楊貴妃物語を下敷きにはじまった『源氏』正編の終り、「幻」の巻が、周知の白詩の二朗詠をもって結ばれるのは当然でもあろう。

○おどろおどろしう降り来る雨に添ひて、さと吹く風に灯籠も吹きまどはして、空暗き心地するに、「窓をうつ声」など、めづらしからぬ古言をうち誦じたまへるも

宿二シテ空房一ニ　秋夜長シ　夜長クシテ無レ寝天不レ明ケ
耿耿タル残燈背ケルレ壁ニ影　蕭蕭タル暗雨打ツレ窓ヲ声　（白氏文集巻三　上陽白髪人、朗詠集二三三）

○「夕殿に蛍飛んで」と、例の、古言もかかる節にのみ口馴れたまへり。

夕殿ニ蛍飛ンデ思悄然　孤燈挑ゲ尽シテ未ダレ成サレ眠ヲ　（白氏文集巻一二　長恨歌、朗詠集七八二）

5

宇治十帖中の朗詠引用は全篇二三箇所中五箇所。いずれも当事者の感慨を託した吟詠であり、「東屋」の薫対侍従、「手習」の僧都対浮舟を除いては、周囲に格別の反応を起さず、吟者自身もそれを期待してはいない。その点、正篇における程の重要性は負わされていないとも見られる。舞台が宮廷中心の社交生活から離れたための、当然の帰結でもあろう。

「宿木」の巻、中君と婚した匂宮が、薫との仲を疑う一方で一入愛情もまさり、琵琶・箏を弾き合せる、かの「源氏物語絵巻」の一場面の導入部。

○菊の、……いと見どころありてうつろひたるを、とりわきて折らせたまひて、「花の中に偏《ひとへ》に」と誦したまひて、

不二是ハ花ノ中ニ偏ニ愛スルニ一レ菊ヲ　此ノ花開ケテ後更ニ無シレ花　（朗詠集二六七　元稹）

次に「東屋」の巻、三条の隠れ家から宇治に浮舟を連れ出した薫が、八宮の琴の音の、「をかしくあはれ」であった事を思い出して、

○琴は押しやりて、「楚王の台の上の夜の琴の声」と誦じたまへるも、……事こそあれ、あやしくも言ひつるかなと思す。

班女ガ閨ノ中ノ秋ノ扇ノ色　楚王ノ台ノ上ノ夜ノ琴ノ声　（朗詠集三八〇　尊敬）

八宮への回想から覚えず口にのぼせた朗詠句であり、聞く侍従も（浮舟も）全く心づかぬ事ながら、「班女秋扇」の不吉な故事を含む章句であった事を、薫一人あやしむ。情景に即しつつ、含意深い朗詠描写である。

「蜻蛉」の巻に至り、浮舟の死、匂宮の密通と病悩を知った薫は、怒りとともに、かくまで貴人二人の心を乱した浮舟の「さすがに高き」宿世をも思い、

○心をのどめん方なくもあるかな、さるは、をこなり、かからじ、と思ひ忍ぶれど、さまざまに思ひ乱れて、「人木石にあらざればみな情あり」と、うら誦《ず》じて伏したまへり。

生ニモ亦惑ヒ　死ニモ亦惑フ　尤物惑ハシテレ人ヲ忘レ不レ得

人非ズ二木石ニ一皆有リレ情　不レ如カ不ランニハレ遇ハ二傾城ノ色ニ一　（白氏文集巻四　李夫人）

出典に不案内な後代読者からすれば、理に偏して詩的ならぬ一句として見過されようが、教養を同じくする当代人等は、このただ一句の口ずさみから直ちに右の詩句全章を思い浮べ、生にも惑い死にも惑う三角関係の葛藤、当事

者それぞれの心情に思いを致すことができたはずである。さりげなく見えながら、宇治十帖中最も深刻な朗詠引用であろう。

秋、六条院に退出していた明石中宮が宮中に帰参される名残を惜しんで、匂宮・薫らが集り、女房らと雑談を交わす。薫はそしらぬ顔で、匂宮の女房あしらいぶりを観察、二人の間に対処して誤らない中君の生き方を、「ありがたくあはれ」と思う。その前段、

○東の高欄におしかかりて、夕影になるままに、花のひもとく御前の草むらを見わたしたまふ、もののみあはれなるに、「中に就いて腸断ゆるは秋の天」といふことを、いと忍びやかに誦じつつゐたまへり。

大抵四時心総テ苦シ　就レテ中ニ腸断ユルハ是秋天　（白氏文集巻一四　暮立、朗詠集二二三）

生れながらの憂鬱を持つ「薫」という人物を総括するような、意味深い詠唱である。

全編最終の朗詠は、「手習」の巻、浮舟の望みにまかせて得度した横川の僧都が、やさしく教えさとす言葉の中に見られる。

○「なにがしがはべらん限りは仕うまつりなん。……何ごとかは恨めしくも恥づかしくも思すべき。このあらん命は、葉の薄きがごとし」と言ひ知らせて、「松門に暁到りて月徘徊す」と、法師なれど、いとよしよししく恥づかしげなるさまにてのたまふことどもを、思ふやうにも言ひ聞かせたまふかなと聞きゐたり。

陵園妾　顔色如レク花ノ命如レシ葉ノ

命如二ク葉ノ薄キガ一将ニ奈何セン　……

松門到レルマデ暁ニ月徘徊ス　栢城尽日風蕭瑟　（白氏文集巻四　陵園妾）

表に出ない「栢城尽日風蕭瑟」を暗示して、

○今日は、ひねもすに吹く風の音もいと心細きに、おはしたる人も、「あはれ山伏は、かかる日にぞ音は泣かるなるかし」と言ふを聞きて、我も、今は、山伏ぞかし、ことわりにとまらぬ涙なりけり、

と浮舟は思う。これまでの多彩な描法とは一味違うしめやかさをもって、本作の朗詠享受は終るのである。最終巻「夢浮橋」に至っては、薫はついに状況に適切な朗詠を思い浮べ、口ずさむ余裕なく、「人の隠しすゑたるにやあらん」と、まことに俗な邪推をもって口をつぐむよりほかなかった。朗詠にかかわる僧都の独白に触発された、浮舟の「我も、今は、山伏ぞかし」のけなげな自覚との対照の妙が、深い余韻を残している。

四　享受相の成果と相違点、その由来

如上の考察により、『枕』『源氏』における朗詠享受の成果とその様相の相違点は明らかであろう。『枕』にあっては極めて高級な社交的会話・行動の中にその粋が生かされ、『源氏』においては孤独にあると衆の中にあるとを問わず、自己一身のみの感慨を周囲に顧慮せず口に出せる、慰謝としての機能を強く持つ。もとよりこれは、生活随想であるところの『枕』、長篇物語であるところの『源氏』という、両作の性格的相違によるものであり、また開放的な清少納言、内省的な紫式部という、両作者の個性の違いから来るものである事明白であるが、同時に、両者の活躍した時代・環境の差異をも強く示すものであろう。

清少納言と紫式部。もとより同時代人ながら、微視的には時代的にも環境的にもかなりの相違がある。推定生年、清少納言康保三年（九六六）、紫式部天延元年（九七三）と仮定すれば、7つ違い。同年代と言うには、いささか微妙な年齢差である。共に父は受領階級、しかし清原元輔は梨壺の五人の中にも社交・祝賀詠にすぐれ、「物をかしう云」う翁（今昔物語集二八・六）。藤原為時は沈淪を愬える名文中文により越前国司となり（同二四・三〇）、息子より漢籍会得の早い娘に嘆じた篤学者（紫式部日記）。両者の女の、漢詩文に対する意識の差は明らかであろう。

加えて、それぞれの主家の気風が異なる。猿楽言に長《た》けた道隆と、女ながら「まことしき文者」（大鏡）なる高内侍貴子の間に生れ育ち、ユーモア感覚豊かで女性の漢籍取得に抵抗感を持たず、11歳の天皇の許に14歳で入内、楽しい環境の中で少年天皇を教導した定子。これに対して、13歳年長の兄の性向を批判的に見つつ成長、その覆轍にかんがみて著しく管理的性向の強い道長と、これにふさわしく賢明貞淑な倫子との間に生れ、すべてを知りながら知らぬ顔につつましく、と自ら規制する事強く、20歳の天皇の許に12歳で入内、多くの年長競争者を押えての一日も早い皇子誕生を至上命令とされた彰子。その各後宮の性格差、またこれを生み出したところの、一条天皇をめぐる政治社会の時代的変容のあり方が、朗詠享受の様相という全く些細な現象の中にも明らかに反映されている。

それでこそ、『枕草子』『源氏物語』それぞれの朗詠享受相は、単なる「引きごと」の域を越えて面白い。他時代の作品すべてをも見渡して、かくも各々に一貫した妙味ある、効果的な朗詠活用の文学というものは見出しえないであろう。諸注釈・諸研究において、それぞれの部分に出典をはじめ精細な言及考察は行われているものの、両作品を併せての、全体を見渡した総合的な論述は未だ行われていないのではないかと考え、あらゆる点で専門違いであり僭越な所行とは十分自覚しつつも、あえて一論をなし、各方面の批正を俟つ所以である。

【参考文献】

・稲賀敬二「物語作中人物の口ずさむ詩句」(『立教大学研究報告　一般教養部』第二号、昭32)
・大曽根章介「『枕草子』と漢文学」(「国文学」学燈社、昭41・6)
・山崎誠「源氏物語の漢詩文朗誦――「白虹貫日太子之畏」と「風之力蓋寡」をめぐって――」(『国語と国文学』至文堂、昭48・9)
・天野紀代子「漢詩句朗詠に担わせたもの――柏木哀悼――」(『源氏物語と東アジア』新典社、平22・9)

【日記研究】

池田亀鑑先生におじぎ

京極派和歌の研究から出発した私であるが、最近はその成立の基盤になった持明院統宮廷の生活を物語る女房日記――『弁内侍日記』『中務内侍日記』『竹むきが記』などに心ひかれてならない。それにつけても思い出すのは、ほんの子供の時にたった一度お見上げした、女流日記文学研究の大先達、池田亀鑑先生の御面影である。昭和八年（一九三三）、7歳の時であった。

当時私の家では、父、民法学者穂積重遠の所にあらたまったお客様があると、用談がすみ、お茶菓子の出る頃合を見はからって、「お客様におじぎ」と子供達が客間に呼ばれ、ペコンと御挨拶をして引き下る習慣があった。柳田国男先生のお宅でも同様だったそうで、大正から昭和初期の東京山の手の家庭の、一種の家庭教育だったのだろう。お客様には御迷惑な話だが、おかげで私は山田三良先生とか土方寧先生とか、何人かのすぐれた法学者の風貌を心の中にとどめている。池田先生はその中でのただ一人の国文学者、しかも随一の印象を与えて下さった方であった。

『伊勢物語』の奈良絵本を収集していた祖母、歌子がその前年に亡くなったので、『伊勢物語に就きての研究』（昭8〜9）を御執筆中だった池田先生に、一度それを見ていただこう、という事だったのだと思う。相談している両親が敬意をこめて何度も口にする、「池田キカン先生」というお名前が、私の耳には何ともふしぎな神秘的なものにひびいた。そしてある日、「池田亀鑑先生がいらしたからおじぎ」と呼ばれ、いつものように姉の後からトコトコくっついて行って、二人並んでペコンと頭を下げて帰って来た。たったそれだけの御縁である。しかしその一瞬幼い私の目に焼きついた池田先生のお顔は、今もありありと思い出せる。

うす暗い客間のテーブルの向うの、逆三角形の白い小さなお顔だった。ととのった繊細な目鼻立ちでいらっしゃるのが印象的であった。もちろんニコリともなさったわけではない。会釈さえして下さったのかどうか。でもそのすきとおるようなお顔全体から、何とも言いようのない烈々とした意力が放射されているのが、子供心にもはっきりわかった。父の仕事柄、多くの大学者がお見えになり、その度に「おじぎ」に出たものだけれど、こんな方は後にも先にもなかった。これがほんとうの学者だと、その瞬間に私は思いこみ、その感動を心の底深くしまいこんだ。学問の神様のように思えたその時の先生は、今思えば36〜37歳のお若さ、しかも河内本による『校本源氏物語』の原稿を完成しながらこれを破棄、新たに出現した大島本による青表紙本本文に切り変えようかという、のちの『校異源氏物語』(昭17)に実る、源氏物語研究の重大岐路に立っておられたのである。

それから三十年たって——つまり当時の池田先生と同じ年頃になってから、ようやく私は本気で国文学の勉強をはじめた。和歌から次第に日記に興味が移り、『弁内侍日記』『中務内侍日記』を研究対象にしようと決心したのは更に十数年後、昭和五十年(一九七五)前後の事であったが、文献を集めはじめて、私はびっくり仰天してしまった。もとより両日記に関する研究は多くはないが、そのすべてが——玉井幸助先生の名著『弁内侍日記新注』(昭33、増訂版昭41)『中務内侍日記新注』(昭33、増訂版昭41)までもが、五十年前の池田先生の御著書『宮廷女流日記文学』(昭2)に強く影響され、先生がそれぞれの日記に与えられたキャッチフレーズ、「微笑の文学」「個性の分裂と動揺」という評価から、一歩も踏み出していないのである。「冗談じゃない、そんなのおかしい!」と私は大声で叫びたかった。

もちろん池田先生の御本はこの分野の最初の体系的研究であり、東大御卒業の翌年に刊行された処女著作として、新鮮な魅力にあふれたすばらしいお仕事である。しかし先生御自身「はしがき」の中で、全然主観的な感じ、あるいは評論だけを書こうと思いました。（中略）学問的には、まだまだ、他に多くの方面が残されていることを、何卒御承知下さい。（傍点原文）

と謙虚にことわっていらっしゃるではないか。いくら画期的な名著だって、以後半世紀、それによりかかっていていいはずはない。幼い記憶の中のあの白いお顔、そこからほとばしっていた強烈な放射能は、一体何だったのか。7歳の小娘にも感動を与えた先生の学者魂は、半世紀もの間御自説がそのまま通用しているような学界の状態を、決してよしとはなさらないはずだ。

　時代背景、社会変動の状況を考えながらこの両日記を読んで行くと、池田先生が残しておかれた「他の多くの方面」が見えて来る。「微笑の文学」とされる『弁内侍日記』の微笑の裏には、清少納言が定子皇后の悲劇をいささかも匂わせずに『枕草子』を書いたのと同じ、強い意志の力がある。「個性の分裂と動揺」の主、中務内侍は、実は意外に茶目で物ずきで、実務能力もある。そうした事を論文として発表する度に、私は心ならずも池田先生の御論を批判せざるをえない。幼な心の中の学問の神様、お許し下さい。でもあのたった一度の「おじぎ」の御縁ゆえにこそ、私は先生の御論を批判する勇気を持たせていただいたのです。あの白い小さいお顔はいつまでも私の心の中にあって、強い放射能で私を導いて下さるのです。一期一会とはまさにこの事でしょうか。

　その御縁をもたらした、祖母遺愛の『伊勢物語』の数々は、昭和二十年三月九日の戦災で全部焼けてしまったが、その写真版と解説は『伊勢物語に就きての研究　補遺篇・索引篇・図録篇』（昭36）の中に、大津有一先生のお手により、「穂積家蔵」としておさめられている。一向見ばえのしない小さな白黒写真ながら、何かの折にお目にとまれば幸いである。

寅彦日記と私

国会図書館勤務の頃、公刊された日記類を、書架に見当る限り思い切り濫読した一時期があった。漱石・鷗外・荷風は言うに及ばず、上は『静寛院宮御日記』から、下は雑俳宗匠の最後の人、鶯亭金昇の日記に至るまで、それぞれに実に楽しく面白かったが、中にも意外なまでの感銘を受けたのは寺田寅彦の日記であった。

元来私の家は寅彦ファンで、「『冬彦集』はいいねえ」というのが母の口癖だったし、昭和十三年岩波新書創刊の頃『天災と国防』を一生懸命読んだのが私の大人になりはじめだった。図書館勤務の頃には随筆はとっくに読みつくし、松根東洋城との連句の魅力にとりつかれていたから、その人の事は一部始終知りたいファン心理からも、感動したのは当然でもあったが、それ以上に「日記」というものの深い意味に引きこまれ、呆然としたというのが正直な所であった。

寅彦の日記は明治二十五年15歳から昭和十年58歳没（数え年）まで四十四年間にわたり、とびとびに五年分を脱する程度で、ほぼ休みなく書き続けられている。高知での少年時代の数年や明治四十二年以後三年間の留学日記はノートブックに書かれ、時にかなりの長文で、前者には戯文的、後者には旅行記的意図もほの見えるものの、それ以外はほとんど市販の当用日記を用いた日常メモの類にすぎない。代表的な短章の例をあげれば、

明治三十六年四月四日　土　午後夏目先生を訪ふ。上田敏氏来る

大正四年二月二十八日　日　床の間に雛を飾る。初生児雪子と命名す

昭和五年十一月十三日　木　晴　夜水口氏ヴァイオリン

といった工合で、文学的意図は微塵も感じられない。

それがなぜ私をこんなにひきつけたのか。

　寅彦という科学と文学二股かけた異色の作家の文学形成の謎をさぐる興味、それはもちろんある。少女期に暗記するほど愛読した、珠玉の短篇・随筆のネタや、豊隆・東洋城と連句に熱中して行く心の動きを、あちこちに発見し、ニヤリと一人笑みする楽しさは何ともこたえられない。次には、他人の生活ののぞき見という、趣味は悪いが誰にでもある興味。あこがれの寅彦の実像が、矮小化の危険をはらみながらも人間的に肉づけされて行く過程で、読む自分もミーチャンハーチャンから脱却して大人の目でその人を見直せるようになった点で、さもしいのぞき趣味もまんざら捨てたものでもなかったようだ。

　しかし、それなら漱石・鷗外も同じだろう。寅彦日記が私に与えた大きな感銘は、一人の人間の一生を、その廻りにうずまく日常些事の葛藤を含めて、そっくりまるごと見てしまったという事の重さであった。科学・文学には天才的であっても、生活上ではやや繊細で無器用な普通人というタイプの人が、日々の事実を淡々と書き続けた、四十四年間という量そのものの重さであった。

　地方の旧家の一人息子が、東京に出て帝国大学教授・理学博士となり、文壇にも活躍する。よき友、いやな同僚、寄りかかって来る親戚や同郷人。美しく才たけた幼な妻夏子を早く失い、辛抱強くやさしい第二の妻寛子にも子等を残して逝かれ、第三の妻しんと家族との折合に苦しむ（この人、悪妻の評判が高いがそんな事はない。当時にめずらしい自己を堅持した人だと思う）。明治の家父長制と大正レトロのモダンがまじりあった家庭の管理経営に腐心しながら、一方科学・文学・音楽の間に風穴をあけ、自在に出入りする楽しみを自ら創り、人にも与えようとする。その一生の些事が、実に些事ばかりが、延々として続くその厚みの中に、人生の真実そのものが凝縮されている。

　読み終った感動の中で、つくづく考えた。これは文学だろうか。いやそうではない。

　五月二十一日　月　午後航空会議、夕方より気象台の談話会に出席

二十五日　金　夕方より発熱の気味あり咽喉の工合悪し早く就床（大正六年）。

こんなのが文学であるわけがない。何の構想もなく、その日その日何を書くことになるか、執筆者にもわからないのだから。しかし、これをたゆみなく四十四年積み重ねた所に、一人の人間の生の軌跡がまざまざとえがき出され、書かなかった部分まで全体ひっくるめての、人生そのものが提示される。文学でなくたっていいじゃないか。これが「日記」なんだ。この四十四年を寅彦と丹念につきあい、共に生きる喜びは、文学なんて限定されたものじゃない。他の人になりかわって、別の人生をもう一度体験できる充実感なのだ。その体験の結果として、はじめにあげた短章の中にすら、漱石の愛弟子寅彦が、随筆家吉村冬彦が、雀百まで踊忘れぬ寒月君が彷彿として匂い立って来るのだ。

この読書体験が、私の「日記」に対する考え方の原点である。「日記文学」の価値、面白さは勿論十分認めるけれど、本来の「日記」のそれとは次元を異にすると考える方が、双方の正しい理解のためにより有効であろうと思うのである。

『たまきはる』考 ――特異性とその意義

はじめに

『たまきはる』は、少女期・成年期・壮老年期のそれぞれに、出自・性格・環境を異にする三女院に仕えた一女房、藤原俊成女、定家姉、健御前の日記である。本編と遺文の二部に分れ、後者は作者没後、遺された文反古から定家が編纂追補したものと考えられる。専ら一人の主君に傾倒する心をもって記され、作者自身の手によって完結している、他の諸女房日記に対し、内容面でも成立面でも、特異な性格を持つ作品と言えよう。

現代から遥かに眺めれば没個性、因習的としか想像できぬ後宮も、実はその主君の出自・性向を反映して多彩な様相を示すものであり、そこにこれを主催する貴女の器量が問われる。本作に活写された三後宮のあり方と作者の立場との正しい理解は、宮廷生活を描いた文学一般の正確な読解に資する所があろう。更に本編と遺文との対比検討は、表現願望と職業人のたしなみとの間の作者心中の相克、及び姉の真情を没後に扶翼した弟定家の文学者魂を浮彫りにするであろう。

このような見地から、特異な女房日記『たまきはる』に若干の考察を試みたい。

一　建春門院後宮

1

建春門院滋子の家は、桓武平氏の中でも地方武門として栄えた高望王流とは早く袂を分ち、在京官人の道をたどった高棟王流の一である。祖父知信は従四位上中宮大進出羽守兵部大輔、父時信は正五位下兵部権大輔にとどまる。母方の祖父藤原顕頼も滋子誕生の前年に権中納言を辞して散位となり、正二位民部卿をもって終った。ただ異腹の姉時子が平清盛に嫁し、久安三年(一一四七)宗盛、仁平元年(一一五一)知盛、久寿二年(一一五五)徳子をあげた事が、以後の繁栄を招く事になる。

康治元年(一一四二)に誕生した滋子は、はじめ後白河院の姉上西門院に仕えて小弁と名乗った。出仕の年は明らかでないが、当時の一般的事例から考えれば10歳代前半の頃か。保元の乱には15歳、平治の乱には18歳。この両戦乱により、時子の夫清盛が武門の統領から中央政界に進出するさまを、まのあたりにしている。後白河院の寵を得たのは平治の乱(一一五九)収束後の事でもあったろうか、東御方と称し、応保元年(一一六一)20歳で憲仁親王(高倉天皇)を生んだ。仁安元年(一一六六)憲仁立坊により叙従三位、25歳。翌年女御となり、同三年(一一六八)高倉践祚に伴い三月二十日皇太后に冊立。嘉応元年(一一六九)28歳で建春門院の院号を蒙り、安元二年(一一七六)七月八日崩、三十五年の生涯を閉じた。

2

『女房官品』によれば、「小弁」とは「下臈ながら中臈かけたる名」である。滋子の出自をさながら象徴するような候名であろう。たかが女院女房の下臈の上、あるいは中臈の下程度であった彼女が、院の寵姫から国母にまで成り上るについては、自らの心情と言い、周囲の反応と言い、まことになみならぬ葛藤があったはずである。

『古今著聞集』巻八、孝行恩愛第十に、有名な逸話がある。(1)

建春門院は兵部大輔時信が女なり。小弁とて、後白河院に候はせ給ひけり。御寵愛ありて、高倉院を生み奉らせ給ひにけり。春宮に立たせ給ひて、仁安三年御譲位ありけり。御即位の日、女院、皇太后宮に立ち給ひて後、朝覲の行幸ありけるに、宮、簾中におはしますを、主上拝し参らせさせ給ひけるを、昔肩を並べ参らせられたりける上臈女房、誰とかや、宮の御側へ参りて、「此の御めでたさをばいかゞ思し召す」と問ひ参らせられければ、「さきの世の事なれば何ともおぼえず」とぞ仰せられける。ゆゝしかりける御心なるべし。

（高倉天皇建春門院に朝覲行幸の事）

質問者は「昔肩を並べた」とはあるが、今一昔遡れば小弁より遥かに上席であったであろう上臈である。「まあ何とすばらしいこと、御感想は？」——多分に毒を含んだ問に対する、平然たる答、「すでに身を変えた以上、前世には何の感慨もない」。まことにあっぱれな対応である。簡明な中に、「今の私は全く別人なのだ、昔の事をかれこれ言うな」という、強い気迫がこもっている。同時にこのエピソードそのものが、建春門院に注がれる周囲の眼、これに対応する滋子の聡明さ、剛毅さを、雄弁に物語っていると言えよう。

従来の『著聞集』注釈書は「さきの世の事なれば」に注して、「前世の約束事で。前世の善因のためにこの世で受けた果報なので。」（「岩波文庫」中島悦次）、また「仏教的な運命観。天皇は前世において不殺生・不偸盗等の十種の善を行った果報としてこの世で天子の位に即くのだとされ、「十善の君、十善の主」と呼ばれるが、それと同様の因果観。」（「新潮古典集成」西尾光一・小林保治）と、至って知識的、かつ穏当な解釈を行っているが——注釈というものの制約上、やむを得ぬ事でもあろうが——、その場の即答として滋子の真意を伝えているとは言い難い。

朝覲行幸に参仕の百官おしなべて、善意であれ悪意であれ、この栄を受ける皇太后の過去に思いを及ぼさぬ者はあるまい。否、当の皇太后自身、感慨は誰にも増して深く、かつ周囲の関心にもこの上なく敏感なはずである。なればこそ、過去をすべて切り捨て、現在の栄光を当然の事として享受する勁さなくしては、この地位を生きぬく事はできないのである。その状況の想像困難な向は、すでにこれも昔とはなったが、美智子皇后に対するかつてのフィーバーとバッシングのあり方を回顧していただきたい。思い半ばに過ぐるものがあろう。

かくも堂々と、周囲の好奇の視線を封じ去った滋子ではあるが、それだけに心中深く過去を意識し、日常生活にも晴の儀式にも細かく神経を配って、いささかの非難をも受ける事のないよう、深甚な注意を払っていたに違いない。彼女に対する非難はすなわち高倉天皇とこれをいただく平氏勢力に対する非難であるからであり、彼女の後宮経営、人心掌握の巧拙は、当時の全公家社会の絶大な関心事であったはずである。ここに、初宮仕えの少女の白紙の脳裏に深く刻みつけられ、半世紀後にまで残ってありありと書きとどめられた、『たまきはる』建春門院奉仕記事の大きな価値がある。

3

作者健御前の建春門院奉仕は、仁安三～安元元年（一一六八～七六）の九年間、作者12～20歳、女院27～35歳であった。立后から崩御まで、年々の朝覲行幸・最勝光院等諸堂供養から後白河院五十賀に至る、後白河院と清盛との蜜月時代、平家文化の最盛期に当る。初宮仕えの作者の幼い眼に焼きつけられた滋子の後宮経営の手法は、まさに最高貴女の生活の規範として、鮮烈な印象を残した。生涯最初の体験を絶対の典型と信じた少女の、細部にわたる具体的記述により、滋子の後宮運営の意図と効果をさぐって行こう。

先ず確立すべきは、女房達の格付けと勤務体系である。旧同僚の心安立てから、これらを暖昧にしてはならぬ。

朝夕候ひし人は、定番の女房とぞ言ひし。……さらぬは番とて、月まぜに候ふべしと思しけれど、年の初め、衣更へ……などには、さながら候ふ。

上臈は、御前に続きたる二間とて……、袖褄打乱れず、つくろひゐたり。中臈より下、これに続きたる台盤所に、同じさまにて候ふ。

近う候ふ人は東の台盤所とて、向ひたる方を通る。入立ちの人々などは、それに入る。

定番（常勤）・番（隔月勤）の別、上臈・中下臈・近習女房の詰め所の振分けが劃然と示され、「女房名寄せ」——近習二十三名、番女房三十七名の名簿が掲げられる(2)。

人の局々より声かけて参る女房などは、一人もなし。下臈までも親立ち添ひ、もてかしづく人ありて……、何事の飽かぬ事かはあらん。

親子、姉妹ならで、人の局にゐたる人一人なし。上童、雑仕など二人あるは多かりしかど、一人なきは思ひも寄らず。

下臈に至るまで身元不確かな者、後見のない者、自室を持ちえぬ者、侍者に不足する者は一人もない。規律正しく豊かな後宮である。

季節毎、行事毎の衣裳の制も、華やかではあるが確たる節度を失わない。

正月一日は……、女房、近習《きんず》たちもみな物の具重なりたる衣、朔日《ついたち》の日は紅梅、梅襲、紅の匂ひなどやうの色々。
二日、ことに仕立てぬほどの人は、晦日《つごもり》の日参らせたる打出でを、朔日の日は夜になりて給はりて、綿、例の程になして着る。
四月、親々などことに仕立つる、若く幼き女房は、日比いまだ着ぬ衣の……、物の具重ならぬをぞ着たる。大人しき、又ことなる事なき人などは朔日の日の衣などを、物の具へぎて着る。
八月十五日より、ひねり重ね、褻《け》に二つ生絹《すゞし》などを着る。四月の生絹の衣の、比に合はずもなき、三つなどへぎて着たるは、中々好ましき事とぞ聞えし。

格別の盛儀には過差と見えるまでに装うが、日常礼服は身分年齢に応じ、私物・官給取りまぜ繰り廻して、適切、しかも経済的に着こなす。一女房たりし日の滋子の体験が、ここに生かされている。

後宮管理が完璧であればあるだけ、一面、「成上り者がお高くとまって……」という嫉視もわだかまろう。これへの対処も巧みである。滋子は決して、御座所にのみ泰然と構えてはいない。

この上臈の候ふ二間には、繁き折は二三日、まぎらはしき程などは四五日になる時もありき。

威儀のためのみに出仕する無役の上臈女房の室にも、二、三日に一度、多忙の折も四、五日に一度は出座歓談してその名誉心を満足させ、上級貴族らの離反を予防している。なお従来の諸注釈にこの一文を作者自身の出仕状況としているのは誤りであろう。「なる」とは「成る」すなわち「出御なる」の意で、建春門院の行動を説明した文と見るべきである。

日常生活では、近侍者が退屈せぬよう、貝覆、石な取り、乱碁などの遊びをし、衣更えで常の御所の輔設交換の間は、わざと台盤所の女房の末にまぎれ込んで、知らずに参上した古参女房らを驚かす。時には女房同様の服装で裾をからげ、夜中、徒歩で宮門近くまでそぞろ歩いて楽しむ。

時々は赤き御袴に、女房にまぎれぬべき御服にて、門までなど、十、廿人歩み続きて、衣に裾取りて遊ぶ事もありき。

これらは、わがままに育った姫君の行動ではない。深窓の姫君ならむしろ反対に、自らの無聊すら口に出さず、遊び慰みも周囲のお膳立てにまかせる教育がなされるはずである。滋子は一方で後宮生活の秩序に眼を光らせると同時に、他方、時に自らこれを破る事で勤仕者にくつろぎを与え、罪のない笑いを誘い、下情に通じたさばけた一面を印象づけて、出自のマイナスをプラスに置きかえているのである。

日常の実務取締りに関しては、非常に興味深い一女房、三河の存在があった。「女房名寄せ」によれば、彼女は滋子の乳母若狭の姪。すなわち乳母子に準ずる立場で、滋子よりおそらく数歳の年少。「御所に、幼くより抱き生ほさせ給ひけるとて」――出生後間もなくから、人形のように、ペットのように愛されたと見え、滋子の気心を熟知する暗黙の代弁者として後宮上下に許され、ユーモラスな差出者の役割を演じながら生活の細部にまで監督の眼を届かせた。

あれがやうならん人のいづくにも候はば、見苦しき事などはまことにあらじ。……御所の御縁、広廂にて、間毎々々、そゞろ事申してのみ候ふ……、台盤所、東西にもまじり居て、人々もてなし遊び、上臈達の御許へもまた参り……、台盤所の女官、刀自など、悪しき事はやがて言ひ教へ、憎み、よきは褒め、下大所の果てまで遊び行きて、「この盤は塵もなく、美しう候ひけれ」、さらぬ折は「これはいかなる見苦しさぞ。かくて候ひけるか」など、世に知らず恥ぢしめ、局々の上を引き開けて……、下に通りなどして、目に立つ事も、又よき事も言ひ散らし、「これは誰《た》がぞ」と知るも知らぬもそら忘れをして見しかば、いかで見苦しからで褒められんと、あやしき局の内まで心せしかば、まことにおのづから御所の中も、いかゞ打ち解けん。

滋子は知らぬ顔をして彼女を泳がせておいたが、後年、「思ひの外の事出で来て」これを捨てたという。詳細は不明だが、おそらく増長して越権の振舞の見えた時、即座に切ったのであろう。人を使うことに長けた、明敏果断なこの処置ぶりは、かつて人に使われる立場にあり、宮仕え人の心理を身をもって知る滋子ならではのものであり、その聡慧英邁の資質をうかがうに足る。

一方、錯綜した縁故関係をもって出仕している近侍女房らの扱いについては、滋子自ら非常に心を労した。作者と同車の女房大納言が中宮徳子付きとして去ったのち、格の劣る新宰相あるいは按察使との組合せになった事に対する、作者の姉後白河院京極の苦情申立ての記事などを見ても、当の女房よりむしろその後に控える後見の思わくへの対応を、女院の威を保ちつつ円満無難に取りさばくには、一通りならぬわずらわしさがあった事と推察される。

4

後白河院の寵愛、知遇に応え、我が子高倉天皇と平氏のため、完璧な後宮経営を貫いた滋子。明るく鷹揚に振舞っていても、絶えざる緊張はその健康を蝕まずにはいなかった。安元二年三月の後白河院算賀の盛儀を滞りなく終えたのち、六月頃から腫物に悩み、七月八日、花の散るように崩じた。自らも所労退出中であった健御前は、六月二十六日、なお療養の旨を申入れに参上して、わずかにやさしいいたわりの言葉を聞いたばかり、看病に加わる事もなくて終った。

建春門院後宮とて完全無欠ではあるまい。しかし夾雑物のない鋭敏な少女の記憶力によって、その最もよき部分が後代に伝えられた。煩瑣な人間関係に耐えて希有の玉の輿に乗り、見事に生涯を全うした滋子の言い遺した、若女房達への訓えは、

女はたゞ心から、ともかくもなるべき物なり。親の思ひ掟て、人のもてなすにもよらじ。我が心をつゝしみて、身を思ひくたさねば、おのづから身に過ぐる幸ひもある物ぞ。

天は自ら助くる者を助く。独立自尊、自ら女性最高貴の地位をかち取った人の、生々しい肉声をここに聞くことができる。

二　八条院後宮

1

八条院暲子内親王は、あらゆる点で建春門院とは対蹠的な女院であった。鳥羽院の寵妃美福門院の腹に保延三年(一一三七)四月八日生誕、釈尊誕生の日の生れと祝福され（中右記）、

院鳥羽にやがて養ひ申させ給ひて、朝夕の御慰めなるべし、幼くて、物などうつくしく仰せられて、「若宮は春宮になりたり。我は春宮の姉になりたり」など仰せられければ、院鳥羽は「さる官《つかさ》やはある」など興じ申させ給

ひけるなどぞ聞え待りし。（今鏡　すべらぎ下[3]）

の逸話を持つ。保延五年五月同腹の近衛天皇誕生、八月立坊。鍾愛第一の座を奪われた3歳の姫君の昂然たる宣言、「我は春宮の姉」に、その生涯を貫いた気概の躍如たるものがある。永治元年（一一四一）鳥羽院出家の折、わずか5歳で十二箇所の所領を譲られ、久安二年（一一四六）10歳で准三宮となる。その大器を見込んでか、久寿二年（一一五五）近衛天皇夭折の時、鳥羽院は19歳の彼女を女帝にとすら考えたが、関白忠通の進言により兄宮後白河を皇位に定めたという。保元二年（一一五七）五月十九日落飾、21歳、応保元年（一一六一）25歳にして、二条天皇准母の儀をもって、八条院の院号を蒙る。准三宮より立后を経ずして女院宣下の初例である。

鳥羽院と美福門院の遺領をはじめ、所領は二百二十余箇所に及び、後代に伝わる皇室の一大財源、八条院領となった。その相続者候補の意味もあってか、甥以仁王の子女、更に後には後鳥羽院皇女春華門院を手許で愛育し、75歳の長寿を保って建暦元年（一二一一）六月二十六日に崩じた。滋子より5歳年長にして三十六年の長命である。

中古から中世へ、公家の世から武者の世へ。暲子は時代の証人として生きた。保元の乱（一一五六）は20歳、平治の乱は23歳。治承四〜文治元年の源平動乱（一一八〇〜八五）は44〜49歳。身辺の貴人らの生死をかけた浮沈のさまをつぶさに見つつ、皇室財産守護の大任を貫徹した生涯は、滋子のそれともまた異なるきびしいものであった。

2

作者健御前は、建春門院崩後、姉京極の許に身を寄せ、その縁でやがて後白河院皇女亮子内親王（前斎宮、殷富門院、以仁王同母姉）に仕えたが、以仁王挙兵に際会、成行きを案ずる父俊成の意向により実家に戻った。治承四年24歳の時である。寿永二年（一一八三）27歳で、姉達も多く仕えた八条院に出仕、女院47歳。以後崩御に至る二十九年間、作者55歳まで奉仕し、この間建久六年(一一九五)からは春華門院の養育にも当っている事は後述の通りである。

八条院後宮は、かつて仕えた建春門院後宮とは全く違った気風であった。すでにさまざまの世の中を見て、批判の眼も育ち、冷静に事態を分析しうる理性を備えた作者は、子細にそのありようを記録する。

(1)あやにくに、昔見し世には違ひて、たゞありよく安き事よりほかの事なくて、人のなりも、何を着よと言ふ事もなかりしかば、たゞ思ひ〳〵……、わが心にしたきまゝにて、褻晴れもなし。

(2)刀自、女官など言ふ者だに、数も定まらず、……いくたりと言ふ事もなくて候ひて、物給はる折などはむつかしかりき。

(3)侍も皆、……わが参りたき折参りて、遊びたき折遊びて、夜などは皆近き宿直所へおの〳〵出で散りぬれば、人など召すに、答《いら》へさし出づる者もなけれど、悪しとも仰せ言なし。……たゞ隆範、親行などばかりぞ参る。参るとても、それによりてもとにまさりていとほしといふ事もなし。参らずとて悪しき事もなし。

(4)御所の中、殿上、中門、透き渡殿などは、さし参る人の足も堪へ難きまで塵積りたれど、「あれ掃け、拭《のご》へ」など言ふ人もなければ、我らが「いかに」など言へど、「さかし」ととがむる人もなし。その折ばかり「こはいかに」など言ひて、掃く。

(5)又聞こえあるほどの物は、二条院、後白河院申させ給ひけるとて、御蔵には塵よりほかに残りたる物なしと聞きしかど、何とも思し召さず。

(6)たゞ朝夕の御有様は、夜昼御袴奉りて、夏冬、折につけて、人などに逢はせおはしますほどの御服、常にうち奉りてぞおはしましし。……候ふ人も、晴れ褻といふ事も知らでぞやみにし。それらが皆恋しきなり。

いとものんびりの後宮に半ば唖然としながら、しかし新参の自分が口出ししてもそれなりに受入れられる、お人よしの集団を、作者は必ずしも難じてはいない。後宮にはそれぞれの個性があり、それは後宮主催者の個性に起因する。複数の後宮を見て来た今、作者はこの鷹揚きわまる生活をも、若干の苦笑をもらしつつも肯定する。「それらが皆恋しきなり」。

3

現代から見れば、実に呆れ返った乱脈な後宮に違いない。しかし実はこれが、生得の内親王のあるべき姿なのである。暲子は、女房小弁から出発し、27歳立后とともに自らその後宮体制を樹立した滋子とは全く境遇を異にする。10歳にして准三宮、多くの荘園の主となった時、その家政・庶務を司る官僚組織が成立してしまった。主たる者は安んじてその上に乗っていればよい。日常生活は自然現象と等しく、心を労せずしてなるべきようになって行くもの。たまたま心づく事があってもなまじの意見を出せば運営は混乱し、当事者は困惑する。何も知らぬおっとりした姫宮の役割を生涯にわたって貫く事が、こうした内親王に要請される使命であった。

確立された秩序のもとに整然と動いて行くのもシステムの一つの形であり、ルーズながらその時々適当に大過なく日々を送るのもまた別のそれなりのシステムである。公的な場であり、表向の行事も来訪者も多い皇太后御所には前者がふさわしかろうが、落飾の内親王、「五節出だし、祭渡り、法師の灌頂竪義」ぐらいが世間とかかわる「御大事」であるのどかな八条院御所では、欠点はあろうとも後者のような自然体のシステムの方が適切であり、長期的に見て、緊張を常態とする前者のそれよりも破綻が生じにくい。

生来の最高貴人に特に心して教育される徳目に、「一視同仁」がある。万事につけて公平が求められ、好悪の感情露出が禁ぜられる。仮にも奉仕者に対し依怙の沙汰あるが如くに思わせ、慢心、嫉妬、中傷等を引き起させぬよう、非人間的なまでの抑制を習慣づけられるのである。さきの引用に即してこれを見れば、侍臣らの勤怠について、(3)「精勤してもそれによって以前より愛寵されもせず、怠けても不興を買うわけでもない」とは、まことに張合いのない宮仕えとも見えようが、官僚組織では勤務評定は主管の職責。主たる内親王個人の好悪を示されてはその遂行に差支える。(2)下級女官の管理の緩怠も同様で、これへの容喙は主君の狭量、管理者の面目失墜を意味する。(4)内親王自らの生活空間は常に清浄であるのが当然であるから、それ以外の場所には本人は関心を持たぬ。以上、長期にわたり変化のない後宮における、官僚的運営怠慢の弊はまぬがれないが、さりとて主君の神経質な干渉はそれ以上に面白からぬ結果をもたらすのである。

しかし暲子は決して自己主張を持たぬ人形ではない。女房らの服装には(1)のように寛容だが、自らは(6)「夜昼御袴奉りて」(当時すでに袴なしのくつろぎ姿も許容されていたらしい)、威儀を崩さなかったし、(1)の自由さに図に乗って「夜の(袴)は少し短くせばや」「白袴を聴《ゆ》りばや」と女房らが直接その聴許を求めれば、「さなりぬれば、やう〱昼もさし出づるがむつかしき」「白袴のすゝけたるは見だてなし」と、はっきり根拠を示して却下する見識を持つ。

(5)の伝聞、宝物類を貸し失い、蔵が空になっても頓着せぬとは、末摘花ばりのお人よし、馬鹿姫君の典型とも見えようが、実は前述の通り暲子は八条院領の所有者、天下に一二の大富豪であった。その分与をねらって八条院女房との間にもうけた良輔を女院猶子とした九条兼実をはじめ、あの手この手で所領をかすめ取ろうと企てた者は多々あったに違いないが、暲子は生涯これを確保して散逸を許さず、そのほとんどを春華門院を経て順徳天皇に引き継ぎ、見事に皇室領守護者の役割を全うした。若干の宝物の消失などは歯牙にもかけず、管理者の責任をも問わず、しかし根幹の大資産は自ら抑えてびくともさせぬ。女帝にも擬せられた大器の面目躍如たるものがある。

細事は臣下に信頼して一切こだわらず、すべてを知りながら何も知らぬ顔で泰然と構え、善しとも悪しとも言わない。しかし時あってその意中を叩けば、即座に明確な意志表示がなされる。小事は放任するが大事は的確に把握している。こうした主を戴く臣はどのように感ずるか。気楽のようではあるが何となくこわい。おっとりと世間知らずの姫宮なのにどこか頭が上らない。小さな怠慢やごまかしはできるが、大きな悪事は気味が悪くてできない。かくてその後宮は和やかに、適度の居心地よいいいかげんさを保ちつつ、長期間の運営に耐えうるのである。

4

しかし、時代の波はのどかな女院御所をもゆるがさずには置かぬ。治承四年以仁王挙兵の時、猶子とした以仁王子の引渡しを求めて平家の武士が御所を包囲、暲子は気丈に引渡しを拒んだが踏み込んでの家探しに及ばれ、已むなく王子を渡さざるを得なかった。晩年には以仁王女・式子内親王・九条良輔・春華門院ら猶子への所領相続の臆測をめぐって、関係者間に呪詛云々の暗いうわさも立ったが、それに惑わされず最終的に所領を分散させなかった事は、前述の通りである。

寿永二年(一一八三)八月、安徳天皇西国蒙塵のあとを受けての皇位継承の議に当り、明日十八日最終決定の前夜の暲子と後白河院の会話を、『たまきはる』はいみじくも記録している。


「御位はいかに」

「高倉の院の四の宮」

「木曾は腹立ち候ふまじきか」

「木曾は何とか知らん。あれは筋の絶えにしかば。これは絶えぬ上に、よき事の三つありて」

「三つは何事」

「四つにならせ給ふ。朔旦の年の位。この二つは鳥羽の院、四の宮はまろが例」

簡潔なやりとりに、親密な兄妹の密談の緊張、切迫した息づかいまで聞えて来る。翌日卜筮を取り直してまで後鳥羽擁立の強行を決意している後白河（玉葉）に対し、暲子は核心をつく質問を矢継早に投げかけ、直截な返答を得ている。「日本一の大天狗」後白河と対峙して遜色なく、その深い信頼をかち得て密事を明かされる暲子の姿が彷彿とする記述である。

この記事はさすがに作者も公表を憚り、弟定家の遺文拾集によって幸いにも今日に伝えられた。それにしても新参の身の不案内を逆手《ぎゃくて》に取り、

明日定まらせ給ふと聞えて……、院渡らせおはしますとて人々は立ち退けど、分きて立てられずはおぼつかなき事や聞くと、さかしく憎き心の中に思ひて、言ふかひなく心なき人になり果てて、

この秘事を盗み聞いた作者の才覚はあっぱれと言うほかない。建春門院にひたすら渇仰した少女の、崩後七年の社会体験を経て、したたかな中堅女房に成長した様相がここに知られる。

三　春華門院後宮

1

春華門院昇子内親王は、後鳥羽院第一皇女。母は九条兼実最愛の女、任子（宜秋門院）である。兼実は、源頼朝女大姫・乙姫、後白河院皇女覲子内親王（宣陽門院、母高階栄子）らのライバルを抑えて、建久元年(一一九〇)後鳥羽天皇11歳元服の時19歳の任子を入内立后せしめ、六年後待望の出産を迎えたが、建久六年(一一九五)八月十三日出生したのは

皇女であった。兼実の落胆は深く、加えて七年十一月の政変に失脚、中宮任子も内裏を退出して、ついに皇男子に恵まれずに終った。

誕生の年十二月五日、八条院の猶子として引取られた昇子は、

立テバ光ル、居レバ光ル程ノ、末代上下貴賤ノ女房、カヽル御ミメナシ。御髪《グシ》ナドノヨタケ、サコソトゾ世ニハ言ヒケル。院モアマリナル程ノムスメカナト思シ召シテ、常ニ迎ヘ奉リテ見参ラセテハ、御心ヲユカシ給ヒケリ。（愚管抄　巻六）(4)

という美しい姫宮で、1歳で早くも叙一品、准三宮。承元二年（一二〇八）八月八日、14歳で春宮順徳天皇准母として皇后に冊立。三年春華門院の院号を蒙り、建暦元年（一二一一）十一月八日、六月崩の八条院のあとを追うように崩じた。わずか17歳であった。

2

生後間もなくから八条院御所で育った春華門院であってみれば、その「後宮」という程個性ある集団があるわけではない。しかし八条院出仕後すでに十三年、39歳の老練女房になっていた健御前は、八条院の信任を得て昇子の養育に当ることになった。

何事にか、人に過ぎて物の先に立てられ参らせ、……御志深き御方の事は、たゞ一人申しも承りもせし。少納言殿失せにし後は、御服、御帳、御几帳などまでも、身に合はぬ宮仕へをも承りて言ひ掟てし後は、まことに

こそ日も時も違はざりしか。新御堂供養、后立ちなどの程、事はさばかり多かりしかど、年頃のやうにさがり、事欠けたることなかりき。
さすがに若き人〳〵あまた参り集りて、外々の今めかしき事も聞き伝へ、片端見など、心ばかりは羨ましく、好ましくなど思ひ合はれたれば、古き尼の心には見習はぬ事も多かり。又障子一つが隔てなれど、さすがこの御方のまゝにもなし。

若女房達の今めかしさ、軽薄さにいささか眉をひそめつつも、「日も時も違は」ず、「さがり、事欠けたることな」く、同居とは言え障子一つの隔てで、八条院後宮の締りなさとは一線を劃する後宮気風を作り上げたと自負している。

とは言うものの、ここがまたむずかしい所である。

御湯参らせ、御髪垂れ参らせなどせしより、身の行方も知らず、夜とてしばし打ちまどろむことなく、御殿籠りたる程は、御乳を参らせんと、御乳の人の飽きたげに思ひたるまで言ひそゝき、昼になりぬれば、露の事も危ふからじと片時もおぼつかなく、言ふかひなき我が目放ち参らせんは、後めたくおぼつかなく……、

とまで献身されては、同役の者はやりきれない。乳母民部卿をはじめ、誰一人昇子のため悪しかれと思う者はいないのに、他に人もないようにこうまで露骨に振舞われては心穏かでは居られない。小紛糾はしばしばあったと推測されるが、『明月記』[5]建久十年（一一九九、正治元年）正月十一日条によれば、この時ついに民部卿と大衝突を起す。

退盧女房戸部宗頼卿妻、又虚言狂乱言語道断事等出来云々、黄門女房、任㆓此間事㆒又参宮、喧嘩口舌甚無㆑由宦仕也、

民部卿は建春門院御所での旧同僚、同車の時は作者を上座にし、隔てなくうららかに交際した按察使殿である。不和の直接原因は、作者が民部卿に罵言を放っているという或る人の中傷にあり、その憤激も無理のない事でもあったかと、後年定家は述懐している。

後年漸々伝㆓聞此事㆒、彼戸部局猶不㆑過事乎、或不善之人恣吐㆓悪言㆒、黄門罵㆓辱戸部㆒之由、書㆓書状㆒送㆓戸部㆒之間、夫妻共発㆓悪心㆒云々、可㆑謂㆓道理㆒歟、其故於㆓長公主㆒至極不忠者、彼御方存㆑忠寓直之人為㆑令㆓退出㆒所㆑廻之秘計云々、

複数の人間のかかわる貴人の養育の場合、奉仕者間の牽制が働いて養君の教育方針の一貫性が期し難い。そのもどかしさに、一人差出る形になった作者は、結局養育係から外される事になる。作者43歳、昇子5歳。

しかし昇子は作者を慕い、作者は陰ながら昇子を教え導いて、理想的な姫宮に育て上げた。

ありがたう美しう、人に似ず生ひ出でさせおはしましし嬉しさを、見さし参らするやうにて、思ひの外に情なかりし世の中を、たゞ御心ばかりの通ひと、この御方の御志の嬉しさばかりに、変らず見参らせしに心を慰めて、人間《ひとま》には何事も申し知らせ、なめげなれど心の及ぶ限り教へ参らせし事を、露も違へおはしまさず、いかなる人の申す事も、先づ忍びて召して仰せ言あり合せし御うつくしさの、賢《さか》しからず、不覚ならず、まさなか

らず、故由《ゆえよし》も人に過ぎて限りなかりし御有様も、なべて御物づゝみにもて隠させおはしましたりし御もてなしの、この世に類あるべうも見えさせおはしまさざりし美しさを……

「賢しからず」以下は、やがて長ずれば八条院の、すべてを知りつつ知らず顔を作り、些事にこだわらず大局のみを抑えて動じない、内親王の最高の儀容に至るべき、得難い美質である。しかし昇子はその実を結ぶにははるかに遠く、未だ蕾のままに散った。

3

白玉の袖よりほかに乱れにし夢にまどひて消えなましかば

早く、まだ養育係であった頃見た夢。幼い昇子を抱き歩くうち、いつか水晶の玉と化し、取り落して砕け散ってしまった。凶夢として案じたものの、側近から外された事件の予兆であったかと後には得心してやり過したのに、建暦元年六月八条院崩後、再び見た夢には、同じように抱き歩く昇子が、今度は美しい唐猫になっていた。不安に胸轟き、心の及ぶ程は私的に祈禱させなどするうち、十月末から昇子不例。作者は生母宜秋門院はじめ「あなたこなたへくる〳〵と参り歩き」、加持祈禱、加療の必要を訴えるが誰も取り合わない。

実は貴人の病は、大きく取沙汰するのは不吉で失礼との観念があり、本人も周囲の迷惑を顧慮して辛抱強く我慢するのがたしなみと教育されていて、治療は手遅れになりやすいのである。作者自身、外部に向けては病状を強調するが、昇子本人に対しては励ましの気持もこめて、

「や、いかゞせんずる」と仰せ言ありし事の度々ありしを、「たゞ例ならぬ程はさこそおぼえ候へ」など、ことなきやうにのみ申し……、

昇子もこれに応じて、

霜月になりては立たせおはします事のなかりしを、……「御前には、ゆゝしく御心劣りのせさせおはします。さまでの御事も候はぬに、などかく、え立たせおはしまさぬ」と申ししを、六日のつとめても、御障子の御あとへ出でさせおはしますとて、やをらゐぎりて御覧じ合せて、「心劣りの事」とてうち笑ませおはしましたりし恋しさの、たゞこれ程の事も数々に、いかにせん〳〵と、心を砕く事のみ尽きせぬなり。

上﨟に立とうとして立てず、作者を見てけなげにも「心劣りの事」とにっこりしたという。おっとりと品高く、しかし自ら律することきびしく育てられた内親王の典型がここにある。翌七日夜病状急変、八日晩崩。

花の散り露の消ゆるも程ぞある夢にまどひし曙の空

作者の悲嘆、察するに余るところである。

4

春華門院は女として生れたがために、外祖父兼実に落胆を味わわせ、八条院後継者として皇室領護持の役割を期

待されながら、思いもよらぬ早世でその任も果せずに終った。しかしその美しくも愛らしい笑顔は、健御前の筆に生き生きと描きとどめられ、内親王の飾らぬ日常の一こまを今に伝えている。

御朝寝《あさい》ある日は、御殿籠り過ぐすもしづ心なさに、参りては、雪も降らぬに「あなゆゝしの雪や。いくら積りぬらん」とて御格子をはづせば、眠《ねぶ》たげなる御声にて、「まことか、こゝあ《みカ》み」と仰せ言ありしかば、「なでうそら事をか申し候はん」とて、御格子上げたれば、御覧じて「あな、そら事や」とて笑ませおはしましたりし御寝くたれの恋しきに、またかきくらし、目も見えず。

12歳から55歳、四十四年間に及ぶ健御前の女房生活はここに終った。悲嘆と長年の心身の疲れゆえか、翌建暦二年(一二一二)七月以降重病、死を覚悟して八月六日から八日にかけ所領の処分を遺言し、九日には悲しみ泣く人々を病室外に退けて専心念仏を称え、往生を待った。しかし次第に軽快、一命を取り止めている(明月記)。建保四年(一二一六)60歳。その前後から「六十路の夢」と観ずる一生三度の女院奉仕の思い出の筆を取り、書き集めた草稿を取捨整理して、同七年(一二一九)三月三日、『たまきはる』本編清書の筆を止めた。63歳になっていた。以後の消息は伝えられない。

没年未詳、従来は『明月記』安貞元年(一二二七)十一月十六日条、「存外寿考、不レ図迎二六十七年一、兄弟十余人之中、七十之齢纔二人、餘算幾日乎、」および寛喜二年(一二三〇)九月十三日条、「連枝十餘輩、六角尼上之外不レ満二七十一」の記事を根拠に、おそらく嘉禄二年(一二二六)70歳を迎える以前に死去、更に言えば建保七年以後約六年間の『明月記』欠巻年代に死去かと考えられていた。しかし私は、『拾遺愚草』下、無常部所収、承久元年六月八条院忌日蓮花心院参詣時の、定家と旧八条院女房との唱和、一連八首(一八七一~七八)を分析、これを健御前悼歌と位置づけ、すなわち建保七年（四月十二日改元、承久元年）三月三日『たまきはる』擱筆後、同年六月までの間に没したもの、享年63歳と推定した。詳しくは『宮廷女流文学読解考 中世編』（平11）所収「『たまきはる』考察 二、健御前没年考」を参照されたい。

没後、本編と、別に書き捨ての反古とが発見され、「切れ〳〵散〳〵」の反古の中から弟定家が「選び集めて書き写」した遺文が、本編とともに今日に残った。筆を改めて、この特異な作品成立の所以と、その意義を述べて終ろう。

四 成立と意義

1

たまきはる命をあだに聞きしかど君恋ひわぶる年は経にけり

この冒頭歌の「君」と、続く序段の「恋しき御面影」の人とに、建春門院をあてるか、春華門院をあてるかの二説がある。たしかに、

なほ弥生の空、あたりも匂ふばかりなる桜ばかりや、大方の事ざまにも思ひよそふれど、さしも程なき色を分きし御名の恨めしきにつけても、さすがに思ひ捨つまじき心地して、……うつろふ程なき風の情なさも、見し夢に変らず。

あぢきなきその名ばかりを形見にてながむる花も散るぞ悲しき

としめくくられる序段前半は、「さしも程なき色」なる、「あぢきなき」短命の「春の花」、桜を女院号とする「春華門院」追慕と見るのが至当と思われる。にもかかわらず、「弥生の空、あたりも匂ふばかりなる桜」とはどうしても、初々しくあえかな春華門院のイメージではなく、本編の五分の四を費して描かれた、優艶華麗な建春門院のイメージである。「色を分きし御名」も「桜と『春の華』の名を分けた」の意とともに、「桜が象徴する『春』の名を、共に早世の建春門院と分けた」とも解せる。そのあたりの研究史と主題論は、今関敏子『中世日記文学論考』（昭62）・同『仮名日記文学論』（平25）の各「たまきはる」論に詳しい。

冒頭詠に続く述懐、

あるかなきかの身の果てに、時の間も思ひしづめむ方なき悲しさの、身に余りぬる果て〳〵は、まことに忍びもあへぬ、うつし心もなき心地すれど、数ふれば長らへにける程も心憂し。

は、誰が読んでも、17歳まで育て上げた姫宮を思いもかけず失い、自らも大病を患いながら生き残って、人の世の不条理に心惑いつつこの作品をまとめ上げようとしている、63歳の健御前のものである。八条院の崩も周年ではあるが、長寿の上とあきらめはつく。建春門院の崩は四十三年の昔であり、追憶の悲しみは新たであっても、その涙を含めて思い出はすでに浄化され、甘美なものとなっている。本作品制作の直接動機が春華門院の崩にある事は明らかであろう。

ではそれならなぜ、大半を建春門院記事が占め、序段にすらそのイメージが色濃く反映する形で、この本編が成立したのであろうか。

2

女房日記は常に、「主君讃美」の意図をもって書かれる。[6] 本来、後宮の事柄は大小によらず口外しないのが、宮仕え人の鉄則である。それは主君に対し、自己の職務に対し、また同僚一同に対する礼節であり、主君の側に要求される「一視同仁」に対応する自己規制である。古今を問わず、貴人の生活は下々の「聞かまほしうする」もの。たとえ賞賛の意であれ、口軽く外部に漏らす事は職業人の道義に反する。それが例外的に許され、今日に残る女房日記として書写し伝えられるのは、主題となる主君が格別に優秀で、我人ともに語り伝えずには居られないと認識された場合である。しかもその執筆はほとんど、当の主君の死去、あるいは自己の退下により心ならず奉仕が打切られたのち、その喪失感を梃子として開始されている。

三人の主君にそれぞれ長年月仕え、そのすべてに死別した健御前の場合、執筆に至る喪失感と表現願望とは、どのように作用したであろうか。

喪失の衝撃の最も甚だしかったのは、春華門院の崩であったに違いない。当時はそれを歌文に綴るなど以ての外で、ひたすら悲嘆に沈んだあまり病を得、九死に一生を得ての療養中次第に筆を取る気持になったであろう事、定家の奥書に「老病之後狂事歟」と言う通りであろう。おそらく最初は本編末尾に見るような哀傷歌に心中を吐露し、ついで春華門院の思い出に筆を進めたものの、あまりの辛さに断片の幾分かを成すのみで挫折したのではなかろうか。――この年になってこんな悲しみを味わわなければならない。私の一生は一体何だったのだろうか――。その時、彼女の心に新たな意味を持って明るく甦ったのは、建春門院奉仕の若き日であった。

春華門院を陰に陽に教育しつつ、健御前がひそかに心に期したのは、八条院のような内親王らしい鷹揚さを保ちつつ、建春門院のような完璧な後宮を経営する女院としてこの姫宮の人格を玉成する事であったろう。その期待の夢と消えた今、彼女にできる事は少女の記憶にありありと残る理想の後宮を紙碑として建立し、「片端をだにその世を見ぬ人」に語り伝える事であった。すでに大半は故人となった昔の事ゆえ、個人名もあげるに抵抗なく、再びなつかしいその世を生きる思いで筆を運んだであろう。

華麗な中に規律正しい建春門院後宮を今に思い浮べる時、これと対極的な八条院後宮ののどかさ、その主の、すべてを承知しつつ放任して動ぜぬ中に、大局は掌握してゆるがぬ器の大きさをも、改めて恋しく回想する。そしてその女院に信任されて姫宮の養育を託されながら、事志と違って不本意に終った無念さ、にもかかわらず最後まで自分を慕い、教えに素直に従った姫宮のいとしさに、更に胸迫るものがある。少しづつ書き進めながら、辛いながらに悲しみは浄化されて行ったに違いない。

しかし八条院・春華門院関係にはまだ在世者も多々あり、不用意に人名は出せぬ。まして少女時代夢見心地の奉仕とは異なり、同僚との葛藤、養育係としての挫折など、女房として沈黙を守らねばならぬ事はあまりに多い。建春門院時代のように細々とは語れないのである。それでも最も書き残したい春華門院病中の言動、自分一人凶事の予感を受け、八方手を尽くしたが誰にも正当に認めてもらえなかった苦衷は、心に秘めがたくて辛うじて筆にはしたものの、最終的に他見を憚って切り捨てた。後鳥羽践祚にかかわる秘事や、八条院臨終奉仕の記も同じ理由で割愛。建春門院世盛りの今様合せ・鵯合せの記事も、理想の後宮規範を語る趣旨からはやや逸脱するとして削られたか。

かくて、健御前自身の編纂にかかる本編は成立した。春華門院追慕を強い制作動機としながら、結果的には建春門院賛歌が主軸となり、対比的、付随的に八条院・春華門院が語られる、ために序段の対象人物にも二様の解釈がなされるという、特異な形の作品となった所以である。

完成後間もなく没した健御前は、しかし、反古にした草稿を廃棄はしなかった。そして、没後本編とともにそれらの書き捨てを発見した定家は、姉の心を深く汲み、「切れ〳〵散〳〵、選び集めて書き写」し、部分的には「殊有レ憚、早可㆓破却㆒」とすら指示しつつも、破却する事なく今日に伝えたのである。

3

もし本編のみをもって世に伝えられたら、『たまきはる』はどのように理解され、評価されたであろうか。きらびやかな衣裳挿絵つきの後宮女房心得、程度にしか受取られなかったのではなかろうか。定家によって編纂された「遺文」あってこそ、後代の読者は作者の制作意図を正しく知る事ができるのである。その意味で、この日記は健御前と定家の合作とも言える特異な作品である。

本編末尾の哀傷歌群の解説ともいうべき形で、遺文冒頭には春華門院早世の予知夢、それに起因する病中の作者の懸念、無関心な周囲との葛藤、病苦に耐える女院のけなげさが綿々と語られ、本編では禁欲的にしか述べられなかった深甚な悲傷のよって来たるところを明らかにしている。ついで、夢語りの縁でか、八条院初参を最後に途切れた建春門院の夢の話。八条院の許での、皇位決定の生々しいスクープと、同院の愛顧。再び建春門院時代の朝覲行幸、今様合せ、鶉合せの華やかさから、平清宗の幼少時を介して平氏没落の感慨。哀傷の思いは八条院崩御時の奉仕の記につながり、中陰過ぎ、久々の春華門院祇候。そしてその健在であった頃の、「御ねくたれ」をめぐるたわいない戯れと、崩後供養の果ての日の悲歌を巻尾に配して、定家は姉の遺文のまとめとしている。

もとよりこの排列が、各断片執筆当時の作者の意図する所であったわけではなかろう。本編の一部のつもりで書きかけてはみたが、何等かの意味で中止した反古の集積にすぎないとも言える。しかし「切れ〳〵散〳〵、選び集めて書き写」した時、定家に何等かの文学的批評選択意識、構成意識が働かなかったとは考えられない。機械的に三女院を時代順に並べるような形でなく、雑然たる反古集成と見せつつ、上述のようなそれとない連環をほのめかせ、姉の最も語りたかった三女院との心の交流、その信任の程を、春華門院追悼の大枠の中ににじみ出させている、と見るのは、あまりの深読みであろうか。

今関が『中世日記文学論考』P.84に、

作者の採択しなかった草稿すべてを、後人が集めたか否かは不明であり、この意味でも、奥書以降を含めた「たまきはる」全体を完結態と見做すのは危険である。奥書以降は、作者の採択しなかった草稿であり、あくまでも作者の意図、主題の読みとりの参考になり得るものとして扱うべきであろう。

とするのも一つの立場であるが、遺文としてまとめられたのは不採択の草稿中から定家の眼を通して拾われたものであり、故人の遺作に文反古から増補を加えるような処置を取り得たのは、弟定家以外にあり得ないであろう状況を考えれば、本編と遺文とを併せた『たまきはる』を、健御前作、定家補綴の一作品と見てこれを味わう事もあながち不当ではあるまい。本編と遺文とを見くらべて、健御前が女房としてのたしなみから、何を書き残すべきでないとして本編から除外したかを知る事は、当時の女房一般の心構えを知る一助ともなろう。また反古の中からあえて定家が採択した部分の、本編にまさる文学性を味わう事は、定家の健御前理解の深さと彼の文学者魂とを髣髴とさせ、その人間像に新たな厚みを加える事にもなるかも知れない。

特異な日記文学、『たまきはる』の語りかけるものは、華麗な女房衣裳や宮廷行事のみではない。三女院はじめその中に生きた人々の心情、職業人たる作者の誠意と自負、補綴に見る定家の愛情。多面的な意味内容を持つ、個性的な女房日記として、より深く味わう価値ある作品であろう。

【注】

(1) 本文は中島悦次校注「岩波文庫」による。但し表記・句読点等は私意により改めた部分がある。以下の引用諸資料も同様。

（2）岩佐『宮廷女流文学読解考　中世編』（平11）「『たまきはる』考察　一　「女房名寄せ」の意味するもの」参照。

（3）本文は板橋倫行校註「朝日古典全書」による。

（4）本文は丸山二郎校註「岩波文庫」による。

（5）本文は国書刊行会本による。

（6）宮崎荘平『女房日記の論理と構造』（平8）「序章「女房日記」とは何か」参照。

『弁内侍日記』の「五節」

一　女流文学中の「五節」概観

十一月の新嘗会に伴う五節豊明節会は、数ある宮廷年中行事中でも屈指の大儀である。『枕草子』では八六段「宮の五節いださせ給に」に、装束の華やかさや、女房にただならず戯れる実方の風雅が語られ、八八段「内は、五節の比こそ」に、直衣ぬぎたれて局の前渡りをする殿上人らの歌声が描写される。『紫式部日記』では舞姫・童女・かしづき・下仕らの、白昼公然と品定めされ、また時には当人らがそれに迎合さえする生態に、我が身と思い合せて心を痛める作者独特の批判精神が吐露されるなど、正負いずれにせよ宮廷女流の深い関心の的となっている。しかし『源氏物語』で五節の盛大さを描くのは「少女」の巻のみ、それも夕霧と惟光女の幼い恋を介して、源氏と筑紫の五節の古い恋を回想するにとどまり、「幻」「総角」の両巻ではともに愛する人を失う悲しみを一入そそるべく、はるか遠くこの宮廷の盛儀が対置される。『讃岐典侍日記』では鳥羽幼帝代始めの大嘗会準備に湧き立つ周囲をよそに、堀河帝在世時のなつかしい五節前後の思い出にふける作者の姿がある。

以上、中古女流諸作品に見るそのあり方は、いずれも行事のために行事を描くのでなく、それぞれの人生の中の五節の姿が個性的に浮び上る、すぐれた筆であるが、それだけに五節行事そのものの詳細忠実な再現とは言えないのは当然である。中古盛時においては、五節はたしかに華やかな行事ではあるが、年々に繰返される「例の事」であり、読者にはそのイメージは説明の要もなく浮ぶものゆえ、臨時に催されるさまざまの賀儀、造仏供養・行幸の盛大さにくらべれば、わざわざ細部までを特記するには当らぬと考えられたのであろうか。『栄花物語』には一三回程の五節記事があるが、巻八「初花」に、『紫式部日記』と同じ折のそれを、日記に多くを依拠しつつ詳記するのが目立つのみで、他は概ね簡略に「今年は五節のみこそは有様けざやかに」（巻三）、「五節のいそぎしののしる」（巻二七）の如くである。

中世に入ると、『建礼門院右京大夫集』に平家世盛りの五節の櫛請いの事、および後年出仕した後鳥羽宮廷で郢曲「白薄様」の声を聞き、往時をしのぶ詠がある。『たまきはる』では五節が装束替えや賜物の一つの目安となるほか、

> 五節の淵酔に、殿上人ひとわたり舞いて、「又何ごとがな」と言ひしところに、公卿座の御簾下ろして、男たちの物見る中に、資賢も隠れゐて、「濃染紙の紙、巻き上げの筆」と、うそに吹き出だしたるを、まこ《（ママ）》の殿上人、末に受け取りて謡ひしをこそ、大人たち、いみじき事に言ひ思へりしか。

という思い出、また承安三年五月二日の鵯合せに、「五節の装束にて、打衣など出だ」す装飾の趣向が話題となり、来るべき『弁内侍日記』の五節享受の先駆をなすが如くである。『とはずがたり』[1]には小弓の負けわざに亀山院皇女を舞姫に仕立て、

> 上﨟女房たち、童、下仕へに成て、帳台の試みあり。又、公卿厚褄にて、殿上人、六位肩脱ぎ、北の陣を渡る。

便女、雑仕が景気など残るなく、露台の乱舞、御前の召し、おもしろくとも言ふはかりなかりしを、

とこれも『弁内侍日記』に似寄りの記事がある。『中務内侍日記』には伏見帝大嘗会のそれが描かれるが、作者自身、主基方女工所預りたる自己の任務に心を奪われがちで、詳記には至らない。ただ、

その後、御前の召。朝所の南面の広廂に、殿上人参りて舞ひののしる。物の真似などをするに、何をもよく相する新参召し出だしたれば、馬をよく相して、「この御馬は笠驚きやし侍らん」と申せば、「いしく相したり」とて、しう人(マヽ)、「我が身相せよ」と言ふに、「上は何事もめでたく渡らせ給に、常に御傘驚きや候らん」と相したりしもおかし。

という記事があり、五節の「物のまね」の一つのあり方が示されている。

女流日記の掉尾、『竹むきが記』(2)に至って、ほとんどはじめて、と言ってよいように、御禊行幸にはじまる光厳帝大嘗会諸儀が日を追って詳記され、舞姫参入・帳台の出御・殿上人の淵酔・御前の試・童御覧・五節所御覧・院宮推参・豊明節会と、五節行事の全行程が提示される。

丑の日は帳台の出御なり。御指貫を奉る御下紐、御褄を出さる。舞姫、台に昇る。御覧あり。殿上人、北の廊にてびんたゝらうたふ。横雲白む程に、返入らせ給。両貫首宗兼・頼教御供なり。

のように几帳面な筆致ではあるが、待望の天皇即位と実家日野家の舞姫献進の喜びは、

五節所御覧侍に、里のに、打乱の笛に薄様敷きて、櫛どもつみ入れて、二階の下にかくし置けるを御覧じつけさせ給て、いみじう興ぜさせ給。制を固くせられて、櫛沙汰もなかりしを、無念なるとて、忍びて置かせ侍し也。

という抑制された自讃記事にも知られよう。

二　当記「五節」の様相

こうした諸作の中にあって、異彩を放っているのが『弁内侍日記』の五節記事である。同記には寛元四年から建長三年までの六年間に、九回、一四段にわたって五節関係の記事があるが、うち五回の本儀に対し、四回は五節のまねの遊びである。そして全体を通じて、五節の主眼なる舞姫関係の記事よりも、殿上の淵酔、御前の召の出し歌や乱舞に強い関心が寄せられている所に、独自の特色がある。これによって、先行中古諸作や有職故実書、男性日記からはうかがい知る事のできない五節の一面――年に一度の、羽目をはずした風流、無礼講の芸づくしと、その楽しさに年一度ではあきたりない芸達者の面々の、大人気《おとなげ》ない「五節ごっこ」の有様を、手に取るように知ることができるのである。以下、玉井幸助『弁内侍日記新注』（昭41増訂版）の章段名によって、順次検討して行くことにしよう[3]。

1　寛元四年（一二四六）十一月

二〇　官庁へ行幸・二二　宮の淵酔・二五　高御座・二六　有明の月

後深草帝、４歳の大嘗会五節である。「帳台の試」（二〇）「節会」（二五）「童昇り、露台の乱舞、御前の召」（二六）の行事名があげられるが、格別それらの具体的描写はなく、「二二　宮の淵酔」に、

寅の日は、宮の御方の淵酔なり。夜も更けにしかば、御所も御夜にならせおはしましたりしが、白薄様の声に御目さまして、又出でさせおはします。おのおの立ちて舞ひ給ふ。右大将実基三度、大宮大納言公相五度、万里小路大納言公基四度。右兵衛督有資出し歌なり。

と、母大宮院の許で眠ってしまった新帝が、派手な歌声に目覚めて再出御、といういとけない姿を記すほかは、以後活躍する歌舞の名手達の名を紹介するだけである。代始めと言い、日記も発足間もなく、幾分控えめな筆致である。

2　宝治元年（一二四七）三月五日

三九　五節のまね

本段・次段には早速、楽しい「五節ごっこ」の実況が繰り広げられる。

三月九日、左衛門督実藤夜番に参り給ひて、今宵は宿を通すべき由ありしに、衛門督通成も参りたる由聞かせおはしまして、「何事にでも面白からん事なくては本意なし」とて、「殿上に誰々か候ふ、少々召して参るべき」由、有資卿うけたまはりて、公忠、公保、通世、隆経やうの人々参りて、五節のまね、乱舞など果てて、左衛門督、霊山み山の五葉松、左衛門督、兵衛督付歌、面白しともおろかなり。「今夜の名残をとどめばや」と人々

ありければ、弁内侍、

いつはりの事しもいかが忘るべき豊の明は時ぞともなし

郢曲の名手室町実藤が「今夜は通しで宿直いたしましょう」とやって来た上、中院通成も参上、好機逸すべからずとばかり五節のまねを提唱したのは、摂政実経であろう。5歳の天皇は出座してもおそらく間もなく就寝し、あとは廷臣らの咽喉自慢が心ゆくまで続けられたに違いない。「霊山み山の五葉松　竹葉《ちくは》なりとぞ人は言ふ　我も見る竹葉なりとも折り持て来《こ》　閨のかざしに磨ささむ[4]」。うたう綾小路有資は「鈴虫」と異名をとった美声である。「豊の明は時ぞともなし」の作者の讃嘆も尤もである。

3　同年五月四日

四七　記録所の行幸

五月四日、記録所の行幸なり。大宮大納言、万里小路大納言、左衛門督、右兵衛督、頭中将雅家、公保、資保、通世。例の五節のまねせさせて御覧ず。物言ひて舞ふべき曲、仰言あれば、大宮大納言、衣冠にてめづらしき姿とおぼしたるにや、「内蔵頭隆行」とて立ち給ふ。万里小路、「あはれさやけき月かな」、左衛門督、万歳楽、右衛門督、「左衛門の陣より参らむや、右衛門の陣より参らむや」と例の美しき声にて、何事も聞きどころありてめでたし。

院の御所に設置された政務処理機関、「記録所」に行幸するという名目で父院を訪問された天皇を歓待のため、後嵯峨院主催の遊びで、当然前回より盛大である。「物言ひて舞ふ」とは五節独特の歌舞。『綾小路俊量卿記』に若干の歌詞が伝わるが(5)、多くは滑稽な詞句を即興的に作り、面白おかしく舞う。『平家物語』殿上の闇討の「伊勢瓶子はすがめなりけり」の類である。大宮大納言公相は西国寺公経孫、実氏男。すぐれた音楽家でことに琵琶の名手である。殿上淵酔の郢曲乱舞は殿上人の領分、ましていささか品下れる「物言ひの舞」には、公卿はいかに堪能でも立つものではないのであろう。そこで衣冠の軽装を幸い、わざと蔵人の名乗りをして立ち、一同を喜ばせたのである。万歳楽は淵酔に必ず行われるが(6)、「あはれさやけき月かな」「左衛門の陣より参らむや」はともに全詞章は未詳。右衛門督は右兵衛督の誤りで、「例の美しき声」の持主、有資であろう。

4　同年十一月

七〇　五節・七一　節会

これは五節本儀であるが、淵酔の記事はない。七〇段では帳台の試、五節所行幸、童御覧を簡明に描くが、中でも、

寅の日、月いと明《あか》きに、五節所へ行幸なりしに、摂政殿参らせ給ふ。左大臣殿近衛殿御供に参らせ給ひたりしが、御分とて出だされたりし櫛を、御懐に入るる由にて、さながら御袖の下より落させ給ひし御事がら、言ひ知らず見え給ひしかば、弁内侍、

霜こほる露の玉にもあらなくに袖にたまらぬ夜半の挿櫛

の一節が美しい。五節所には諸方から贈られた風流の櫛（その数奇をこらした趣向の一端は『明月記』建暦二年十一月十二日、

嘉禄二年十一月十四日条にしのばれる）が飾られ、訪問者に分与される。それをさりげなく下位者に譲り与えるための、貴人兼平の洗練されたとりなし。これが当時の宮廷文化の粋である。七一段では節会に南殿東階に進み出て諸臣の入場を招く内侍の晴の役を勤めた作者が、

節会は十八日なれば、月いと明《あか》かりしに、召しに進みて侍りし御階の月、忘れがたき由、中納言典侍殿に申し出でて、弁内侍髪上の衣、雪の下の紅梅、

雪の下の梅の匂ひも袖さえて進む御階に月を見しかな

と、前引『俊量卿記』所収物云舞の歌詞の一つ、「つい立て　見たれば　御階の月の　明さよ」を引いて、その感動をうたっている。

5　同年十二月（?）二十四日

七四　記録所行幸

何月かは不明、おそらく十二月。四七段と同様の機会に、ここでもいずれ劣らぬ芸達者が「例の、さまざま面白き御遊びども」をつくす中で、

少将内侍、「左衛門督の箏の音、なほすぐれて聞ゆる」由申して、

柏木の葉守といへる神も聞けその箏の音に心ひかずは

「五節のまねの出し歌はなほまさりてこそ」とて、弁内侍、

箏の音に心はひかず柏木の葉に吹く風の声ぞ身にしむ

実藤の箏と、おそらく有資の「五節のまねの出し歌」の優劣が争われる。ここでは必ずしも五節全般のまね遊びではなく、一般的な管絃の中での一つの興でもあったろうか。

6　建長元年(一二四九)十二月

一〇二　冷泉殿の五節

宝治三年二月一日、閑院内裏炎上、皇居は富小路殿に移り、三月十八日建長と改元。この年の五節は内裏手狭のため、近くの冷泉万里小路殿で行われた。

月はくまなくていと面白し。両貫首基具・公保、ことなる人々なれば、后町の乱舞などもことに栄えありてぞ見え侍りし。女院の御方の淵酔、寅の日なり。四條大納言、女房たち誘ひて、御帳の後よりはつかにのぞきて侍りしこそ、いと面白かりしか。閑院大納言たちは更なり、いと興ありて侍りしに、内大臣殿二条殿御子、いかにはやし奉れどもうるはしくも立ち給はざりしに、右兵衛督有資、「白鷺こそしらはへのぞくなれ」と拍子をあげてはやしたりしかば、差扇して立ち給ひたりし御事柄、ことによく見え給ひしかば、弁内侍、

白鷺はいかなる色のためしにて立ち舞ふ袖の影なびくらん

院宮をめぐる公卿の淵酔では、多才な閑院流大納言(公相・公基等)達が身分を忘れて舞い興ずる中で、内大臣徳大寺実基だけがいくらはやし立てても乱舞に立たない。そこで有資が一調子高く「白鷺こそ　しらはへをのぞくなれ

しらぬくわじやのしないの　わらうらをのぞくなれ　やれことうとう」[7]とうたったら、すらりと立って扇をかざして舞った。その面白さを、作者は内大臣の異称「影なびく星」にかけて、巧みにたたえている。

なお五節ではないが、「一〇六　殿上淵酔」は、翌建長二年正月三日節会のそれを記す。「此の度は除目に貫首もあがると聞えしかば……ことに忠つくすべき由」の沙汰を受けて、蔵人勤仕の名残に、頭基具、公保が十度ばかりも舞った。前引「霊山み山」と、「思ひの津に　船の寄れかし　星のまぎれに　おして参らう　やれことうとう」[8]の二郢曲が奏でられ、弁内侍はそれらの歌詞を引いて、

乱れつつうたふ竹葉《ちくは》の松の色に千代の影そふ今日の盃
しばし待て立ち寄る波にこととはむ思ひの津にぞ船呼ばふなる

とうたっている。

7　建長二年（一二五〇）

一二一　もののまね

これは本記に珍しい長文で、8歳になった天皇を遊びの中で教育すべく、女房らが節会・臨時の祭の次第を演じて見せる条である。五節関係は後半三分の一ほどの部分、

按察典侍殿は、「いかにも各の中にては出し歌も乱舞も手をつくし侍るべし。異なる人々御参りあらむには叶ふまじき」由、かねてよくよく申させ給ひて、ことにこだれて勤め給ひき。近習の人々、御所へ御参りあるは、皆

交はり給ふ。万里小路大納言などは、長押の下の一間より袖さし出だして、「かうか、かうか」など、よく舞はせ給ひしもをかし。又五節のまねに、宮内卿典侍殿、出し歌せらるべきにて侍りし折しも、左衛門督参り給ひたりしに、只今はいかにも叶ふまじげにて、大方声も出だし給はぬを、按察三位殿、「これぱかりはことわりにこそ」と申させ給ひしも、げにをかし。あまり遅くなりつつ、その座もすみて侍りしに、左衛門督もちとはをかしげに思ひてぞ立ち給ひにし、いといとをかしくて、心のうちに、弁内侍、

聞きはやす白薄様の折からはいかがいふべき巻上の筆

「内々でならいくらでも腕をふるいましょう、でもおなじみのない方がいらしては……」と念を押した上で熱演する按察典侍。大納言公基は、自分の役廻りを演ずる女房にあまり変な舞い方をされては沽券にかかわるとばかり、物陰から袖だけ出してコーチする。出し歌の折しも名手実藤の参上に、鼻白んで声も出せぬ宮内卿典侍と、やや白けたその場の空気を察知し、心得ず妙な顔で退出する実藤。「白薄様　濃染紙の紙　巻上げの筆　巴かいたる筆の軸やれことうとう[9]」の歌詞を巧みに使い、筆を「結ふ」を「いかが言ふ」にとりなした歌の機知とともに、作者の筆はますます冴えてくる。

8　同年十一月

一二四　五節のしつらひ・一二五　御前の召し

一二四段には里内裏に臨時にしつらえる露台、押出しの衣の美しさなどを記す。一二五段の御前の召しの実況が面白い。

十九日、節会・露台の乱舞など果てて、御前の召、常よりもいと面白し。物言ひての舞には、左頭中将為氏、「六位や候ふ、さし油せよ」、右頭中将実久うちながめて頬杖《かほづゑ》きて、「豊の明は曇らざりけり」と為氏が方見やり見やり詠めたりし、をかし。経忠は、衣被《きぬかづき》並び居たるを見て、「ここの程はしろしろ」、又束帯の人々見やりて「あしこの程はくろくろ」とぞ言ひし。伊基は「ていつていは誰が名ぞ」。刑部卿と聞ゆる天骨者、こは□正くわんより次第に言ひ続けて、「十月は十□れしに舞ひ給ふ、まして宗教が舞はざらめやは、舞はざらめやは」とて、折れこだれ、身をなきになして舞ひたりし、不思議にをかしく、興あり。経定「むばらこきの下には、鼬《いたち》笛吹く、猿奏づ」、ことに面白く聞えき。物のまねに、為氏、実久、経定、伊長、為教、経忠、伊基、皆群れ立ちて、「荒田に生ふる富《とび》草の花」面白く歌ひて、田植のまねしたりし、何にもすぐれてことに面白く見え侍りしかば、弁内侍、

　君が代になびかぬ人はあらじかし風になみよる小田の早苗は

物見の衣被の中に、両貫首を見て、

　ちうのばんはしとぞ見ゆる両貫首

といふ連歌をしたりけん、いとをかし。少将内侍、付くべき由聞えければ、

　目に立つものと人や見るらん

と付けたりけり。

為氏、実久のかけ合い、経忠の即興など、詳細は不明ながら「物言ひの舞」の面白さの一端は想像できよう。「ていつてい」「十月は」は歌詞不詳だが、天性のタレント（天骨者）宗教の大サービスぶりはほほえましい。経定は「むばらこきの下には鼬笛吹く　猿奏づ　蝗まろは　拍子打つ　きりぎりすは　鉦鼓打つ[10]」を節面白くうたい、のちに

犬猿の仲となる歌人為氏、為教兄弟も、皆立ち並んで「荒田に生ふる　富草の花　手に摘み入れて　宮へ参らん」[11]の田植のまね。衣被までこれに浮かれて誹諧連歌をやりとりするという、まるで洛中洛外図屏風にでも画かれそうな、開放的な宮廷生活の一面の活写である。

9　建長三年（一二五一）十一月

　一四七　五節の頃

火災後再建成った閑院内裏、初の五節である。日記も末尾近く、欠脱部分の多いのは残念であるが、玉井氏説および私見[12]により、□中に仮に補いつつ示す。

五節は十六日よりはじまる。月いと面白し。てうちやうとて、名高く聞ゆる天骨者も侍りしかば、ことに興あり。面猿楽などは、むねのり程の事はなし。辰の日、節会など果てて、露台の乱舞に御所も仁寿殿へ入らせおはしまし、右大将殿御供、両貫首顕方・親頼、手をつくす。（人名あるか）小忌にて、日蔭の糸を露台の柱に結びつけて、解きかねて、引きかなぐりて参りたりしこそことに興ありて見え侍りしか。果てぬれば、御前の召しもことに面白く侍りき。物のまね、さるがう、頭中将・頭弁・経定・経忠・伊基・ただすけなど「たうたうなる笛竹、この秋津洲へ流れこし」と次第をとりてはやし侍りしに、宗雅、竹になりて、伏して次第に流れ来るまねして侍りし、いとおかしく見え侍りき。又同じ人々、我が君の代祝へと仰せごとあるに、蓬莱の山築き出ださんと、「千代に一度居る塵の」といふ歌をうたひて、「いく代の塵の積りてか山になるらん」といふに、宗雅の山になりて、次第次第に立ち上がり立ち上がりして、築き出だして、はやさせて、うるはしく立ちて、「長生不死の薬は」と言ふ。

立派に新設された露台で踊り狂ううち、柱の金具に冠の日蔭の糸が引っかかり、進退谷《きわ》まったという椿事。御前の召しの物のまねの、「たうたうなる笛竹」は、「唐《もろこし》たうなる笛竹」の誤写で、「もろこし唐なる笛竹は　いかでかここまでは揺られ来《こ》し　ことよき風に誘はれて　多くの波をこそ分け来しか」(13)の類歌であろう。「□度居る塵の」は、「君が代は千代に一度居る塵の白雲かかる山になるまで」（後拾遺四四九、嘉言）に依拠した郢曲と思われ、一同の唱和の中で、竹になり、山になりする宗雅の、面白おかしい当てぶりから、すっくと立って蓬莱山になり、長生不死の薬に寄せて御代長久を寿ぐまで、作者の筆は七百五十年前の宮廷の無邪気な賀宴を描きつくして、余す所がない。

本記は以後ますます欠脱部分を増して、結局「一七五　院の御所より」を最後に、惜しくも以下を散逸してしまうのであるが、その一七五段には院の御所から女房らに櫛を賜わったらしい記述があり、或いはこれが建長四年（一二五二）五節にかかわる段かとも思われる。結局、『弁内侍日記』は作者が母の喪で出仕せず、従って日記を記していない宝治二年（一二四八）を除き、後深草朝前半の全五節を記録するとともに、日常の楽しい「五節ごっこ」をも活写して、中世宮廷人の五節享受の実態を、まざまざと後世に伝えていてくれるのである。

三　当記五節享受の意義

宮廷女流の散文作品の中で、なぜ『弁内侍日記』だけが、こうした特異な五節享受の様相を見せているのだろうか。

中古、政治社会の中心は言うまでもなく宮廷にあった。現実の政柄は天皇よりも摂関に握られ、幼帝践祚も間々見られるにしても、女子を後宮に納れて自らと血のつながる天皇を確保しようとする外戚政治の必要上、天皇は少くとも皇子をもうけ得る年齢に達するまでは在位して居らねばならぬ。しかも妊娠・男子出産はいかなる権力者にも左右できぬ運まかせであり、万一の僥倖を願って女子を進める上級廷臣らの思わくによって後宮は繁栄する。そこに集う近臣女房の華やかな恋愛遊戯も、宮廷に欠かせぬ風雅として天皇に嘉賞される。そのような空気の中で、五節の舞姫進献は女子宮廷出仕の好機として、進献者も力を入れ、天皇廷臣側はこれを、舞姫のみならず童・下仕まで、扇を置かせてまともに顔を見、月旦しうる公認のチャンスとして歓迎、五節行事の主眼としたのではなかろうか。

ところが院政期に入ると、天皇の年齢は著しく低下し、七十二代白河から北朝三代崇光まで二十八代中、30歳以上の在位者僅か四名、20～25歳での退位者一〇名、それ以下の年齢での退位者一〇名に及ぶ。(14) 院政と武家勢力の伸長によって摂関は棚上げされ、外戚を目途とする後宮経営のうまみもなくなった。しかし実権はなくとも、物心つかぬ幼帝であろうとも、天皇の主催する宮廷は存続されねばならぬ。院の権力がいかに強くとも、上皇は「ただ人」であり、五節のような内裏行事に出座する事はできぬ。とはいうものの、異性への興味も芽生えず、まして後宮恋愛遊戯を喜ぶ風雅もない幼帝の許では、舞姫進献も形さえ整えばまずよしとなろう。代って五節の楽しみの前面に押し出されて来るのが、廷臣らが活躍する露台の乱舞、御前の召、殿上・公卿の淵酔である。

古来、音楽は地下の専門家のみならず、高級廷臣の志ある者にも行われてはいた。しかし堀河朝から後白河朝に至り、天皇・摂関をはじめ諸廷臣間に玄人はだしの音楽家が輩出し、宮廷音楽は儀式楽から民間の俗謡までを取入れて、未曾有の活況を呈するに至った。(15) そうした風潮の中で、年に一度、内裏において公然と酔い戯れ、歌い舞い、悪ふざけをつくす事を許される五節の乱舞郢曲・淵酔が、行事の本筋である舞姫関係諸儀以上に期待すべき享受対象となって、宮廷人の関心を集めたのであろう。

わけても『弁内侍日記』の時代は、後嵯峨院政と鎌倉執権政治の蜜月時代とも言うべく、宝治合戦の余波の小波濫以外はほぼ平穏に経過した。4歳から11歳の後深草天皇を擁する内裏生活は、摂政一条実経・近衛兼経の差配と、太政大臣西園寺実氏の後見のもと、廷臣女房は、型通りの公事を故実作法に従って無難に処理する外は、格別に尽瘁すべき要務もなかった。気楽と言えば気楽だが、努力献身を嘉《よみ》せられる事への期待もできぬ幼帝奉仕は物足りなくもあったであろう。そこに、公認の芸づくし、無礼講の場である五節淵酔と、幼帝に宮廷行事の次第を会得させるという大義名分を持つ「五節ごっこ」が、内裏生活にアクセントをつけ、活気を呼びおこす、恰好の催しとなっていた事は想像に難くない。『弁内侍日記』に特徴的な、実際の行事と「ごっこ」とが相拮抗する程の、楽しい五節享受記事の存在は、このように考えたら納得できるのではなかろうか。続く『中務内侍日記』五節では伏見天皇24歳、『竹むきが記』五節では光厳天皇20歳。皇統対立から後醍醐帝配流という時代で、後深草宮廷の和やかさとは雰囲気も異なる上、音楽的にも当代の華やかさには程遠いものとなっていたであろう事、『文机談』の記述などからも推測されるのである。

四　喜劇性の意義

『弁内侍日記』の五節および「五節ごっこ」記事のみを抜き出して味わう事により、一度二度の通読では見えて来にくい本記の長所がより鮮明になって来ようかと思われる。語られるのはいつも同じ淵酔乱舞、またそのまね遊び。形容語は「をかし」「おもしろし」「めでたし」「めづらし」。登場人物もほとんど変らない。にもかかわらず、各回ごとに生き生きと情景が浮かび、同じようでありながら同じでない、その時その時の印象が、抑制された筆の運びの中にくっきりと描き出されている。ちりばめられた郢曲の詞章がまた鮮やかな臨場感を誘い、これによってはじめて知られる歌謡の断片、当座即興芸の生態など、歌謡・芸能享受史上にも資する所大きいであろう。そして何より、はるか後代の我々読者を古えの宮廷に誘い、衣被の群れにまじって大内の風雅をかいま見、楽しむ思いを味わわせてくれる効果は絶大である。

日記文学というと、犀利な自己分析、深刻な内的葛藤、切実な心情告白が期待され、本記のごときはそれらから最も遠い作品として、その文学性に疑問が投げかけられて来た長い研究史がある。近年、次第に見直しが進められ、軽く明るい文面の底に秘められた執筆意図への洞察も深められて来ているが[16]、それもあまりにその一方に深化し過ぎると、本記の特色を殺してしまうような気がする。読者は作者に本記を成さしめた時代の危機感、作者の使命感等に十分意を用いつつも、機知とユーモアの文学としての本記の文学性を、もっと大らかに楽しみ、評価してもよいのではないか。実際、上掲五節関係の段のみに限って見ても、年々の同一行事を、これだけの短章の中で、一つ一つに変化をつけつつ、しかも、基本的な歯切れのよいトーンを一貫させて、十回近くの繰返しを少しもあきさせず、軽く面白く書きあげている筆の力は並々ならぬものである。悲劇的、深刻な文学精神のみにとらわれず、喜劇的、軽快な文学精神が生み出す文章表現の価値にも、研究者は眼を向けていただきたい。『弁内侍日記』はそのような視点に答え得る、女流日記中随一の作品である。七百五十年の昔に、かくも健康で前向きな女流文学者がおり、はっきりとした意志をもってかくもユニークな文体を創造し、かくも上品で明るい笑いの文学を成したという事は、大袈裟な言い方をあえてすれば、世界に誇ってもよいとすら私は考えるのである。

なお、五節の歌舞に関しては『綾小路俊量卿記』「五節間郢曲事」（天理図書館蔵綾小路家旧蔵本、『群書類従』巻九〇）の存在が著名であるが、他にこれとも関連する好資料として、同一内容を持つ二伝本、『郢曲』（京都大学附属図書館寄託菊亭家本、徳江元正「中世歌謡の享受」『文学・語学』72、昭49・8）・『朗詠注秘抄』（上野学園日本音楽資料室蔵綾小路家旧蔵本、福島和夫「宮廷宴会の歌謡譜集」『梁塵』1、昭58・12）所収の「乱拍子」がある。本記に一部を引かれた郢曲の全詞章を知り得る貴重な資料であるが、それのみならず、資料論文の全体を通じて中世宮廷の歌舞の場の様相を想像する事ができる。特に徳江論には本記への言及や、「物言ひての舞」の性格の考察もある。参照していただきたい。

【注】

（1）本文は三角洋一『とはずがたり　たまきはる』（岩波「新日本古典文学大系」平6）による。

（2）本文は岩佐『中世日記紀行集』（岩波「新日本古典文学大系」平2）による。

（3）章段名は玉井『新注』に従う。

（4）「五節間郢曲事」、今様。

（5）同右、物云舞。「千代に万代　かさなるは　鶴のむれゐる　亀岡」等、一三章句を載せる。

（6）同右、「丑日帳台出御」以下すべての行事に奏せられ、「自下臈乱舞」。

（7）「乱拍子」、五節寅日、「白さぎびんたたらは公卿の淵酔にこれを拍す」。

（8）「五節間郢曲事」、思之津。「乱拍子」、寅日、「思の津は御前の召文所々の推参の時まいり音声にこれを拍す」。

（9）同右、白薄様。「乱拍子」、五節寅日、「白薄様は御前の召の時乱舞にこれを拍す」。

（10）『體源鈔』十ノ下、風俗、雑芸。

（11）「乱拍子」、五節寅日。『體源鈔』十ノ下、風俗。

（12）岩佐『弁内侍日記』欠字考」（『日記文学研究』第一集、平5・5）、『宮廷女流日記文学読解考　中世編』（笠間書院、平11）

（13）『古今目録抄』、料紙今様、管絃。新間進一編『続日本歌謡集成』巻一（昭39）。

（14）岩佐「天皇の一生と女房日記文学」（『国文鶴見』25、平2・12）、『宮廷女流日記文学読解考　総論・中古編』（笠間書院、平11）

（15）その様相は『梁塵秘抄口伝集』『文机談』等に知られる。

（16）阿部真弓「『弁内侍日記』の描く栄枯と無常感――宝治元年章段の構想をめぐって」『待兼山論叢』平7・12）・今関敏子「『弁内侍日記』に於ける「今日（けふ）」――聖なる時空への讃美」（『国文』平8・7）、『仮名日記文学論』（笠間書院、平25）等。

よとせの秋——中務内侍日記注釈訂正

『中務内侍日記』には、上巻一一〜一三段、下巻二八段、三一段と、三回にわたって伏見天皇の西園寺北山殿行幸啓の記事がある。うち下巻二者は、弘安十年十二月二十五日、十一年二月十三日と年次が明確であるが、上巻の三段にわたる春宮時代行啓は、年次に疑問が存する。

すなわち、本記は序に当る第一段に続き、二段以後は弘安三年以降、年月日を明示しつつ進行、八段、八年三月十七日に至る。次の九段は時日を記さぬものの、前段までの関連記事として理解できる。ところが一〇段になると、

又弘安七年の年、遠き所に忍びて物に籠り侍るに、年頃浅からず申しかはしたる人、なくなりて年もあまた隔たりぬるに……

と、年次を逆転した回想が挿入され、そのまま一一段の冒頭、

七月五日、北山殿に行啓なる。

と続いて行く。このため、行啓年次は弘安七年とも八年とも取れる形になっている。

この催しは七月五日から二十一日に至る長期滞在で、しかも後深草院も同時に御幸、持明院統君臣の歓を尽くした遊楽であったにもかかわらず、他の現存資料類においては弘安七年・八年ともに記すところがない。すなわち『公衡公記』はこの両年の記を欠き、『勘仲記』『実躬卿記』は七年七月記はあるものの該当記事なく、八年七月記は欠けている。『続史愚抄』は七年七月五日に「一院幸二北山第一、春宮同行啓、倶為二御逗留一」、同二十一日に「本院春宮自二北山殿一還御」と記すも、依拠資料としては『中務内侍日記』を挙げるのみである。玉井幸助『中務内侍日記新注増訂版』（昭41・11）では「続史愚抄によって、この段のことを弘安七年とする」とし、青木経雄「中務内侍日記」（『中世日記紀行文学全評釈集成　第五巻』平16・12）では、格別の論なく、年表弘安七年の項に掲げる。

私はかねてこの行啓年次を決めかねていたが、下巻四二段、正応元年（弘安十一年四月二十八日改元）七月七日条に春宮時代の北山行啓をなつかしんで、

薫物《たきもの》の更けし煙の末までもよとせの秋はあはれなりしを　（権大納言典侍）

げにやげにいつも星合の空なれどよとせの秋はあはれなりしを　（中務内侍）

の贈答のある事を根拠として、『校訂中務内侍日記全注釈』（平18・1）の一一段〔補説〕に、

本記の叙述は第八段が弘安八年三月、第一〇段が弘安七年と逆転しており、本段は七年とも八年とも取れる。諸記録に当っても不明で、『続史愚抄』に七年とするも、根拠は本記のみである。しかし、正応元年七月七日記事（四二段）にこの御遊を回顧して「四年《とせ》の秋」と言っており、逆算すれば弘安七年と見てよかろう。

と記しておいた（「よとせ」は『全注釈』では漢字に改めたが、今は底本原型により仮名書きとする）。

ところが、別府節子「鎌倉時代後期の古筆切資料――京極派を中心に」（『出光美術館研究紀要』11、平18・1、『和歌と仮名のかたち』笠間書院、平25所収）に、新出の「実兼集切」（出光美術館蔵　手鑑『聯珠筆林』所収）一葉が紹介された。本文は次の通りである。、

弘安八年七月廿一日　東宮行啓北山之

時当座五十首祝

きみかよをなにゝたとへん八百日ゆく
はまのまさこもなをためしあり
わか齢松にもなをしすきてこそ
ちとせとまてもかそふへらなれ

すなわちこれこそは端的に、『中務内侍日記』の春宮北山殿行啓記事が弘安七年ではなく八年であることの証ではなかろうか。

もとより七年・八年ともに北山殿行啓があったとも言えようが、日付の一致と言い、当座五十首を催すほどに時間的余裕ある滞在であったらしい事と言い、更にもし二年続けて時を違えずにこの事があったとすれば、『中務内侍日記』に何等かの言及があって然るべきであろうから、この断簡の出現をもって従来の解釈を改め、日記の時間的な流れは八段の弘安八年三月十七日から一一～一三段、同年七月五日～二十一日北山殿行啓、更に一四段、七月末から八月初の春宮瘧病、一五段、九月の尼崎紀行と自然に推移して行くものと考えてよかろう。その中間に位置す

る二つの章段は、九段は八段末の妻を失った三位経資への同情から連想された、父を失った少将への慰問、一〇段はそこから派生した、前年秋の知人遺跡訪問の感懐で、ともに（特に後者は）時系列から思わず逸脱したエピソードと見るべきである。

その場合、前引四二段「よとせの秋」との不整合は如何、弘安八年なら正応元（弘安十一）年から見て「みとせの秋」ではないか、との疑問が残る。しかしこれは、現代的常識の落し穴であるらしい。

きわめて卑近な例であるが、不幸のあった場合、葬儀の翌年の法事は「一周忌」であるのに、二年目の法事は「三周忌」である。「なぜ？ 一周忌じゃないの？」と母親に質問し、「亡くなった年も入れて三年目よ」と説明されて半信半疑、という幼い思い出は、誰にもあろう。更に言えば、戦前の年齢の数え方はいわゆる「数え年」で、生れた年から数える——従って同一年なら一月一日生れも十二月三十一日生れも「同《おな》い年」の1歳であり、次の年の正月が来ると、生後満一年も生後一日も等しく「2歳」になる（それではかわいそうだというので年末生れはわざと翌年一月生れとして出生届を出す事も行われた）という事を誰も疑わなかった。「よとせの秋」は過去に向う逆算であるが考え方はこれと等しく、当年を勘定に入れてそこから遡る——すなわち三年前の秋が「よとせの秋」なのである。

古典注釈の困難さには種々の要素がある。見るからに難解な単語や言いまわしは、それなりに注意して辞書に当り、文法を考えるであろう。しかし一見平易な表現でも、古人と現代人の感性の差、思考習慣の相違によって、作者の思いもよらぬ誤解釈を後人が行い、誰も怪しまぬままにそれが通説としてまかり通ってしまう事がある。(注) 現代人の常識が必ずしも古人の常識とは限らない事を十分に意識しつつ、先入観を捨てて解釈に当らねばならない。

及ばずながらこうした事を信条としつつ、諸古典の注釈に当って来たつもりであった。しかし、今回の年次比定では、相当程度の疑問は抱きつつも、現代的常識による「よとせの秋」の解釈によって、誤った注釈を行ってしまった。別府氏の実兼集切紹介がなかったら、おそらくそのままに過ぎてしまったであろう。ここに注釈の訂正を行い、右の教示に深く感謝する次第である。

なお一三段によれば、七月二十日夜半から二十一日早暁にかけて、春宮は北山第の外苑「野上」での観月、苑池での舟遊びを楽しみ、やがて、

明け果てぬれば入らせ給ひて、やがてそのまゝながら御会あり。

とある。この「御会」がすなわち実兼集切詞書に言うところの「当座五十首」会であろう。春宮はなおこの日も後深草院の「暮るゝ程」に還御されるのを見送ったのち、「御名残あかず」、舟遊び、野上の月見に興じ、更けてようやく還御。続く一四段によればその後間もなく瘧病に苦しむが、八月に入り、やや軽快する頃を見はからっての実兼の贈歌、

今かゝる心にもなほ忘られず野上の道の今朝の曙

に対し、

今思へばまことや今日にてありしかな野上の松の夜の明けし色

と返歌している。両者にとって忘れ難い遊楽であり、特に実兼においては「集切」の詠歌と併せて、瘧病騒ぎで軽々に忘れ去られては困る、忠勤のデモンストレーションであった事が知られる。かたがた興味深く、夢のような望み

ではあるが、実兼集切を含め、この当座五十首会の参加者誰彼の詠歌が断片なりとも出現する事を期待するものである。

【注】

＊後段「そりゃ聞えませせぬ」参照。

『実躬卿記』ところどころ

1

文永九年正月、後嵯峨院が重病により亀山殿へ御幸の折、持参させた煎薬が、途中でいざ服用、という時に一滴もなくなっていた、という怪異は、『とはずがたり』『五代帝王物語』に記され、更にこれらによって『増鏡』に描かれて甚だ有名である。ところが『実躬卿記』嘉元三年、亀山院御悩にかかわる記事中に、次のような秘話がある。

七月十九日　参二常磐井殿一。御悩御不快之間、明後日廿一日可レ有三渡二御亀山殿一之由被二仰出一。長途臨幸御窮屈之基、定有二御増気一歟、医師等殊雖二申止一、可レ有二御滅一○者、仮一旦雖レ有二御窮屈之儀一始終不レ可レ依レ其、真実又可レ及二御大事一者、御幸不レ可レ叶於二京御所一及二御大事一之条、可レ為二生前之御遺恨一。

前年崩御の後深草院も伏見殿で終焉を迎えたいと希望されたが、周囲の者が長途を気づかってためらったために富小路殿で事切れられ、甚だ遺恨であった、自分は是が非でも亀山殿へ移って死にたい、と仰せられるので、やむを得ず御幸と決した。

七月廿一日　丑剋着二布衣一白襖参二常磐井殿一。御幸殊被レ忩之故也。（中略）寅終頭出御、（中略）卯終剋着二御亀山殿一。抑、中御門大宮・常葉於二両所一被レ聞二召御煎物一入二御水瓶一、次辰王持レ之召。忠氏朝臣（中略）取レ之、予陪膳。而無二御器物一。以二御杓一可レ被二聞召一之旨雖レ被二仰下一、太可レ無レ便、即為二用意一坏一懐二中之一、且雖レ有二其恐一、懐中之外無二方便一、是杯ヲ取出進上。以外快然、有二叡感之気一、思寄令二随身一之條、○可レ謂二随分之高名一。如レ此之時為レ後も尤可レ有二斟酌一者哉。

途中で煎薬を服用しようとされた所、器の用意がない。院は苛立って、柄杓から直接飲むと言われる。そこでひそかに懐中していた坏を取出して、賤しい懐に入れておりまして失礼ではございますが、とお役に立てた所、以ての外お喜びいただいた、という。

兼又供奉人数輩之中、予・忠氏依二別勅一候二後騎一、実可レ謂二面白一、且定有下被二思食入一之旨上歟。後嵯峨院文永十一《(マゝ)》年正月○《依二》御悩大事一御二幸此亀山殿一之時、経任卿干時師中納言依二別勅一候二後騎一。且為二彼御奉行一、用二意御煎物一。応レ召之時、御煎物雖二一流一無レ之、无下之不思儀也。其時彼卿重愛無双之物也、然而其度遂以崩御。今度被二思食合一之趣者最彼御幸也。応二人数一、為二本意一之処、剰候二後騎一、畏存之処、随二身御坏一高名、御悩御平減ノ喜衰《瑞》、殊以所二悦存一也。（中略）長途渡御、定有二御窮屈一歟之由、上下諸人存レ之、然而聊も無二御窮屈一、且可レ謂二大慶一者歟。

後嵯峨院の折の経任の失敗と思いくらべて、思いの外の高名を喜び、「御悩御平減ノ喜瑞」かとまで考えたが、事はそのようには運ばず、九月十五日院は57歳で崩ぜられた。『実躬卿記』は、

八月廿八日 此間或一日両三度参入退出、無二内外之頼一、御悩之躰相談、落二愁涙一之外無二他事一。

云々と記し、九・十月分を欠いている。

このように面白い記事のある『実躬卿記』が、従来余り活用されぬ事は、勿体ない限りである。

2

三条実躬は文永元年(一二六四)生、文保元年(一三一七)54歳で出家、没年未詳。権大納言公貫男で正二位権大納言に至った。父が左大臣実雄の猶子であった関係であろう、実雄女亀山院皇后京極院の御給で文永二年叙爵、嘉元三年九月亀山院御葬礼に奉仕して素服を賜わっているから、基本的には大覚寺統寄りの廷臣であるが、伏見院の永仁三年蔵人頭、同六年参議、花園院の延慶三年按察使、正和五年権大納言と、持明院統にもよく勤めて報いられている。孫女秀子(公秀女)は光厳院の妃となって崇光・後光厳両院を生み、死の寸前に陽禄門院の院号を受けた。三条西実隆は彼の五世の孫である。先ずは穏健篤実な中堅廷

臣と言えよう。歌人としては「正応五年厳島社頭和歌」「正安三年東二条院七十賀後宴」等に出詠し、『新千載集』以下に五首入集しているものの、伝統的常識的歌風と言うを出ない。

わすれめや六代につかへて春ごとになれし雲井の
花の面かげ
(新続古今、一六四二、花歌の中に)

亀山・後宇多・伏見・後伏見・後二条・花園と、両皇統交立の宮廷で、政争にも与せず誠実に淡々と職務を勤めあげた者の、人知れぬ感懐であろう。

その日記『実躬卿記』(先人記・貫弓記・愚林記)は、自筆原本が尊経閣文庫に二十三巻、宮内庁書陵部に一巻現存、なお武田長兵衛蔵五十一巻があるという。写本も合せ、弘安六(一二八三)～徳治二(一三〇七)年の日次記・別記があり、逸文を含めれば延慶三(一三一〇)年までの記が知られる。今江広道「実躬卿記――嘉元四年五月巻――」(『書陵部紀要』29、昭53・3)「実躬卿記 嘉元四年五月巻 紙背文書」(『古文書研究』12、昭53・10)に詳しい。

弘安～徳治期は、皇位継承をめぐって、持明院大覚寺両統間で、また亀山・後宇多両院間で、深刻な暗闘がくりかえされた時期である。しかも当時の廷臣日記は、『勘仲記』以外甚だ少なく、特に嘉元・徳治期ともなると『実躬卿記』がほとんど唯一の重要資料となって来ること、『続史愚抄』の引く典拠資料名、『国史大辞典』所載「記録年表」等を見ても明らかである。多量の自筆原本はもとより、その紙背文書も当時の貴重な資料であるにもかかわらず、「いろいろな障碍があって」(今江)全文の影印ないし翻刻が実現されないのは、まことに残念なことである。(注)

もう四十年以上も昔になるが、私はこの時代の歌人らの消息が知りたさに、書陵部蔵の二写本(鷹司本、B六――三八九および柳原本、柳――五六五)を、耽読抄写した。実躬は実に篤実勤勉な人で、両皇統によく仕え、西園寺家とも親近し、行事勤務記録だけでなく個人的な人間関係をもまめに記し、その間に自身の感懐を点綴して、当時の公家生活を如実に伝えている。一時期を『実躬卿記』の世界に没入した事は、実に貴重な体験であった。今はもうすっかり忘れ果てて、「アレ、私何でこんな事知ってるの?」と我ながら怪しむ時、そのルーツをたどれば『実躬卿記』、という事は一再ならずあるのである。

3

嘉元・徳治の頃おい、後二条天皇朝は、法皇がお二方(後深草・亀山)、上皇がお三方(後宇多・伏見・後伏見)、女院方も数多く、廷臣らはその間をつかず離れず駆けめぐらなければならない。勿論要領よく怠ける者もいるから、働き者はますます負担が重い。

嘉元三年四月廿日　予、参二常磐井殿《(亀山)》一。取二見参一之後、参二持明院殿一。上皇《(伏見)》出二御寝殿南面一。予・隆政朝臣等祗二候御前一。召次所等、申二御恩事一。以二今年小五月会乗尻事御沙汰之次一申入了。退出之次、向二今出川第一。前右府《(西国寺公衡)》女房、自二昨日一所労之由、医師英成相語之間、為レ訪二此事一也。帰二参常磐井殿一。次参二冨小路殿一新院御所。上皇《(後伏見)》出御之間、祗二候御前一。

ちょっとした一日がこれである。つくづく、ご苦労さまと言いたくなる。

当時、亀山院は西園寺実兼女、公衡妹なる昭訓門院を愛し、その所生恒明親王を未来の皇儲とすべき約を後宇多・伏見両院から取りつけると共に、後見役の公衡を通じ、関東へもその旨申し合せよと命じた。その布石としてか嘉元二、三年の交、亀山・伏見の間が非常に親密になっている状況なども、本記ならでは知られぬ所であろう。両皇統対立と言えば、後代の我々は、ややもすれば廷臣をも含めてまっ二つに割切って考えがちであるが、人間関係の思わくは一筋縄では行かない。上は至尊から下は末輩廷臣に至るまで、人さまざま、その時々の合従連衡策がある。さればとて皆が皆腹黒いわけでもなく、二股膏薬と非難するにも当らない。昔も今も同じ、処世の苦衷なのである。

一皇女の落飾をめぐってすら、さまざまの人生模様が描かれる。

嘉元四年《(徳治元)》九月五日　今日、陽徳門院後深草院御女、御母准后公相公女可レ有㆓御落飾儀㆒（中略）。申剋着㆓直衣㆒下結、参㆓正親町殿㆒正親町以南東洞院以東上長講堂来北裏也、不㆑満㆓町四分一㆒程敷地、旧院被㆓造進㆒之。此間院（伏見）持明院殿遊義門院等御幸、是御落飾儀為㆑被㆓御覧㆒歟、西園寺入道相国（実兼）又参候自㆓御誕生最初㆒奉㆓養育㆒。経守（高倉）卿祗候、毎事催促之。子、此間謁㆓女房㆒、此御事驚申者也。御戒師尊教僧正（中略）。女院春秋十九歳、頗先規希歟。非㆓無常菩提之御志在㆒、今有㆓此事㆒歟、尤可㆑謂㆓賢慮在㆒哉。然而御母儀已下祗候之輩、心中不便、就中予妹三条局自㆓襁褓御中㆒祗候、奉㆓養育㆒、殊被㆑察。今度尤可㆓御共㆒也歟、而禅門（公貫）不㆑可㆑然之由被㆑仰間、不㆑遂㆓其節㆒、定有㆓子細㆒歟、於㆓愚意㆒猶不㆑可㆑然、如何。

わずか19歳、必ずしも「無常菩提之御志」があるわけでもなく出家する皇女。おそらくはその相続した室町院領（正安年九月陽徳門院譲状）等の散佚防止のための、伏見院の「賢慮」でもあろうか。御母准后はじめ女房らの悲しみ、ことにも皇女を襁褓の中から育てた妹、三条局の心中を思いやる実躬は、その殉節出家を諌止した父、公貫の処置を、「定めて子細有るか」と思いつつも、なお納得しかねて首をかしげている。兄の情、思うべきである。

4

歴史上の秘事、日常の些事、それぞれの片言隻句をも逃さず、自己の持合せの貧しい体験と知識を総動員して、記主の人生に懸命に追いすがって行く喜びこそ、日記をひもとく醍醐味である。もっともっと沢山、様々の人の、様々の日記を読みたいと思う。

くりかえして言うが、『実躬卿記』は鎌倉末、両皇統対立期の、歴史・文学資料の宝庫である。自筆原本の所在さえわかっている。どのような「障碍」があるのかは知らないけれど、どうか一日も早く、全文の影印ないし翻刻を公刊していただきたい。勿論原本の状態にもよるが、とりあえずは簡便な紙焼写真程度のものを希望者に頒布していただけるだけでもありがたい。わがままな願いとは知りつつも、この貴重な日記の活用のために各方面の御考慮を切望する次第である。

【注】

＊本稿を「ぐんしょ16」（平4・4）に投稿したのと前後して、『大日本古記録　実躬卿記一　自弘安六年至正応三年』（平3・10）の刊行を見た。以後既刊七巻、全一一巻予定という。まことに喜ばしく、早期の続刊を期待する。

『花園天皇宸記』と『徒然草』

前々から、こんな表題で論文が書けないものかしらとぼんやり考えていたところ、白石大二「花園天皇宸記と徒然草――発想の継承・時代思潮・当代語をめぐって――」（「早稲田大学教育学部学術研究」25、昭50・12）という論文の出たことを承知し、早速通読した。これは副題に掲げられた通り、国語学・国文学の両面にかかわる大きな論で、もとより私の小さな思いつきなどとは全く次元のちがうものであるけれども、それだけにこちらは気が楽になったようで、本誌を拝借し、素人論議をしてみたくなった。白石氏と同じ表題を使うことは失礼で申しわけないが、他に適切な題名も思いうかばぬままおゆるし願いたい。

私のとりあげてみたいと思うのは正和二年九月一日、天皇17歳、在位五年目の宸記である。

九月一日戊子天晴、晩ニ及ンデ天陰降雨、（中略。天皇の父で当時の治世の君である伏見院の近臣、中納言平経親が参って、当日行われた評定の結果を報告した旨の長文の記事がある）今日経親雑談之次《ツイ》デ語リ申シテ云、故二条大納言入道資季卿出家ノ時、故深草院御前ニ召サル、其時子息資高其時名字資行云々手ヲ引テ御前ニ参ルト云々、資季入道徐ロニ参ルノ間、高ラカニ楽府ヲ読ム。御前ニ参ルノ時、玄孫資行二扶ケラレテ殿前ニ参ルト読タリキ云々、又語リ申シテ曰、後深草院仰ニ、閑院、殿上之戸ニ御倚子ヲ立テテオハシマス、其時天井ヲ見上ゲシメ給ヘバ、方ナル穴アキテ有ケリト云々、此事ヲ承テ、云々問答ノ処、結構必ズシテ此ノ穴アルベシト云々是清涼殿ト殿上ノ間ノ造様、力ナクカクノゴトキ穴有ルベキカト云々、尤モ興アル事ナリ、下ノ戸ニモカクノゴトキ穴アルベシト云々、是造内裏ノ物語ノ次デ申ストコロナリ、又資季卿語テ云、柱ノ袋トイフ物、名字ヲ聞クトイヘドモ、未ダ其体ヲ見ズ、而テ不慮ニ絵ニオイテ見出スト云々、如法興ニ入リ

ケリ云々、カクノゴトキ事ヲ記シ置ク事尤モ詮ナシトイヘドモ、何トナク興アルノ間、後見ノタメコレヲ記ス

第一の話は、『徒然草』一三五段「むまのきつりやう云々」の難題で閉口した、おなじみの「資季の大納言入道」が、文永五年出家した時の逸話である。後深草院に召された資季が、息子の資行に手をひかれて御前に出る時、高らかに楽府を読んだというのは、おそらく白楽天の「新楽府」の中の「新豊折臂翁」の冒頭部分であろう。

新豊老翁八十八　頭鬢鬚眉皆似《タリ》レ雪《ニ》
玄孫《ニ》扶《ケラレテ》　向《ッテ》㆓店前《ニ》㆒行《ク》　左臂憑《リ》レ肩《ニ》右臂折《ル》

つまり自分を88の老翁に擬し、「店前」を「殿前」にもじって、「玄孫資行に扶けられて殿前に参る」としゃれたのである。当時資季は62歳、昔のことだから、かなりの老人と見てもよかろうが、その後83歳まで長命した人であってみれば、手をひかれるほど足もとが危かったかどうか。このしゃれが言ってみたさの演技かと疑われなくもない。

第二の話は、同三三段「今の内裏作り出されて」の富小路内裏造営計画が当時進行中だったので、それに因んでの話である。閑院内裏が最後に炎上して失われてしまったのは、後深草天皇が17歳で譲位される数箇月前、正元元年五月二十二日のことであった。つまりこの話は、それ以前のことで、少年後深草天皇が殿上の間の御倚子にすわって公卿僉議か何かの最中、長評定にあきあきしてふと天井を見上げた時、思わぬ所に四角な穴のあいているのを発見したというのだから、今やその祖父と同年輩で、全く同様の繁文縟礼に悩まされている少年花園天皇としては、興味も一入だったことと思われる。一体なぜ御所の天井にそんな穴があいてしまうのか、清涼殿の母屋と殿上の間との接続部分の構造上やむをえないといっても、何も天皇の御倚子の真上に穴のあくような設計にしなくてもよさそうなものである。『大内裏図考証』や、手近にある京都御所の写真や解説書などをあれこれひっくりかえしてみても、一向にわからない。あるいはこれが、『徒然草』の「内裏造

らるるにも、かならず作りはてぬ所を残す事なり」という、その部分に当るのだろうか。どなたかに御示教いただければ幸いである。

それはともあれ、花園天皇はこの翌日こっそり殿上の間へ出て、天井を仰いでみたにちがいない。もっともこの時の御所、二条富小路殿は里内裏だから、こんな穴はないだろうけれど。そしてまた四年後、文保元年に富小路新内裏が完成して遷幸された時にも、やはりほんものの内裏でもう一度、この穴のあるなしをたしかめたのではなかろうか。その結果が果して天皇の好奇心を満足させるものであったかどうか、宸記はそのような消息を全く物語っていないけれども、天皇の性格から推測すれば、そういう探究をしなかったと考える方がむしろ不自然である。

第三の話は、再び資季の数奇譚である。「柱ノ袋」とはどんなものだろうか。後世、調度として柱にかけた「歌袋」というのは、『夫木抄』の為顕の歌、

いたづらに鳴くや蛙の歌袋おろかなる□も思ひ入ればや

（一九三〇、永仁元年楚忽百首）

を典拠としており、古制を伝えたものとは考えかねる。また別に「和歌所の紙袋」というものがあるが（福田秀一「勅撰和歌集の成立過程――主として十三代集について――」「成城学園五十周年記念論文集」昭42・5、『中世和歌史の研究　続篇』岩波書店、平19）、これは勅撰集撰定の折に歌の分類に利用した、今日のカードボックスに当るもので、勅撰事業が頻繁に行われたこの時代、故実に明るい資季がこれを知らぬということはなさそうに思われる。さかのぼって『袋草紙』の題名について言われる「嚢字四義」というのにも、該当しそうなものはない。結局「むまのきつりやう云々」以外の事なら何でも知っていたはずの資季でさえ、かねがね疑問に思っていて、絵の中に発見して驚喜したというほどのものを現代のわれわれが知ろうはずはないので、さがして見つかると思う方がおこがましいと、ガンコおじいさんの資季に叱りとばされるのが落ちなのかもしれない。

ともかく、あの渡辺の聖の所へ「ますほのすすき」の説を聞きにとんで行った登蓮にも似た、このよう

な数奇の精神があればこそ、資季も一三五段のような広言を吐くことができたわけで、具氏に軽くいなされた彼の名誉回復の資料としても、この記事は珍重すべきものである。

これらの話は、それぞれに面白く、和文脈に書き直して『徒然草』の中にソッと挿入しておいたら、新発見の一異本としてもてはやされはしないかというたずら心がおこるほど、イメージも似通っている。けれども、それ以上に私が『徒然草』との関連を興味深く思うのは、最後に記された天皇自身の言葉である。「かくの如き事を記し置く事、尤も詮無しと雖も、何となく興あるの間、後見のためにこれを記す」。これこそ兼好が『徒然草』を書いた基本的な衝動と全く同じ姿勢であり、「随筆」というものの真髄を的確につかんだ定義づけなのではなかろうか。

しかし、この時天皇はたった17歳である。もとより『徒然草』の成立流布以前で、身分柄からしても、天皇は兼好に何等の影響も受けてはいまい。宸記の他の部分に一、二見られるような、後年の書き入れとも考えられない。おそらくこの言葉は、『徒然草』などと関係づけて深読みの解釈をすべきものではないのだろう。天皇の頭の中には、「日記とは専ら公事典例の記録である」という強い固定観念があり、それにもとるような「詮無き」事を記しおくうしろめたさをかくすために、このような言いわけをつけたのだと見る方が妥当であろう。

とはいえ、そうまでして「詮無き」事を書きとめておきたいという、理非を超えた欲求そのものは、17歳の花園天皇でも中年の兼好法師でも変りはあるまい。その点で、やむにやまれぬ欲求を少年らしく率直に表明した宸記のこの一節は、おのずから『徒然草』序段の注釈の形をなし、ひいては「随筆」という文学形態のもっとも原初的なあり方を端的に定義づけている、と、そのように見ることは許されるのではなかろうか。

それにしても、この時代における治世の君ならぬ「少年天皇」の立場――。思えばこれ程「つれづれ」なものはなかろう。宸記に見る、聡明で真面目で神経質な一少年が、友人もなく恋人もなく、繁雑な宮廷儀礼の網目の中にたった一人とじこめられ、否応なしに自分の役割を完璧に果さなければならぬと思いこんで努力している姿は、けなげというにはあまりにもいたましい。そしてその形骸だけの「公務」の余暇をうずめるせめてもの心やりに、「詮無し」と承知の上の聞き書の断片をこうも懇ろに書きとめているその姿を考えると、いとおしさに胸が熱くなってくる。

花園天皇より14歳ほど年上の兼好は、退位に当って、

殿もりのとものみやつこよそにしてはらはぬ庭に花ぞちりしく

と詠んだ天皇に深い同情を表しているけれども、その年若い至尊がこれより五年以前に、すでに自らの文学的姿勢の先蹤をなすような言辞を、その日記の中に自覚的に書きつけていたという事実を、果して想像しえたであろうか。

「つれづれなるままに、日ぐらし硯にむかひて、心にうつりゆくよしなしごとをそこはかとなく書きつくれば、あやしうこそものぐるほしけれ。いでやこの世に生れては、願はしかるべき事こそ多かめれ。みかどの御位はいともかしこし……」。序段から第一段にかけての、誰でも知っているこの行文にかさねて、同じく硯にむかって「詮無き」ことどもを書きとどめている孤独な少年天皇の面影をしのぶ時、兼好自身すら思いいたらなかったかもしれぬ時代のアイロニーが、ほろ苦くうかび上がってくる。このふしぎな暗合を何と説明したらよいのだろうか。諸先生方のお教えをいただきだい。

『花園天皇宸記』読解管見

村田正志編『和譯花園天皇宸記　第一』（平10）の刊行により、さきに史料纂集に入った同宸記の繙読が一層容易となった事はまことに喜ばしい。古文書学にも歴史学にも全く無知な、和歌の一研究者として、四十数年独学で史料大成本により本記を読み解いて来た私としては、多大の学恩に浴し、かつ素人ながらに自分の訓みがどうやら大過ないものであった事を確認し得て、胸を撫でおろしている所である。この上些細な異見を申し述べるのはおこがましい限りではあるが、和歌方面から見ると若干気になる点が無いとは言えないので、失礼を顧みず一、二の私見を挿みたい。

文保元年（一三一七）五月五日、次の記事がある。

晴、関白進菖蒲薬玉、有和哥二首、其躰甚有興、其子細在裏、毎日拝之次歴覧南殿方之間、関白参入、

(裏書)「和哥一首書薄檀帋短冊、副薬玉、件哥云、

宮人今五日頭指、漢女露千世目馴、

又一首、其躰如送文、

進上

水御牧菖蒲

今年五月　　治時云ゝ

懸紙井有立紙、表書云、

進上　右衛門権佐殿、侍所、　治時上云ゝ、

予返哥云、

逢時愛目草情見、今日插頭花色添、

又解文返事、

引移

水御牧菖蒲

右葉植

千年　　賀茂将経、

漢女頗不審之間、進院御所之後、暫思惟之處、思出日本紀呉織《クレハトリ》漢織《アヤハトリ云々》之文、仍読了、即又點給、件哥愚案之旨符合、高名之由所思也、」

関白二条道平が菖蒲・薬玉を進献するに添えて、連句及び送文の体裁で歌を贈り、天皇が同様連句と解文の形で返歌されたという、宮廷生活の風雅のエピソードである。この四首は、『和譯』に次のように解読されている。

(1)宮人の今の五日に頭《かみ》に指す漢女《あやめ》の露も千世の
　目に
　馴る

(2)進上《まいらする》
　水の御牧《みまき》の菖蒲《あやめぐさ》
今年五月の　治時《はるとき》云々

(3)逢ふ時は愛目《あやめ》の草に情《こころ》　見ゆ今日の插頭《かざし》の花に
　色添ふ

(4)引き移す
　水の御牧《みまき》の菖蒲《あやめぐさ》
うは《(姥)》植う
千年《ちとせ》　賀茂将経《かものまさふる》

勿論正しい訓みは道平・天皇各詠者の心中にあるのみで、天皇自身訓み悩んで伏見院に進覧したのち自らも考え、院の訓点との符合を喜んでおられるのであるから、後代の読者に難解なのは已むをえないが、それにしても右の訓みはあまりにも伝統和歌の定石に叶わない。いささか当代詠歌に親しんでいる者として、私に解読を試みれば、

(1)宮人の今の五日《けふ》に頭指《かざ》すなる漢女《あやめ》の露は千世
　も目馴れよ（目馴れむトモ）

(2)進上《こころざし》
　水《みつ》の御牧《みまき》の菖蒲《あやめぐさ》
今年の五月《さつき》　治時《をさまれるよに》云々

(3)時に逢ふ愛目《あやめ》の草に情《なさけ》　見えて今日の插頭《かざし》の花
　ぞ色添ふ

(4)引き移す
　水の御牧の菖蒲
右葉《みぎは》に植ゑば
千年《ちとせ》　賀茂将経《かもへむ》

勿論正解とは言わぬが、これでようやく「当らずと雖も遠からず」とはなり得ようか。

(1)は贈歌の礼として、菖蒲に寄せて天皇の治世長

久を祝う。

(2)は『源順集』巻頭の一首、

五日、菖蒲につけて、あるところにたてまつらせける

進上《こころざし》　深右葉之《ふかきみぎはの》　菖蒲草《あやめぐさ》　千年五月《ちとせのさつき》　五日可刈《いつかかるべき》

にならった戯歌で、「治時」は第五句を人名に擬したもの。『拾遺集』道綱母詠の、

五月五日、小さき飾粽《かざりちまき》を山菅の籠《こ》に入れて、為雅の朝臣の女に心ざすとて

こゝろざし深きみぎはに刈る菰《こも》は千年の五月いつか忘れむ　（一一七二）

も本来は同様の送文の書式であったろうか。

(3)は(1)の祝福を受けて、贈られた「愛目」を賞した挨拶。「情見」は試みに、(2)の「進上《こころざし》　水《み(見)つ》」により、贈者の志＝情が見えて、と解してみた。第三句字余りは、天皇の属する当代京極派和歌の特色の一である。

(4)の「右葉《みぎは》」は(2)に示した「順集」の応用。「千年《ちとせ》賀茂将レ経《かもへむ》」は日付・人名をもじった、作者会心の戯訓であったと察せられる。

肯綮に中ると広言するつもりはさらさら無いが、鎌倉末期宮廷にもなお生きていた、平安盛時の典雅優遊の面影をしのぶよすがともなれば幸いである。

これに先立つこと五年、正和元年(一三一二)九月十五日、京極為兼は南殿において賢所を拝し、心経一巻を廻向の次に一首を詠じた。

天照須日影明見君越護留神于今麻須世者被憑奴

これは、

天照らす日影明らみ君を護る神今にます世は憑まれぬ

と訓まれているが、「明らみ」は歌語として熟さない。「さやけみ」であろうか、如何。

和歌の読解は歴史学上では些事かも知れぬが、より重大な人物比定上の誤りは、当代和歌研究者として是非とも注意を促したい所である。これは史料纂集本第二・第三にかかわる事柄で、『和譯』第一では表面にあらわれないから、続刊される第二・第三での扱いは未詳ながら、既刊で影響力の大きい史料纂

集本により指摘しておく。

　史料纂集本第二・第三——文保三年(一三一九)正月以降の宸記にしばしばあらわれる「女院」に対し、校訂に際し附加された(廣義門院)の人名注記の多くは、「(永福門院)」と訂せらるべきものである。

　文保三年当時、永福門院(伏見院中宮、後伏見院養母、西園寺実兼女)は49歳、廣義門院(後伏見院女御、光厳院生母、西園寺公衡女)は28歳。この両女院が、後伏見院32歳、花園院23歳、量仁親王(光厳院)7歳と共に、持明院殿に相住みし、正中二年(一三二五)まで七年間この状態が続いている。この間の宸記に頻出する「女院」は、時に永福門院、時に廣義門院、稀には伏見院生母玄輝門院その他をさす場合があり、慎重に読み解く必要があるにもかかわらず、各人を指示する明徴が近接部分にない場合、史料纂集本ではかなり機械的に、「(廣義門院)」と比定している。

　たとえば、毎月の三日は伏見院の御月忌で、玄輝門院御所衣笠殿で仏事が行われるが、これに参加される「女院」を、明示のない限り「(廣義門院)」とするのは誤りである。言うまでもなく永福門院は伏見院の正后であり、その御月忌に欠かさず出席される「女院」は永福門院に違いない。

　持明院殿相住み中も、両女院は時に里第を訪問、また相当期間滞在の事もある。永福門院は実兼の北山殿へ、廣義門院は公衡の今小路殿・竹中殿へ。当時の公家階級の居住方式として、結婚後の父子不同居の制は截然たるもので、実兼・公衡父子は本所を異にし、その女の里第もこれに従うから、これによっても両女院は弁別し得る。特に廣義門院は出産や皇子の病で今小路殿に退出される事が多く、その期間の持明院殿における「女院」は永福門院なる事明白である。また元応二年(一三二〇)五月二日、「野宮尼寺長老尊覚参女院《(廣義門院)》御方」の人物比定は、この時、記主花園院が玄輝門院御所衣笠殿に長期滞在中であるからには、「(玄輝門院)」とあるべきである。

　和歌関係の記事において「女院」とあれば、永福門院をさす事は論を俟たぬであろう。元応元年(一三一九)六月二日、「内々哥合、於女院《(廣義門院)》御方有御判、新宰相（中院光忠）同申議、又遣今小路殿申御判」。この「女院」は当時出産後で今小路殿滞在の廣義門院ではあり得ず、伏見院崩、為兼失脚後の京極派長老、永福門院である。またその御判に「議を申し」た「新宰相」も、『玉葉集』以来の女房歌人「伏見院新宰相」（楊梅親忠女）。「遣今小路殿申御判」とは、永福門院とは別に、今小路殿訪問中の後伏見院にも判をお願いした意である。

これ以上の詳論は、『京極派歌人の研究』（昭49）P.270、「永福門院の後半生」に譲るが、宸記、持明院殿相住み記事のいかにも家族的な外見から、現代的な親子夫婦感覚で読解する事は厳に慎むべきである。この時代、廣義門院はまだ若く、時に「新女院」とも呼ばれ、永福門院にくらべてその存在は比較的軽い。「院・女院」と併記され、同車で外出されても、それは後伏見院夫妻であるよりは後伏見院・永福門院である事が多く、「女院・親王」と併記された場合にはほとんど、量仁親王（光厳院）養育に専念した祖母、永福門院をさしているのである。

このように述べるのは、永福門院を研究テーマとする私のえこひいきではない。後年、観応の擾乱に壊滅に瀕した北朝を支えた廣義門院もまた、すぐれた女性であった。しかし、『公卿補任』のような確実な史料を持たぬ女性の人物比定に当っては、当代の政界歌壇の様相、男女を超えた一族の長老の重み、現代とは異なる親子夫婦の生活様式を考え、今少し慎重に事を進めていただきたかった。読者・研究者の思考を束縛、停止させてしまう「活字」の魔力を考えるならば、不明の人物にはあえて比定を行わず、後考にゆだねる事も一つの学問的態度ではなかったろうか。

今後最も多く利用されるであろう、権威ある史料纂集本なり、その『和譯』なるが故に、あえて失礼な批判を行った。ひとえに本記を愛し、その誤りない読解と活用を願うためである。諒とされたい。

【後記】なお右贈答歌の訓みについては、本稿（平成十年）発表後刊行の第三巻（平15）に、正誤を掲げていただいた。「女院」の比定については次章に詳論する。

『花園天皇宸記』の「女院」

一　人物比定上の問題点

『花園天皇宸記』が南北朝前夜の宮廷事情・政治環境・歌壇情勢を知る最高の歴史資料であることは論を俟たない。特にこれが厳密な本文校訂を経、詳細な人名注記と要を摘んだ事項頭書更に和訳を伴って、『史料纂集　花園天皇宸記』第一〜第三（昭57・59・61、村田正志校訂）、『和譯花園天皇宸記』第一〜第三（平10・15、村田正志編）として公刊され、近年東京大学史料編纂所において人名索引データベースも完成して、今後ますます歴史学界にも国文学界にもその資料としての活用度が増大することは疑いを容れない。

しかしここに、当代和歌文学を専攻する私の眼から見て、大きな危惧がある。それは宸記中に頻出する「女院」についての人名注記に疑問がきわめて多く、安易にこれによって説を成すならば、大きな誤りを犯す、という点にある。これについては曽て前掲の一文を発表したが、短章にして詳細をつくし得なかったので、問題を提起した者の責任として、重ねて詳論を公表して大方の検討批判を得たいと願うものである。

宸記は延慶三年（一三一〇）から元弘二年（一三三二）に至る二三年間の記録であるが、「女院」の名称の頻繁にあらわれるのは文保三年（一三一九）から正中二年（一三二五）に至る七年間（史料纂集本第二・第三）であり、問題もそこに集中しているので、その部分に限って述べたい。この部分は、花園天皇が位を後醍醐天皇に譲り、兄後伏見院らと持明院殿に相住みしていた時期の記録である。すなわち後伏見院（33〜38歳）・同妃廣義門院（28〜34歳）・同皇子量仁親王（7〜13歳、のちの光厳院）・花園院（23〜29歳）・伏見院中宮永福門院（49〜55歳）が一殿に同居するという、稀に見る上皇一家の家庭生活をありのままに日々に記した、その意味でも得難い資料であり、それが廣義門院なり永福門院なりを示す「女院」の名称の頻出する所以である。しかも本記の中で「女院」と呼ばれる人物はこの二者にとどまらない。伏見院生母玄輝門院（64〜70歳）もしばしば登場、さらにごく一部ではあるが昭訓門院（西園寺実兼女、永福門院妹、亀山院妃）・昭慶門院（亀山院皇女）・永嘉門院（宗尊親王女、後宇多院妃）をさす場合もある。史料纂集本でこれらの多くを、前後の文脈や生活状況と無関係に「（廣義門院）」と注し、和訳本もこれをすべて踏襲しているのは、大きな誤りである。

もとより、『公卿補任』や『尊卑分脈』で人物比定の比較的容易な男性名とは異なり、そうした資料に乏しい女性名の比定は非常に困難であるに違いない。しかし本宸記の場合、当時の宮廷生活のありよう、人間関係、各人の特性等に眼を配りつつ慎重に読み解くならば、相当程度まで正確な人物比定が可能であろうし、また「女院」の存在がかなりに重要である本宸記の性格に徴しても、この点の読みを詰めておくか否かが、資料としての正しい活用に大きくかかわって来るはずである。

本記当該部分は、前述の通り、当代最高貴皇族の家庭を舞台とする生活日録である。通常の公家日記における、後日の公事執行の参考に備える有職故実的性格よりも、日々の生活の心覚えと随想という、現代の日記にも通ずる私的性格が顕著である。勢い読者は、知らず知らず、現代の核家族的観念をもって本記中の人間関係を解釈してしまうという危険性が多分にあることを、注意せねばなるまい。まして日記の常として、記主は自身にとり自明のことは書かないから、そこに登場する人物の比定には、当時の貴人の日常生活への深い理解が必要である。そしてそれらの知識は、歴史資料よりもむしろ当代の文学作品を通じてこそ得られるものであろう。以下、当代和歌・日記文学研究者として多年本記を読み解いて来た立場から、本記における「女院」比定の問題を検討してみたい。

二　比定根拠要件と実例

1　住宅事情

当代、特に貴人一家においては個人また家族は決して固定した一つの「住宅」でのみ生活してはいない。「家」の表看板である本第のほかに、男性は私的に気を抜くことのできる別邸を持ち、女性は出産や子育てに備える里第を持つ。それも、各自の出自によって異なり、同一家族間でも流用はしない。

本記に即して言えば、家族の本拠である本第、持明院殿の主は後伏見院であるが、同院は別に伏見殿を持って遊楽の場とし、また長講堂の維持管理者としてその所在地六条殿にも時に滞在する。また廣義門院の夫として、その里第今小路殿・竹中殿にはしばしば長期滞在のことがある。

異腹の弟、花園院は別邸を所有しないが、生母顕親門院の姉であり、かつは父伏見院の生母、すなわち自らの祖母でもある玄輝門院の邸、衣笠殿を、別邸に准じて用いている。

後伏見院妃、廣義門院（西園寺公衡女、実兼孫女）は、この七年間に二度の出産があり、かつ皇子らや自身の病等もあって、父公衡邸なる今小路殿にしばしば退出し、また嵯峨の父別邸竹中殿に、後伏見院とともに遊楽を主とする長期滞在をする。

伏見院中宮、後伏見・花園両院の義母、永福門院（西園寺実兼女）は、後伏見院の留守中は本第持明院殿を守ることが多いが、里第としては父実兼の北山西園寺第を用いる。特に文保二年（一三一八）五月一日（本記欠脱部分）に生母従一位顕子が、また元亨二年（一三二二）八月十日に父実兼が没するので、その死や年忌の前後には北山第に長期滞在する。

ここに注意すべきは、永福・廣義両女院はともに西園寺家出身の、叔母姪の関係にあるが、両者は決して里第を混同流用しないことである。当時の公家階級の慣習たる、父夫婦と息子夫婦の不同居の制（高群逸枝『日本婚姻史』昭38、P.178以下参照）により、父とその息男は本第を異にするから、各自の女の里第もこれに従う。永福門院は兄公衡の今小路殿を、廣義門院は祖父実兼の北山第を、それぞれ訪問することはあるけれども、これを里第として長期逗留することはないのである。

これら、家族各自の居所や、持明院殿との出入りの状況は、本記に明確に書かれている場合もあり、前後の状況・文脈を見合わせて推定するより外ない場合もある。しかしこれを慎重に読みとることによってしか、本記内容の正確な把握はなし得ない。たとえば、後伏見院今小路殿滞在中に「院御幸」と記されていれば、それは後伏見院が持明院殿から他所へ幸した意ではなく、今小路殿から記主の在所へ――花園院が持明院殿にいれば持明院殿へ、また衣笠殿滞在中ならば衣笠殿へ幸したということである。また、廣義門院今小路殿滞在中における持明院殿の「女院」は永福門院であり、花園院衣笠殿滞在中における同居の「女院」は玄輝門院である。それらは記主にとり自明のことであり、何の説明も加えていないから、読者は前後の記述に子細に気を配りながら判読して行かねばならない。

このような判読の一例をあげれば、元亨元年（一三二一）四月一日、「有哥合、御幸於女院御方、衆議判」の「女院」に史料纂集本は「（廣義門院）」と傍注、七日「女院御方御風気」に廣義門院病悩の旨の頭書を加え、以下当月に頻出する「女院」には格別の比定を行っていない。しかし三月十六日から後伏見院は今小路殿を御所としている。これは他の諸例から見て廣義門院に帯同しての滞在と思われ、三月二十三日「両院御同車有御幸、於女院御方、有小盃酌事」とあるのも、史料纂集本に前者を「（後伏見上皇・永福門院）」、後者を「（廣義門院）」とするのは誤りで、後伏見・廣義両院が同車で今小路殿から持明院殿に幸し、永福門院御方で小盃酌を行った、と解すべきである。したがって前掲の四月一日記も、後伏見院が持明院殿に幸して永福門院御方で歌合を行った意。七日の「御風気」も（これ以前五日には廣義門院も咳病とはあるが）永福門院のそれであり、五・六・七の毎日後伏見院が今小路殿から持明院殿に幸して永福門院を見舞い、ついに八日には後伏見院単独で今小路殿滞在を打切り、持明院殿に帰った旨が記される。十二日には病悩も減気に属したので、その夜、また十四日、女院（永福門院）御方で文字鏁を行って無聊を慰める。十六日には後伏見・花園両院が中園准后第（後伏見生母藤原経子邸、持明院殿に隣接）に行き、盲目琵琶法師唯心の弾ずる平治・平家の語りを聴聞していたく感銘したため、翌十七日病後で前日不参加の、「女院（永福門院）御方可有御聴聞之間」持明院殿にこの盲目を召し、再度演奏させるのである。このように読んではじめて、居住関係の読み取りに矛盾なく、後伏見院の永福門院に対する心遣いの懇切さも理解されるであろう。特に四月十六日・十七日記は軍記研究の資料として引用されることも多いので、一言注意を促しておきたい。

なお二十五日記、「中務卿宮被参、於寝殿有内鞠、即於東面庭蹴鞠、及晩入内、着大口帰参女院御方、聊有盃酌事」も持明院殿でのことであり、「中務卿宮」は永福門院の甥、恒明親王であるから、これをもてなす「女院」は永福門院をさす。

2　家族関係

本記に記される家族関係はきわめて親密であるため、読者は知らず知らず、現代の核家族の人間関係と重ね合せて考えがちである。しかし当代の親子夫婦関係、ことにも最高貴の上皇女院一家のそれは、現代のものとは大いに異なる。それは貴人ゆえに情愛に欠けるというようなことではなく、当時の慣習として、また将来の治天をめざす持明院統一族として、現代核家族とは異なる様相を呈しているのである。

親子兄弟が常に同居し、母親が最も親しく子女の養育にかかわる現代の常識は、当代にはあてはまらない。廣義門院は応長元年（一三一一）珣子（新室町院）、正和二年（一三一三）量仁（光厳院）、四年（一三一五）景仁（仁悟）、元応元年（一三一九）皇女

（夭折）、元亨元年（一三二一）豊仁（光明院）と、三皇子二皇女を生んでおり、本記に見る各皇子の扱いは次のごとくである。

珣子＝文保三（元応元）年以前叙一品、今小路殿居住。「一品宮」と記載。
量仁＝持明院殿居住。「親王」と記載。
景仁＝今小路殿居住。
皇女＝生後二箇月以後中園第居住、七箇月にて夭折。
豊仁＝生後三箇月以後乳父日野俊光邸居住。

このうち、量仁はまったく未来の春宮扱いで他の皇子らとは別格、母廣義門院には従属せず、その今小路殿退出中も常に持明院殿に居住し、学問教育は叔父花園院に、琵琶等の情操教育は父後伏見院と祖母永福門院によって行われ、外出は永福門院に伴われることが多い。珣子は一品内親王として格は量仁に次ぐが、時折持明院殿に滞在する程度である。景仁はおそらく量仁に万一のことがあった場合の控えの春宮候補で、着袴の儀を同時に行うが、それ以上の厚遇はなく、常に今小路殿に居住する。皇女の居住した中園第は先に述べた准后経子邸で、ここには花園院皇女（元亨三年八月二十八日以下所出、女王）ものちに養われている。豊仁はのちにこそ皇位に即くが、この時点では今小路殿にも置かれず、後伏見院司日野俊光邸に養君として育てられる。以上のような次第であるから、仮に「女院親王」と併記してあっても、その「女院」がはたして廣義門院であるか永福門院であるかは、前後の文脈、特に居住関係を慎重に検討せねば決定できないのである。

家族内の力関係も、現代とは大いに異なる。永福門院をさす「女院」に対し、廣義門院はしばしば「新女院」（「本院」に対する「新院」に同じ。新たに女院号を蒙った意ではない。廣義門院は文保三年より十年以前、延慶二年に院号を得ている）と称されるごとく、持明院統一族の長老としての永福門院の地位は廣義門院よりはるかに高い。元亨二年（一三二二）四月九日以来、後伏見院は花園院に「院中雑務」「長講堂領、抃播磨国已下御領」の管領を委任しようとしたが、花園院は固辞して受けなかった（元亨二年四月九日・正中二年十二月二十九日）。この交渉の窓口となったのは永福門院とその弟覚円僧正、甥の西園寺実衡である。元亨二年四月九日記に「自院御方、以永福門院、被伝仰院中雑務悉可沙汰之由」とあるにもかかわらず、翌十日記「院中雑務事猶固辞之趣、申入女院御方了」の「女院」に、史料纂集本が「（廣義門院）」と傍注を加えているのは誤りとみなさざるを得ない。同三年四月九日記における「於永福門院御方猶申子細」に徴しても、このような院中の重大事に仲介を務めるのは長老永福門院でなければなるまい。

元亨元年九月二十九日、「今日入道相国内々猶申入女院御方之旨有之云々」も史料纂集本は傍注頭書とも廣義門院とするが、前日・翌日の記事を見合わせるに、これは日野俊光関東下向の可否にかかわる議であり、その内容は当時の情勢から見て当然量仁立坊促進に関する重事と推測される。かかる事柄を西園寺実兼が申入れる相手は信頼する長女にして持明院統長老なる永福門院であるべく、まだ若く政治向の発言権を持たぬ孫女廣義門院ではあり得ない。のみならず廣義門院は当時妊娠七箇月で今小路殿滞在中と思われ、十月一日にはその祓のために後伏見・花園両院が同所に赴いている。廣義門院は量仁の生母ではあるが、量仁立坊問題はそのような私情を離れた公の場で議せられているのであり、まして出産という今日とは比較にならぬ女の大事を控えた若い女性をわずらわせることではない。

毎月の三日には衣笠殿で伏見院の月忌（祥月命日は九月三日）が執り行われるが、これに参列の「女院」を史料纂集本が、明徴のない限り「（廣義門院）」と注するのも誤りである。言うまでもなく永福門院は伏見院の正后であり、やむを得ぬ場合以外その月忌には必ず出席するのが当然であろう。同女院は北山第滞在中であっても出席、またその還御を送りがてら両院も北山第を歴覧する等の事例（元応二年六月三日）も散見される。

3　個人事情・特性

個人的な事情なり、その持つ特性なりによって女院名を比定できる例も多い。

元亨四年(一三二四、正中元)三月十九日、「自永嘉門院被仰(割書略)室町院御遺領事」云々の記事があり、翌日にかけ宗尊親王女永嘉門院(後宇多院妃)と花園院との間に室町院領分割につき論争のあったことが知られる。したがってこれを受けた六月二十二日・二十四日の「召女院雑掌」の「女院」は史料纂集本の注する「(廣義門院)」ではなく、永嘉門院である。ただし二十四日「今日猶女院有御発」は二十日以来の廣義門院瘧病記事を受けたものであるから、それぞれに文脈に注意して読み分けなければならない。

元応元年(一三一九)十月二日・元亨元年(一三二一)八月七日・同二年七月十八日の三回、女院御方で石蔵上人が大日経疏を釈する記事がある。これはいずれも廣義門院今小路殿滞在中のことであり、持明院殿における「女院」は永福門院である。天台宗寺門派の一大拠点、洛北石蔵大雲寺は、『竹むきが記』によれば、かねてから永福門院が葬所と定めて置いた寺でもあり、旁たこの「女院」は永福門院をさすに違いない。一方元応二年五月二日・元亨二年五月三日の二回、野宮尼寺長老尊覚が女院御方で念仏法文を談じたとある記事は、いずれも花園院衣笠殿滞在中のことであり、この「女院」は玄輝門院である。玄輝門院は浄土宗に帰依していたこと、元亨二年十月十日記事等でも明らかであり、両女院のそれぞれの信仰のありようが知られるところである。

和歌にかかわる記事に登場する「女院」のほとんどが永福門院である、ということは、永福・廣義両女院の詠歌実績から見て明らかであろう。廣義門院も詠歌しないわけではないが、勅撰入集は『玉葉』四・『続千載』三・『新千載』一の八首のみ。皇子光厳院親撰の『風雅集』には一首もとられていない。『新後撰集』から『新続古今集』まで一五一首入集の永福門院には比すべくもないであろう。元応元年六月二日、「内々哥合、於女院御方有御判、新宰相同申議、又遣今小路殿申御判」の「女院」を史料纂集本が「(廣義門院)」と注するのは誤りで、廣義門院は、この時期出産後で今小路殿滞在、後伏見院もこれに伴っており、持明院殿での歌合に判者を務めるほどの女院は永福門院をおいて他にない。なお「新宰相」を男性と見て「(中院光忠)」と注するのも誤りで、これは京極派の有力女流歌人、伏見院新宰相(楊梅親忠女)である。「遣今小路殿申御判」とは、歌合を今小路殿なる後伏見院の許に送って別に判を依頼した意である。元応三年(元亨元)正月二十一日・三月二十八日・四月一日・七月二十七日に見える続歌・歌合の「女院」も、居住状態をも勘案して、永福門院と考えられる。元亨四年正月二十五日、伏見院の遺言を引いて後伏見・花園両院の歌道懈怠を痛烈に訓誡した「女院」が永福門院であることは、言うを俟たないところであろう。

三　女院名比定一覧表

その他、訂正すべきと思われる箇所は枚挙にいとまがないので、以下一覧表によってこれを示すこととする。対象は史料纂集本の比定の当否にかかわらず、文保三年〜正中二年の「女院」記事すべてであるが、宸記本文に女院名を明示してあるものはとらなかった。表には史料纂集本の頁数・該当年月日・行・私見による比定女院名・比定根拠の摘要を示した。比定に確実性を欠く場合は「永福ヵ」のように示した。なお参考のため、比定根拠として重要な各院の居所移動、その他注意すべき点若干について、女院名比定とは関係なく掲げた(女院名を空白にしてある)ので参照されたい。

なお、元亨二年三月十八日花見崗亭御幸に、「自西面出御、先上皇乗御、次朕・一品宮・中女院・親王合乗之」とあり、「中女院」に「(昭訓門院)」と傍注するが、「中女院」の名称は全宸記を通じここ一箇所であり、またこのような家族的和楽に、永福門院・廣義門院が加わらず、縁の薄い昭訓門院(永福門院妹、亀山院妃、恒明親王母)が単身で参加するとは考えにくい。何らかの誤りがあるかと思われるが後考にゆだねる。本来、一項目ごとに根拠を示して論証すべきであるが、あまりにも多岐にわたるため簡略な表示にとどめた事を諒とされたい。

女院名比定一覧表

＊-4は頁左端より四行目の意

頁	年月日	行	女院名	摘要
第二 3	文保3・正2	4	永福	次に新女院あり
			廣義	新女院と記す
4	5	-4	〃	-5行に廣義着帯記事あり、同一人（七ヵ月）
7	14	5	〃	北山御幸、3行に廣義同車
		-7	玄輝	後伏見・花園、北山より衣笠殿に幸し対面
		-6	廣義	衣笠より還御の次、北山より同車
9	19	-1	〃	新女院
10		1	永福	新女院方盃酌に渡御
11	23	-7・-6	廣義	新女院、竹中殿御幸
13	2・2	2	永福	北山御幸（cf. 2.15,3.26）
14	14	2	永福	恒明元服後初参、対面（永福の甥）
	15	4	永福	廣義妊娠八ヵ月に入り、おそらく今小路滞在（cf.3.26）
15	26	4	玄輝	花園、衣笠に幸し3・7まで滞在
16	3・1	3	永福	花園、持明院に幸し対面
	3	5	〃	伏見月忌、衣笠に幸す、以下三日ごとの月忌記事は同断

20	4・3	-7・-5	〃	月忌、のち今小路幸
21	12	-5	〃	今小路幸、なお同行「宮」は珣子、当時持明院滞在
23	21	6		廣義、皇女出産、後伏見この前後今小路長期滞在
26	(元応元) 5・3	-6	永福	月忌、永福この前後北山滞在
27	9	6	廣義	花園、今小路に幸し出産後はじめて廣義と対面
28	15	-7	永福	両院北山に幸し永福と対面
32	20	8	〃	後伏見、持明院に幸し花園を交え雑談（これ以前永福帰邸）
33	29	-4	〃	花園と今小路幸
	6・2	-1	〃	持明院にて歌合、なお「新宰相」は楊梅親忠女、伏見院新宰相
34	3	2	〃	月忌
	7	6	〃	後伏見、今小路より持明院に寄り、花園・永福と同車、北山幸
35	6・18	5	廣義	今小路より後伏見と共に持明院に幸、今小路に還
36	7・3	-4	永福	新生皇女、今小路より持明院へ行始の贈物を出す
41	21	6	廣義	今小路より後伏見と共に持明院に幸、今小路に還
42	閏7・2	-4	〃	同右
46	8・13	4	〃	今小路にて皇女百日祝
	17	-3		花園、この日より9・21まで衣笠滞在
54	10・2	5	永福	女院御方にて石蔵上人大日経疏を釈す（cf. p.161,226, 竹むきが記）
68	元応2・2・29	3	廣義	新女院、この日より竹中殿滞在

74	4・9・11	-7・-5	〃	後伏見、花園と東山に幸
75	17	7	永福	両院北山にて女院と対面、これ以前より永福北山滞在
76	19	6		花園、この日より5・3まで衣笠滞在
78	5・2	8	玄輝	衣笠にて、野宮尼寺尊覚女院方に参る（cf. p.208）
82	6・3	5	永福	月忌、女院北山より参加、北山に還
83	8	1	永福ヵ	北山八講を終り両院持明院に還、女院方にて永福弟兼季・同甥季衡と酒膳
84	26	-6	永福・廣義	北山第行幸見物に、両院・両女院一車にて出御
87	7・21	3	廣義	景仁病により、この日より廣義今小路滞在
89	8・3	1	永福	月忌
	5	5	〃	今小路に景仁を見舞う
	8	-7	〃	前日より違例
91	30	-3・-2・-1	〃	伏見院八講を衣笠にて行う、この日より9・27まで永福北山滞在
96	9・22	8	廣義	女院御方一献文字合、下文に新女院とあり
	23	-5	〃	珣子、持明院に参り、女院方に同宿
97	27	1		永福、北山より還御、一献あり
	29	5	廣義	後伏見とともに竹中御幸、湯治、10・27まで滞在
99	10・19	8	永福	後伏見、竹中より還、女院方にて供御、廣義はなお竹中逗留
	20	-6・-5	〃	花園を女院方に召し、盃酌
100	10・25	2	〃	歌合

	27	8		廣義、後伏見とともに持明院還
102	11・6	2	廣義	前日今小路に幸し今日還
	9	-7	永福ヵ	花園、風気宜しきにつき、後伏見方ならびに女院方に参る
103	18	-6	廣義	新女院、今小路方違
104	24	-7	永福	量仁を伴い北山に幸
107	12・14	-5	永福ヵ	両院・量仁とともに中園第に幸
109	22	-4	玄輝	衣笠殿にて花園女子着裳、のち女院方に参る
117	元応3・正・1	-4	廣義	新女院、永福方にて三献
	6	-5	永福	後伏見方へ入御
121	21	-4	永福	続歌
122	26	-7	廣義	新女院、後伏見とともに今小路に幸
125	2・19	-7		永福、御幸始、公顕死去により北山を本所とし得ず持明院にて形式のみ
		-1	永福ヵ	後伏見皇子寧永宿仕、女院万で拾乱碁、この頃もし廣義今小路滞在か
128	(元亨元)3・3	3		これ以後、後伏見しばしば今小路を御所とす、廣義滞在のゆえか
131	16	1	永福	覚円（永福弟）女院方に参り雑談
	18	7	〃	花園・景仁とともに今小路に幸
	19	-5	永福ヵ	寧永出家、持明院殿女院方にて仮粧
		-4・-3	永福・廣義	両女院、衣笠殿に幸し寧永仁和寺入室行列を見物
133		2	廣義ヵ	寧永（法守）出家を実衡（廣義兄）扶持、女院猶子の儀なりと

	23	-6	廣義	「両院御同車御幸」は今小路より持明院へ。後伏見・廣義をさす
		〃	永福	「於女院御方有小盃酌」は持明院永福方にての盃酌
134	28	8	〃	後伏見、持明院に幸、女院方にて綾歌盃酌
135	4・1	1	〃	後伏見、持明院に幸、女院方にて歌合
	3	4	〃	月忌、女院御幸なし
	6	-4	〃	風気、後伏見今小路より北山御幸、帰途持明院に立寄り見舞う
	7	-1	〃	後伏見、今小路より幸、風気を見舞う
136	4・8	3・4	〃	永福病により、後伏見今小路滞在を打切り持明院に還
	12・14	-4・-1	〃	永福減気、文字鏁
137	17	8	〃	後伏見、女院のために琵琶法師を召し聴聞
139	25	1	〃	恒明訪問、盃酌 (cf. p.14)
146	6・3	4	〃	月忌、女院脚気により御幸なし
	8	-6	永福ヵ	宣陽門院月忌、両院と六条院に幸し仏事
147	9	1	永福・廣義	兼季主催蹴鞠会に両女院御幸
153	7・1	4	〃	花園方作泉にて小酒膳、三院入御
156	16	8		後伏見、これ以前より今小路滞在
159	27	8	永福	女院方にて三首続歌
	28	3	廣義	今小路にて後伏見違例、花園今小路に参り女院方に見舞を申入る
160	8・6	-4	永福ヵ	安楽光院にて後堀河院仏事

161	7	2	永福	女院方にて石蔵僧大日経疏を談ず
164	23	2	廣義	今小路にて廣義着帯
170	9・29	6	永福	実兼、女院御方に内々申入の事あり
	10・1	-5	廣義	今小路にて御祓
175	11・1	-5	〃	今小路に幸
	3	-3	永福	月忌
176	11	8		御産所たるべきにより、後伏見・廣義今小路に幸
180	12・23	6	永福	廣義皇子出生により、花園・量仁と今小路に幸
		7	廣義	女院を見舞うも見参に入らず
185	元亨2・正・9	2・5	永福	今小路に御幸始、持明院に帰着ののち、供御酒
186	17	-7	〃	持明院殿女院方にて盃酌
187	21	3	廣義	永福・花関・量仁今小路に幸、廣義風気につきその御方に参ぜず
188	30	-3	永福	今小路に幸
		-2	廣義	廣義方にて新皇子を見る
189	2・3	6	永福	月忌
190	11	2	廣義	後伏見とともに持明院に幸、今年初度
	13	-4	廣義ヵ	豊仁立親王、季衡勅別当奏慶
195	3・8	-2	永福	昭訓門院（永福妹）恒明訪問、女院方にて盃酌
		-1	昭訓	恒明とともに常盤井殿に還

198	17	8	廣義	新女院
199	18	1	不明	花見崗亭御幸、中女院とあり、不審、誤写あるか
	20	-5	永福ヵ	花見、雨により中止、女院方にて破子
200	22	8	廣義	鷲尾花見、新女院
201	29	-1	永福・廣義	両女院北山御幸
203	4・10	-2	永福	院中雑務沙汰の事、前日永福を通じ下命、この日女院に固辞申入れ
205	16	-4	玄輝	衣笠殿にて後伏見と対面、花園この日より衣笠滞在
206	25	-1	〃	於衣笠、女院御方にて女房弾筝
208	5・3	3・4・6	〃	於衣笠、月忌、入夜女院方にて尼尊覚観経疏を読む
	4	8	〃	尼尊覚疏を読む
210	17	4	〃	後伏見衣笠に幸、女院と対面
212	閏5・3	-5		月忌、これ以後花園持明院に還るか
218	6・3	-4	永福	月忌、女院御幸なし
221	12	-3	永福ヵ	女院方にて小勧盃
222	16	5	永福	覚円参り、女院方にて勧盃、廣義今小路へ還
224	7・3	-6	〃	月忌
225	14	-6		この前後、廣義今小路滞在
226	18	2	永福	女院方にて石蔵上人大日経疏を読む
228	8・3	1	〃	月忌

		2	玄輝	月忌後女院方にて御膳
	4	5	永福	女院方にて勧盃
229	8・7	2	廣義	実兼病、永福北山に幸し滞在、後伏見廣義、これを見舞う
233	27	-7	〃	両院山方歴覧は後伏見・廣義
236	9・3	-1	永福ヵ	伏見八講に女院布施なし
237	4	7・-6	永福	後伏見花園、北山に実兼を見舞い女院を訪う
	5	-1	廣義	持明院女院方にて小勧盃
239	10	4	永福	書簡により実兼没を告ぐ
		-7	永福・廣義	両女院を弔問
243	19	4		廣義この日除服、軽服を着せず
246	10・2	6	廣義	持明院女院方にて盃酌
249	19	3・4	〃	翌日北山御幸のため衣笠に泊、女院居所を定む
	21	-3	〃	後伏見主催の実兼追福法要に北山幸
251	27	8	〃	後伏見とともに北山仏事に出席
252	11・3	-6	〃	月忌、永福御幸なし
253	7	5	〃	持明院女院方に、永福御幸
254	14	4	〃	後伏見とともに伏見に幸
257	12・10	-7	〃	後伏見とともに北山に幸
	11	-4	永福	北山女院方にて供御膳

258	14	3・-5・-1	永福	北山実兼百カ日、女院方に入御、女院諷誦文加署につき沙汰あり
259		1・3	〃	諷誦文沙汰
		-7	〃	北山女院方にて供酒膳
		-4	永福・廣義	被物裏物につき治定
260	20	-6	永福	道意（永福弟）持明院に参り女院方にて対面
265	元亨3・3・3	3	〃	月忌
270	5・8	2	〃	衆議判歌合、恒明・兼季出席、女院方にてあり
	21	-2	廣義	伏見に幸
274	29	2	永福・廣義	安楽光院阿弥陀講
275	6・7	4		廣義、療治のため暫く今小路滞在
281	7・3	3		廣義、この日より今小路を御所とす
	4	4		後伏見、今小路を御所とす、7・29還
287	8・18	-2		永福、暫く北山を御所とす
292	9・3	8	廣義	八講に衣笠幸
293	10	3	〃	北山法会に幸
第三				
2	29	-2	〃	持明院女院方にて一献
5	10・4	3		永福、北山より持明院に幸
	5	7	廣義	女院方に白拍子参る

8	8	5		量仁北山に行き、暫く滞在、11・11永福とともに還
11	14	7	廣義	紅葉見に東山に幸
14	28	4	〃	北山に幸
		8	永福	北山女院方にて亥子餅
	29	-2	廣義	竹中殿文字合
15	11・1	2・5・6	〃	竹中棧敷眺望、のち持明院に還、安楽光院に方違
	3	-2	永福	月忌に北山より参加、北山に還
16	6	7	廣義	乗船
	8	-7	〃	竹中幸
17	11	-3		永福・量仁北山より還
18	15	2	廣義ヵ	乗船
	17	-7	〃	量仁・景仁着袴、女院御座を敷かず、略儀の故
19	21	-2	永福	女院方にて後伏見と箏につき雑談
20	23	7		永福、修理の間菊亭を御所とす、12・24還
	26	-3	廣義	後伏見方にて雪見
23	12・3	-5	玄輝	月忌、衣笠にて女院方に参る
24	9	7・-7	永福	菊亭に幸、帰還を送り女院持明院に至り、乗船ののち菊亭に還
26	17	5	〃	菊亭に幸、女院と対面
28	12・24	4		永福、菊亭より還

31	元亨4・正・1	1	廣義	「両院」は後伏見・廣義、「一品宮」は珣子、「親王」は量仁
			永福	「女院御方一献」は永福
36	7	7	廣義	女院方盃酌
	10	-5	永福・廣義	花園方盃酌、三院入御
38	19	-1	永福	恒明参入、対面
39		1	廣義	恒明と対面
	20	-1	永福・廣義	量仁を伴い北山に幸
40	25	7	永福	和歌につき両院を誡む
53	3・13	5	昭慶	前日崩、世良所養
54	21	2	永福	覚円参る、女院方にて対面
	23	5	廣義ヵ	石清水行幸見物
55	29	6	永福	歌合、兼季・覚円・内侍ら参加
56	4・3			月忌、花園この日より衣笠滞在、10・3還
61	6・22	3	永嘉	室町院領につき女院雑掌を召し論争、3・19に当事者として明記
	24	5	廣義	瘧病、発
		5・6	永嘉	室町院領につき論争
63	28	3	廣義	瘧病、発
	30	6	〃	発せず
73	9・12	3	玄輝	衣笠にて花園病悩後、はじめて女院方に参る

75	28	-5	永福	中園准后危急につき後伏見幸せんとす、女院苦言
76	10・3	-4	〃	月忌、院・女院と同車にて花園持明院に還
80	11・5	7	〃	女院方にて覚円と対面
81	14	2・3	〃	中園にて法事讃、還御の後女院方にて覚円と対面
83	(正中元) 12・2	-6	玄輝	一日経のため衣笠に幸、女院方に参る
84	11	-5	永福	歌合、衆議判、所決は女院時宜にあり
96	正中2・正・3	1	永福・廣義	公宗両女院方に奏慶
101	27	2	〃	両女院北山に幸
		3	永福	同右、供奉の北面服装につき意見を述ぶ
	閏正・1	-6	永福・廣義	両女院今出川亭に幸
103	15	-5	永福	菊亭に幸、女院に琵琶を献ず
113	3・23	6	廣義	廣義、腹痛により見舞う
	24	7	〃	病落居せず
122	6・12	8	廣義カ	量仁病後沐浴、女院御方（東面）より医師に衣を給う
		-7	永福・廣義	両女院より同じく衣を給う
133	7・23	3	永福	量仁とともに今小路に幸、この前後、後伏見・廣義今小路滞在、9・4還
	26	8	〃	菊亭に幸
135	8・10	8	廣義	伏見殿幸
		-3・-1	永福	伏見幸につき諌止の事あり

136	11	2	廣義	伏見より還、六条殿に入る
	16	-7	〃	六条殿女院方にて供御膳
		-4		清涼殿にて着裳の一品内親王は後醍醐女懽子
137	19	2	永福	後伏見、持明院に幸、女院方にて対面
139	9・1	4	〃	衣笠殿にて八講聴聞
140	4	5		後伏見廣義今小路より還
141	10	1	永福・廣義	北山に幸
143	26	7	〃	菊亭に幸
144	30	1	永福	続歌
146	10・10	-2	〃	隠題歌につき花園に問う
151	11・11	-6	廣義	後伏見風気につき女院方にあり

四　結語

本宸記は、当代政治史上まことに貴重な根本資料であることは言うまでもないが、同時に文学史上欠くことのできぬ好資料であって、従来大いに活用されている。さらに将来に眼を転ずれば、今後ますます盛んになるであろう女性史研究、家族生活史研究にも、本記は実に豊富な資料を提供するはずである。勿論研究に当っては自ら全巻を子細に読み通し、人物比定の当否をも十分検討の上資料として用いるのが至当の手続きであろうが、専門の歴史学者ならぬ国文学・女性学等の研究者においては、専門家が責任を持って校訂・人物比定を行った結果に信頼し、これによって論をなすことは当然考えられるであろう。またそれらを完備した叢書の刊行、またこれによる人名索引によって、研究が大いに進展することはまことにありがたい恩恵である。それだけに、人物比定の誤りは種々の誤認を生じ、これによった論そのものの価値にも大きな影響を与える。記録における人物比定は、慎重の上にも慎重を期していただきたいと願う所以である。

私は歴史学にも古文書学にも何らの知識ある者ではないが、歌人永福門院ならびにその属する京極派和歌に魅せられ、その成立の経緯を明らめたい一心で四十余年独学で本宸記を読み、特にその持明院殿相住み時期の人間関係の面白さにひかれて、自分なりに根拠ある人物比定のもとに読解を進めて来たつもりである。もとよりいまだに疑問点もあり、確実と考えた根拠にも誤りがあるかもしれない。身に負わぬ歴史学の分野に差出口をしたことをお許しいただき、よろしく批正をお願いしたい。

『方丈記』と『断腸亭日乗』と

　大正最末年に生れ、10歳以上も年上の従姉達から、「震災の時お母さんのおなかの中にもいなかった子なんて！」と事毎に軽蔑されて、劣等感のかたまりだった私だが、それでも10歳の時の二・二六事件から今回の大震災・原発事故に至るまで、「世の不思議を見る事、ややたびたびに」なった。そして今、「一期の月影傾きて、余算の山の端に近く」、制約なしの一人住まいを楽しんでいる。今こそ『方丈記』を身に引き当てて理解できる……はずであるのだが、生来のつむじ曲りはちょっとそこで引っかかってしまう。

　例の五大災厄中、安元三年大火記事。

　遠き家は煙にむせび、近きあたりはひたすら焔を地に吹きつけたり。空には灰を吹き立てたれば、火の光に映じてあまねく紅なる中に、風に堪へず吹き切られたる焔、飛ぶが如くして一二町を越えつつ移りゆく。その中の人、うつし心あらんや。

養和飢饉の惨状。

　世の人みなけいしぬれば、日を経つつきはまりゆくさま、少水の魚のたとへにかなへり。はてには、笠うち着、足ひき包み、よろしき姿したるもの、ひたすらに、家ごとに乞ひ歩く。かくわびしれたるものどもの、歩くかと見れば、すなはち倒れ伏しぬ。

簡潔で力強く、目に見えるような名文である事に、何の異存もないけれど、でも、凡人の私は思ってしまう。「その時長明さん、あなたはどうしてたの？　こわくなかった？　逃げ歩かなかった？　おなかすかなかったの？」と。戦中戦後の東京で、家を焼かれた三月九日をはじめ何回とない空襲、疎開跡と焼野原、飢えと物資不足、数々の老若の死、それらを20歳前後で味わいつくし、更に今回、東北地方被災者の方々の苦難には及びもつかないながら、丹精こめて営まれた美田に、集落に、刻々と迫って行く津波のテレビ画像を、崩れ落ちた蔵書の山の中で、なすすべもなく見守るばかりであった身としては、この、あまりの名文にはいささかついて行けない。

　何とはなしの腹ふくるる思いを癒すすべは、と考えて、同じく数々の災厄を描いた名作、『断腸亭日乗』を、磯田光一編の「摘録」版（岩波文庫）で久々に通読、時の経つのを忘れた。昭和二十年三月九日、麻布偏奇館ですべてを焼かれ、避難先東中野で、五月二十五日再度の大空襲に被災の実況。

> 日記を入れしボストンバグのみを提げ他物を顧ず、徐《おもむろ》に戸外に出で同宿の児女と共に昭和大通路傍の濠に入りしが、爆音砲声刻〻激烈となり空中の怪光壕中に閃き入ること再三、一種の奇臭を帯びたる烟《けむり》風に従って鼻をつくに至れり。最早《もは》や壕中にあるべきにあらず。人々先を争ひ路上に這《はい》ひ出でむとする時、爆弾一発余らの頭上に破裂せしかと思はるる大音響あり。無数の火塊路上到るところに燃え出で、人家の垣墻《えんしょう》を焼き始めたり。

九月十六日熱海の仮寓での食糧事情（これでも東京よりはよほどましなのだが）。

> この頃の配給にては人一人につき白米一日分一合七、八勺《しゃく》なれば大豆また玉蜀黍《たうもろこし》を混じ粥《かゆ》にして食へど、それも朝夕三度は食ひがたし、一日に一度このやうな混合米を口にすることを得れば幸福なり、農家へ買出しに行きても米芋などの主食物を得ること容易ならず、全国を通じて国民飢餓に陥るべき日は刻刻に迫りをれりといふ。

古典としてゆるぎない『方丈記』の価値は十分に認めつつも、現実体験者としての私は『日乗』の叙述にこそ深甚な臨場感と共感を抱いてしまう。虎の恐しさを語るのを聞く聴衆の中で、かつて実際に虎に襲われた一人のみが色を変えたという中国の故事が、いかにもとうなずかれる。これは理屈ではどうにもならぬ個人差で、已むをえぬ所であろう。

『方丈記』にも『断腸亭日乗』にも、決して無条件に傾倒するよい読者ではない私だが、いつの間にやら、長明よりも荷風よりも年をとってしまった。「ほど狭しといへども、夜臥す床あり、昼居る座あり。……ただ、静かなるを望みとし、愁《うれ》へ無きを楽しみとす」。こんな言葉に、真実、共感できるようになった。それにしても、建暦元年57歳（現代なら70いくつ？）ではるばる鎌倉に下り、翌年成立の『方丈記』に、日野山から粟津・田上河までの健脚を誇る長明、81歳逝去の二箇月前まで毎日千葉から浅草に通う荷風には、脱帽するしかない。無常観とは言うけれど、一方にこの活力、この好奇心あってこその『方丈記』であり、死の前日まで書き続けられた『断腸亭日乗』であると思う。

空前の長寿社会となった。おめでたい、なんて言うのは昔の話。何でもない、普通の会話の中でも、「いつまでこうしていられるのかしらね」「うまく死ねればいいんだけど」「考えてもしょうがないわ」「しょうがない事は考えない事にしましょう」。凡人の会話はそれで終りだが、長明はさすがである。自らの往生に資すべく先達往生者の事跡を博捜して『発心集』を編み、更に月講式を企図して禅寂（大原如蓮房）に式文を依頼しつつ、建保四年閏六月に没した。62歳。一方荷風は昭和三十四年四月三十日、市川市八幡町の仮寓に孤独死を遂げ、世を驚かせたが、これもまた生涯「独り」を守り、八十一年の一生を偏奇自由に生きた文人の、見事な最期と言えよう。凡人我々は、古今二人の長寿大先達の前に、頭を低れるばかりである。

臨場感の魅力――複製『花園院宸記』の意義

花園院とは、宸記を通じて五十年近いおつき合いである。何度となく読み返した宸記の文面、有名な長福寺蔵豪信筆のリアルな法体画像、『玉葉集』『風雅集』の和歌、そしてたまたま展観される宸記の一部や「誡太子書」の書体。それらから私の中にイメージされた花園院という方は、聡明で真摯で少々神経質、お父様の伏見院の大らかさにくらべて、やや線の細い貴公子、という感じであった。その先入観を物の見事に打ち砕いたのが、原本そのままに再現された、『花園院宸記』のカラーコロタイプ複製である。

これまでの限られた原本展示では、後年清書された第一巻とか、歴史上興味深い正中の変・元弘の乱あたりの比較的整った長文記事の所とか、いわばきれいで読みやすい巻々が公表され、ほぼその印象で全巻を想像していた。一部写真版で見ても、実際の墨色なり字の大きさなりには実感が湧かなかった。それが平成十四年、第十九巻、元応二年までの完成を機に、三時間余をかけて全体を通覧する事で、まるでイメージが変ってしまった。

最も若書きの第二巻、自らの元服からはじまる延慶四年記。15歳とは思われぬ達筆、淡墨大字で放胆に書かれた上からまた、濃墨で縦横に訂正、抹消、細字書入れがある。

活字本で読めば無味乾燥とも思われる儀式作法が、原本さながらの字面の上に、生き〳〵と展開する。整った清書本や活字翻刻では伝わって来ない、臨場感の魅力である（図

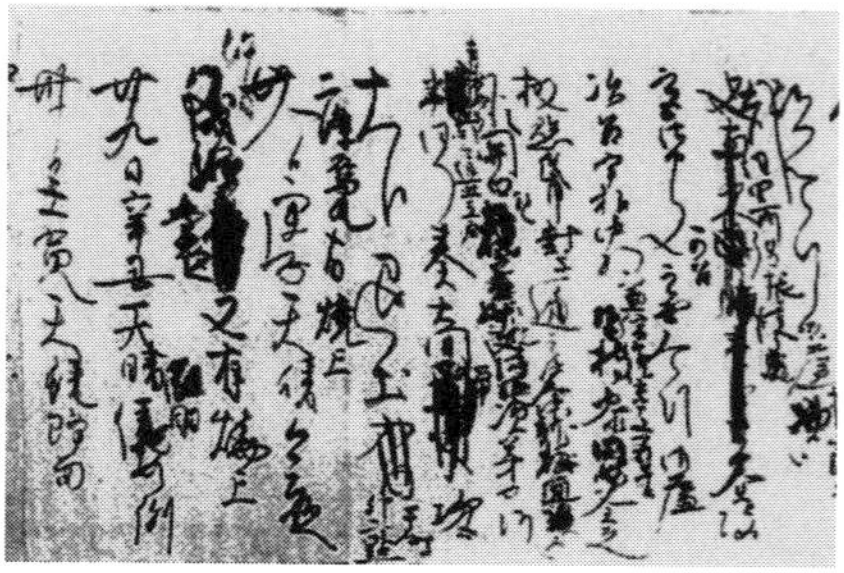

図1　延慶4年（応長元年）3月27～30日
（「複製『花園院宸記』」より）

1)。

大字なのは若書きのせい、また白紙に自由に書かれたためかと思ったが、放胆さは具注暦記入部分でも変らない。その時々の記事量と気分にもよってか、大字も細字も自由自在、裏書も白紙切継部分も含め、思いのままのリズムで筆が運ばれている。全体に、伏見院風の宸翰様といおうか、たっぷりと豊潤な書体であるが、ごく一部、線の細いかっきりとした楷書体がまじる。一見、同筆とは見えず、オヤ、と思ったが、内容を見るとどうも八講論議というような、仏教的なむずかしい内容になった時は、おのずからそういう固い書体になるらしい。大徳寺蔵の妙超との禅問答書、「二十年来辛苦人……」等の書体と見合わせて納得した。

書体も面白いが、もっと面白いのは抹消の仕方である。これまで私の想像して来た院の性格からすれば、二本の直線できれいに消しそうに思えるが、とんでもない。ゆがんだ何本もの線でグイグイと消した所、真っ黒に塗りつぶした所、更には太い直線で消した上から、重去ねて蛇行線でグニャグニャと念入りに抹消した所。何が気に入らなかったのか、その時々の記主の気迫まで感じられるような、爽快、豪快とすらいえる消し方である。こんな所に人間の個性が出るとは。直筆原本の面白さ、恐ろしさをしみじみと感じた。

内向的で繊細な、近代知識人的性格、と思っていたが、やはり花園院は気宇広闊な天皇でもある。こんなに紙も墨ものびのびと使い、記主の感情が書写面に躍っている日記は見たことがない。さすがに後年に向かうほど字面は整って来るが、有名な文保元年三月廿日、退位を覚悟しての長文述懐でも、文保三年正月、脚気更発にかかわる厭世記事でも、筆は少しもかじけず、思索のあとを堂々と吐露している。思うに、外面では恭謙謹直を自己のあるべき姿として固持していた院の、人知れぬ心のはけ口がこの宸記であるとは、以前から考えていたものの、それは内容のみならず、書体から抹消法にまで及ぶらしい。書き、消し、また書く、その作業そのものによっても、院は天皇の矜持を示し、心の鬱積を晴らしていたのではなかろうか。

宸記のコロタイプ複製に寄せる、他資料にない期待の一つは、院得意の挿画の腕前が、さながらに味わえるだろう、という事である。既刊分では応長二年二月十八日、神璽の筥の裏《つゝ》み替え記録の裏書、「璽筥姿」だけしか見ることができないが、いかにも気品高く軽妙なスケッチで、こんな所にまで筆者のお人柄が出るか、と楽しい（図2）。一番見たい、元弘二年十月廿八日、光厳天皇大嘗会御禊見物図は、平成二十六年配本の最終巻におさまるはずだが、その時私は88？　欲深く、まだ生きていたいものである。（と書いたが、感心にまだ生きている。でも外出できなくなり、せっかく完成の最終巻を図書館に見にも行かれないから、死んだも同然）

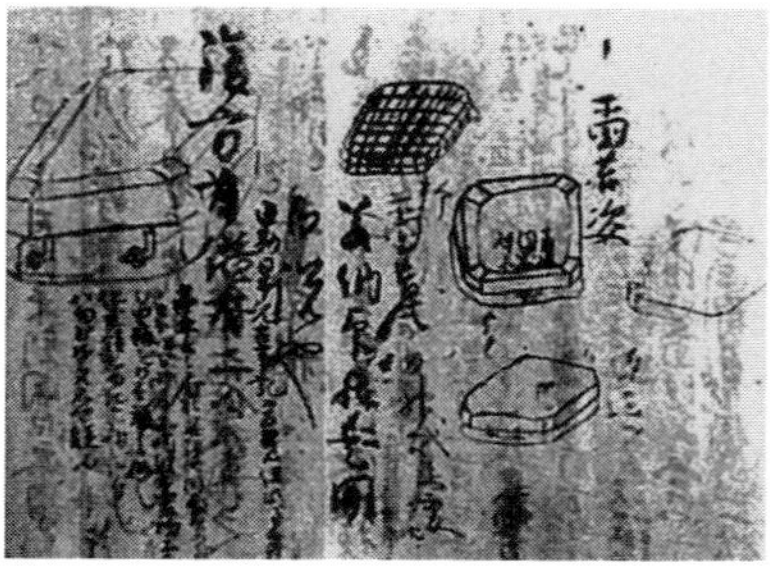

図2　応長2年2月18日裏書

たとえ展観の機会があってもごく一部。全巻を思いのままに操り、巻きもどし、ためつすがめつ見るなど夢のまた夢と思っていた花園院宸記を、こんなに存分に味読する事ができるようになった。私の中の花園院像も劇的に変り、今後いろいろと考え直さねばならぬ事ができた。つくづく、原本の重みを感じ、その実態を居ながらにして研究し得るようになったありがたさを思う。もう一度花園院論を書き、その昔、こんなすばらしい、こんな面白い天皇がいらしたのだという事を、研究者だけでなく、広く一般の方々に知っていただきたいと考えている。

そりゃ聞えませぬ

そりゃ聞えませぬ伝兵衛さん、お言葉無理とは思はねど、そも逢ひかゝるはじめより、末の末まで言ひかはし、互ひに胸を明かし合ひ、何の遠慮も内証の、世話しられても恩に着ぬ、ほんの女夫《めをと》と思ふもの…

今どきのお若い方々は夢にも御存じあるまいが、近松半二の作かとも言われる浄瑠璃『近頃河原《ちかごろかはら》の達引《たてひき》』、お俊《しゅん》伝兵衛堀河猿廻しの段の、有名なサワリ（聞かせどころ）である。ふとした行き違いで人を殺《あや》めた伝兵衛が、死ぬ覚悟の自分と別れてあとを弔ってくれと言うのに対し、遊女お俊が共に死のうと真心こめてかきくどく一節。大正の頃、代議士堀切善兵衛が演説中、声が通らず、「聞えませーん」と声がかかったとたん、脇から「善兵衛さん」。満場大笑いで演説めちゃめちゃ、という一幕があったほど、八、九十年前までは庶民の常識だった名文句である。

もちろん「聞えませぬ」とは「耳に入らぬ」意ではない。「別れよとは納得できない」と言っているのである。これ以外にも芝居では、密談を立聞きした悪者が、「ア、聞えた、これこれの計画だな」と（言わなくてもいいのに）大声で言って報告に駆け出し、手裏剣を打たれて殺される、といった場面はおなじみで、この「聞えた」も「こそこそ話が聞えた」と考える人は一人もなく、「事情が理解できた、察しがついた」意だと、誰もが言わず語らず承知していた。

こんな下らぬ知識があったから、私は『和泉式部日記』の一節、宮の疎速になった頃、

小舎人童来たり。樋洗童、例も語らへば、物など言ひて、「御文やある」と言へば、「さもあらず。（中略）人おはしまし通ふやうにこそ聞しめしげなれ」など言ひて去ぬ。「かくなむ言ふ」と聞えて。

の「聞えて」を、樋洗童が女に、「小舎人童がこうこう言っていますと申し上げた」とする解釈に疑問を持った時、すぐに、これは語り手の女に対する敬語表現（あるいは女の自敬表現）ではなく、「浮気の噂が立っている、それで宮が来ないのだと、女が理解できた」の意だと気づいた。これが近世語を無理にあてはめた恣意的解釈でない事は、

（琴演奏のためしつらわれた仲忠京極邸の）今日の有様、ここの造りさま、人々のいみじう言ひし、げに聞えたまふ。（うつほ物語、楼の上、下）

（源氏と末摘花の衣裳・歌の贈答を評する末摘花の女房の言葉）御歌もこれよりのはことわり聞えてしたたかにこそあれ。（源氏物語、末摘花）

（大宅世継の自己紹介）「おのれは水尾の帝の降りおはします年の正月の望の日生れて侍れば、（中略）丙申の年に侍り」と言ふも、げにと聞ゆ。（大鏡、序）

など、『和泉式部日記』の前後の時代、すでに「聞ゆ＝理解できる、納得できる」の意が複数例存在する事で、それこそ、「納得」していただけよう。何が何でも「聞ゆ＝申し上げる」だ、と短絡してしまわないで、何だか解釈が変だ、理屈に合わない、と思ったら、心を柔軟に持って、別の解釈の可能性をさぐっていただきたい。そのためには、辞書を頼りだけではなく、古今の文学・芸能にできるだけ広く多く接し、それらの中にある活きた語例がフッと出て来るよう、記憶力のよい若いうちに貪欲にいろいろなものを吸収していただきたいのである。

「聞えて」では今一箇所、例の紅葉見をことわったのは女か、宮かという問題で、

その日になりて、「今日は物忌」と聞えてとゞまりたれば、

の「聞えて」も、女の方が「申し上げて」ことわったのではなく、宮の物忌だと「耳に入って」「という話で」中止になった、の意である。すなわち「ことわったのは宮」と解される。『和泉式部集』では、「宮より、紅葉見になむまかるとのたまへりけれど、その日はとゞまらせ給ひて」と、「宮の都合で中止」と明らかによみとれる詞書のもとに、

紅葉葉は夜半の時雨にあらじかし昨日山べを見たらましかば　（二三一）

の歌が載せられている。日記を虚心に読んだ時、通説のように「ことわったのは女」であったとすると、以後の交渉における女の高姿勢ぶりが全く理解できない。

以上の論は、かつて「「和泉式部日記」読解考」（『国語国文』昭61・4）に発表し、また『宮廷女流文学読解考　総論　中古編』（平11）、更に『和泉式部日記注釈〔三条西家本〕』（平25）に収載したが、いまだに正面切っての是非の御批判に接していない。よくも悪しくも、論文は私にとって可愛い子供である。世に出した以上、公平な評価を承わりたい。若い研究者の方、どなたかまともに批判して下さいませんか。けなされてもよい。畑違いの中世研究者の論だからといって、無視され、棚ざらしではそれこそ「そりゃ聞えませぬ」。

【初出一覧】

清少納言から紫式部へ——二一世紀初頭に一一世紀初頭を思う　「日本歴史」632　平13・1

【枕草子】

女はた、知らず顔にて——枕草子解釈考　「国文鶴見」36　平14・3

『枕草子』「……物」章段考察　『国文学叢録』　平26・3

汗の香すこしかゝへたる　「隔月刊文学」5・5　平16・9

【源氏物語】

最高のNo.II　頭中将　「むらさき」44　平19・12

頭中将と光源氏　『源氏物語の展望』第二輯　平19・10

二人の命婦　『源氏物語の展望』第三輯　平20・3

二人の中将の君　『源氏物語の展望』第四輯　平20・9

二人の侍臣・二人の侍女　『源氏物語の展望』第五輯　平21・3

『源氏物語』の涙——表現の種々相　『涙の文化学』　平21・2

『源氏物語』最終巻考——「本に侍める」と「夢浮橋」と　『源氏物語の展望』第十輯　平23・9

屏風の陰に見ゆる菓子盆　「むらさき」19　昭54・6

花や蝶やとかけばこそあらめ	「むらさき」39　平14・12
対談　物語読解の楽しみ——行幸・藤袴巻の魅力	「源氏物語の鑑賞と基礎知識」30　行幸・藤袴　平15・9
朗詠享受に見る『枕草子』『源氏物語』	『これからの国文学研究のために』　平26・10

【日記研究】

池田亀鑑先生におじぎ	「鶴見日本文学会報」16　昭59・11
寅彦日記と私	未発表　昭59頃
『たまきはる』考——特異性とその意義	「明月記研究」8　平15・12
『弁内侍日記』の「五節」	『論集日記文学の地平』　平12・3
よとせの秋——中務内侍日記注釈訂正	「国文鶴見」41　平19・3
『実躬卿記』ところどころ	「ぐんしょ」16　平4・4
『花園天皇宸記』と『徒然草』	「周辺」5-5　昭51・12
『花園天皇宸記』読解管見	「ぐんしょ」46　平11・10
『花園天皇宸記』の「女院」	「日本歴史」639　平13・8
『方丈記』と『断腸亭日乗』と	「隔月刊文学」13・2　平24・3
臨場感の魅力——複製『花園院宸記』の意義	「鴨東通信」46　平14・6
そりゃ聞えませせぬ	「日記文学研究誌」5　平15・3

【和歌一覧】

【あ行】

朝霧の晴れ間も待たぬけしきにて花に心をとめぬとぞ見る　源氏物語　中将　84

新しき年とも言はず降るものは旧りぬる人の涙なりけり　同　大宮　153　175

あぢきなきその名ばかりを形見にてながむる花も散るぞ悲しき　たまきはる　健御前　241

あはれなることをいふには心にもあらで絶えたる中にぞ有りける　和泉式部集　24

近江のや鏡の山を立てたればかねてぞ見ゆる君が千歳は　古今集　黒主　89

天照須日影明見君越護神于今麻須世者被憑奴　花園天皇宸記　為兼　285

嵐こそ吹きこざりけれ宮路山まだもみぢ葉の散らで残れる　更級日記　179

ありと見て手には取られず見れば又行方も知らず消えし蜻蛉　源氏物語　薫　152

いかに寝て起くる朝に言ふことぞ昨日をこぞと今日をことしと　後拾遺集　小大君　9

いたづらに鳴くや蛙の歌袋おろかなる□も思ひ入ればや　夫木抄　為顕　280

いつはりの事しもいかが忘るべき豊の明は時ぞともなし　弁内侍日記　253

いにしへの秋さへ今の心地してぬれにし袖に露ぞ置きそふ　源氏物語　頭中将　60

今思へばまことや今日にてありしかな野上の松の夜の明けし色　中務内侍日記　伏見院　270

今かゝる心にもなほ忘られず野上の道の今朝の曙　同　実兼　270

今更に色にな出でそ山桜及ばぬ枝に心かけきと　源氏物語　小侍従　150

浮橋のうきてだにこそたのみしかふみみてのちはあとたゆなゆめ　朝光集　146

空蝉の羽におく露の木がくれて忍び〳〵に濡るゝ袖かな　源氏物語　空蝉　151

梅が枝に来ゐる鶯春かけてなけどもいまだ雪はふりつゝ　古今集　読人しらず　164

大方は思ひすてても世なれども葵はなほやつみをかすべき　源氏物語　源氏　94　95

思ひ寝の夢の浮橋とだえして覚むる枕に消ゆる面影　千五百番歌合　俊成女　148

【か行】

【さ行】

【た行】

薫物《たきもの》の更けし煙の末までもよとせの秋はあはれなりしを
中務内侍日記　権大納言典侍　267

たまきはる命をあだに聞きしかど君恋ひわぶる年は経にけり
たまきはる　健御前　241

契りあれや君に心をとゞめおきてあはれと思ふうらめしと聞く
源氏物語　頭中将　60

つひにゆく道とはかねて聞きしかど昨日今日とは思はざりしを
伊勢物語　業平　143

露けさは昔今とも思ほえず大方秋のよこそつらけれ
源氏物語　源氏　61

年へつる苫屋も荒れてうき波のかへるかたにや身をたぐへまし
同　明石君　122

殿もりのとものみやつこよそにしてはらはぬ庭に花ぞちりしく
徒然草　花園院　282

【な行】

ながめする軒のしづくに袖ぬれてうたかた人をしのばざらめや
源氏物語　玉鬘　124 184

亡き人を慕ふ心にまかせても影見ぬ三つの瀬にやまどはむ
同　源氏　152

（なつかしき色ともなしに）何にこのすゑつむ花を袖にふれけむ
同　源氏　81

夏の夜の夢のわたりの川波は袖に涼しき涙なりけり
草根集　正徹　146

何ゆゑか世に数ならぬ身一つをうしとも思ひ悲しとも聞く
源氏物語　落葉宮　60

波の音に宇治の里人夜さへや寝てもあやふき夢の浮橋
正治百首　定家　148

【は行】

はかなしや夢のわたりの浮橋を頼む心の絶えもはてぬよ
狭衣物語　狭衣大将　145

花の散り露の消ゆるも程ぞある夢にまどひし曙の空
たまきはる　健御前　239

春の夜の夢の浮橋とだえして峰にわかるる横雲の空
御室五十首　定家　148

春日さす藤の裏葉のうらとけて君し思はば我もたのまむ
後撰集　読人しらず　146

波《は》流《る》敝《へ》左《さ》久《く》布《ふ》治《ぢ》能《の》宇《う》良《ら》葉《ば》乃《の》宇《う》良《ら》夜《や》須《す》尓《に》左《さ》奴《ぬ》流《る》夜《よ》曽《ぞ》奈《な》伎《き》児《こ》呂《ろ》乎《を》之《し》毛《も》部《へ》婆《ば》
万葉集　作者未詳　146

人心通ふただ路の果てしより恨みぞわたる夢の浮橋
千五百番歌合　定家　148

人恋ふる我が身も末になりゆけど残り多かる涙なりけり
源氏物語　源氏　95

舟とむるをちかた人のなくはこそ明日返り来む夫《せな》と待ち見め
同　紫上　88

へだてける人の心の浮橋をあやふきまでもふみみつるかな
後撰集　四条御息所女　146

作品名索引
(除、表題作・勅撰集)

【さ行】

【た行】

【な行】

【は行】

【ま行】

【や行】

【わ行】

【索引凡例】

○　和歌一覧は引用全和歌を歴史的仮名遣い、五十音順に排列し、所出作品名・詠者名・該当頁数を示した。

○　研究者名索引は現代仮名遣いにより、同様排列、該当頁数を示した。

○　作品名索引も同様。但し所収各論の表題作、及び各勅撰集名は省略した。

研究者名索引

【あ行】

【か行】

■著者紹介

岩佐美代子（いわさ　みよこ）

略　歴　大正15年3月　東京生まれ
　　　　昭和20年3月　女子学習院高等科卒業
　　　　鶴見大学名誉教授　文学博士

著　書『京極派歌人の研究』（笠間書院　昭49年）
　　　『あめつちの心　伏見院御歌評釈』（笠間書院　昭54年）
　　　『京極派和歌の研究』（笠間書院　昭62年）
　　　『木々の心　花の心　玉葉和歌集抄訳』（笠間書院　平6年）
　　　『玉葉和歌集全注釈』全四巻（笠間書院　平8年）
　　　『宮廷に生きる　天皇と　女房と』（笠間書院　平9年）
　　　『宮廷の春秋　歌がたり　女房がたり』（岩波書店　平10年）
　　　『宮廷女流文学読解考　総論中古編・中世編』（笠間書院　平11年）
　　　『永福門院　飛翔する南北朝女性歌人』（笠間書院　平12年）
　　　『光厳院御集全釈』（風間書房　平12年）
　　　『宮廷文学のひそかな楽しみ』（文藝春秋　平13年）
　　　『源氏物語六講』（岩波書店　平14年）
　　　『永福門院百番自歌合全釈』（風間書房　平15年）
　　　『風雅和歌集全注釈』全三巻（笠間書院　平14・15・16年）
　　　『校訂　中務内侍日記全注釈』（笠間書院　平18年）
　　　『文机談全注釈』（笠間書院　平19年）
　　　『秋思歌　秋夢集新注』（青簡舎　平20年）
　　　『藤原為家勅撰集詠　詠歌一躰・新注』（青簡舎　平22年）
　　　『岩佐美代子の眼　古典はこんなにおもしろい』（笠間書院　平22年）
　　　『竹むきが記全注釈』（笠間書院　平23年）
　　　『讃岐典侍日記全注釈』（笠間書院　平24年）
　　　『和泉式部日記注釈［三条西家本］』（笠間書院　平25年）ほか。

岩佐美代子セレクション1

枕草子・源氏物語・日記研究

2015年3月25日　初版第1刷発行

著　者　岩佐美代子

装　幀　笠間書院装幀室

発行者　池田圭子

発行所　有限会社笠間書院

東京都千代田区猿楽町2-2-3［〒101-0064］

NDC分類：913.3　　電話　03-3295-1331　fax　03-3294-0996

ISBN978-4-305-70764-2

シナノ印刷

落丁・乱丁本はお取りかえいたします。

出版目録は上記住所または info@kasamashoin.co.jp まで。